殺意の正典

永山千紗
NAGAYAMA Chisa

文芸社文庫

目次

殺意の正典

序章　樹洞《うろ》

――質の良い食べ物で身体を浄化し、見返りを求めぬ深い愛情で心を浄化し、開祖様がご伝授くださった清魂《せいこん》で魂を浄化し、家族皆で幸せな生涯を送りましょう。

二〇二二年五月八日、長野県松本市の山間部に総本部を構える新興宗教団体『御魂《みたま》の会』で、開祖様生誕会が執り行われた。コロナ禍により三年ぶりの開催となる。日本全国に約八千人の信者を有しているが、今回は感染予防の観点から抽選で選ばれた百人のみの参加となった。例外として、前もって申し出ておけば未就学児は連れてくることを認められているため、正確な参加人数は百七人だ。

その日は午前九時から受付が始まった。

生誕会の出席者用に御魂の会がチャーターしたマイクロバスが、松本駅から次々と到着する。

総本部があるのは標高一〇〇〇メートル強の山の中腹辺りで、乗車時間は一時間半ほどだった。登山口の近くにはキャンプ場もあり、頂上まで車で行けるようになっているのだが、途中の分岐から総本部へのみ続く道に入ると、一台通るのがやっとの道幅の狭い未舗装の林道が続く。

普段総本部へやって来る信者たちのほとんどが乗合タクシーを利用しているが、車がすれ違うことが困難なため、大人数が集まる生誕会では専用のマイクロバスが用意されていた。松本駅から総本部へ信者たちを乗せてきたマイクロバスは、そのまま総本部の駐車場で待機し、閉会したのちに信者たちを松本駅へ送り届ける。

到着した信者たちは、マスクを着用の上、駐車場内に臨時で設けられた受付へと進む。アルコール消毒と検温を済ませると、PCR検査センターからメールで受け取った三日以内の検査結果を、スマホの画面かその画面を印刷した紙のどちらかで提示する。PCR検査センターへ行くことが難しい場合には、希望すれば御魂の会からPCR検査キットが送付されるので、その結果を見せることでも出席が許可された。その後記帳とお布施を行い、荷物検査へ。荷物検査も、目視だけでなく携帯型金属探知機も使い、念入りに調べる徹底ぶりだった。

総本部内では、愛を阻害するとしてスマホの使用は禁止されているため、専用のスマホ収納ボックスに預け番号札を受け取る。それらを終えた者から総本部会館の前を通って生誕会が行われる神殿へと向かい、自分のスマホ収納ボックスの番号札で割り振られたグループに合流した。

セメント製のタイル張りの床は、ヨーロッパの宮殿を思わせる独特な色合いと模様が美しい。そこに鮮やかな青色の糸で刺繍が施された十四枚の白い布クロスが敷かれていて、刺繍の柄の違いでグループがわかるようになっていた。その布クロスを取り囲むように輪になってタイルの床に腰を下ろす。布クロスはバッグなどを置くテーブルのような役目を果たしていた。

午前十時半に司会役の幹部が開会の挨拶をして式典が開始される。

二代目明師様《めいすいさま》の愛甲成氏《あいこうあき》のご高話を拝聴後、今回は次期明師様として成氏の次男、秀《しゅう》氏が壇上に上がり、所信表明演説を行った。

二年前の二月一日、成氏の五十二歳の誕生日に、その年に成人式を迎えた秀氏を次期代表に指名したのだが、秀氏が今春大学を卒業したことで、次期明師様として信者への初お披露目となった。そして長女、君華《きみか》氏の御魂の会オリジナル曲のピアノ演奏が披露され、インターネットでのライブ配信が終了する。

続いて清魂の儀に移るというアナウンスが掛かると、信者たちは同じグループ内でペアを作り、一斉に左の袖を捲《まく》った。

手首につけられた五ミリ大の真っ赤な珠が連なっているブレスレットが現れる。御魂の会で〝御珠《みたま》〟と呼ばれているものだ。御珠には血赤珊瑚《ちあかさんご》が使われていて、独特なその色合いは、まるでしっとりと濡れているようにも見えた。赤は愛の色、魂を鎮める色とされていて、明師様が入魂したのちに一つ五万円で拝受されている。

御珠は御魂の会の信者の証であり、肌身離さず身に着ける。学生などでやむを得ず御身から外さなければならない場合も、御拝受した際に入れられていた絹の袋に入れて持ち歩くことは必須だ。できる限り身体に密着させることが好ましいとされていた。

清魂は二人一組で交互に行うしきたりで、血縁関係にない信者と組むことが暗黙の了解となっている。御魂の会では信者は全て家族とされ、血縁関係にある家族とペアになっても悪いことはないのだが、そうではない家族の魂を救うことが修行の一環だからだ。

相手の心臓の位置、つまり胸の中心よりやや左寄りのところに、御珠をつけた左の掌を押し当てながら、清魂する相手の幸せ、心身の健康を強く念ずる。この清魂を日常的に行うことで魂が浄化されるという教えだった。

正午過ぎ、清魂の儀の終了と同時に式典も閉会となった。

その後、昼食として恒例のいなり寿司と甘茶が配られた。いなり寿司は長年付き合いのある松本市内の老舗の和菓子屋から奉納されたもので、甘茶は信者たちの無病息災を願い、明師様から振る舞われる神聖な甘露《かんろ》という位置づけのものだ。

総本部の敷地面積はおよそ十ヘクタール。東京ドーム二個分の広さを誇っている。

その広大な敷地内には合成界面活性剤不使用の洗剤製造工場と、米や野菜を無農薬栽培する農場や茶畑があり、甘茶の茶葉もそこで収穫されたものを使用していた。

それを給湯室の大型やかんで煮出し紙コップに注いだものを、甘茶係に任命された十人の女性信者が配給する。

水は、総本部の裏山からの湧き水を浄化処理し、生活用水として水道から使えるようになっている御魂水《みたますい》が使用された。

御魂水は総本部に参拝に来た信者は持ち帰り自由とされているが、常飲すれば魂の浄化が促進されるのはもちろんのこと、心身の病が治癒したという信者も多く、取り寄せたいという声に応えるかたちで、洗剤や農作物と一緒に通信販売も行われている。

パラパラパラパラ。

突然、神殿の床に何かが落ちて転がる音が響き渡った。

散らばったのは御珠の珊瑚玉で、幼い男児の手にある切れた絹紐から落ちたものだった。

「お騒がせして、すみません」

眠そうに目を擦りぐずっている男児を膝に抱きかかえた母親が、申し訳なさそうに周囲に詫びた。

父親も謝りながら床の珊瑚玉を拾い集める。

信者たちとは別に、総本部会館で昼食を摂るため神殿の出口に差し掛かっていた成氏は、親子に気づき身を翻《ひるがえ》した。座っている信者たちの間を縫って歩み寄ると、自らも屈んで珊瑚玉を拾い始める。

信者たちもハッとして自分の近くに転がってきたものを拾い成氏に渡していき、瞬く間に成氏の掌に全ての珊瑚玉が集まった。

「御珠を壊してしまった上に明師様のお手まで煩わせてしまい、申し訳ございません」

母親は恐縮し、深々と頭を下げた。

「お家からここまでいらっしゃるだけでも、小さな子にとっては大変なご苦労でしょう」

成氏は優しい笑みを浮かべ、男児の手にそっと触れる。

「御珠が壊れたことを気に病むことはありません。きっとこの子がお家の悪縁を断ち切ってくれたんですよ。御珠には、そういう力もありますからね」

母親は思わず顔を上げた。成氏と目が合って、慌ててもう一度顔を伏せる。

成氏は立ち上がり、集めた珊瑚玉を男児の父親の手に託して再び出口へと歩を進めた。両親は、成氏の姿が見えなくなるまで頭を垂れていた。

「大丈夫よ。御珠は何度でも御拝受したらいいんだから」

珊瑚玉を拾い成氏に届けにきていた中年の女性信者が、男児の両親を励ますように小声で言って自分のグループに戻っていく。

成氏が神殿を出て扉が閉まると、信者たちの緊張が解け、何事もなかったかのように、布クロスの上に置いたいなり寿司を食べ始めた。

通常だと、昼食を終えた信者たちは順次神殿を出て庭園に建つ開祖様のご墓所《ぼしょ》をお参りし、各々持ち帰り用に持参した容器に御魂水を入れ、解散となり、マイクロバスに乗り込むのが流れだ。

しかし、今回はそうはならなかった。

一般信者たちはまだ誰も神殿から出ていない中、さっきの男児が噴水のように嘔吐した。それを皮切りに、同じグループに座っていた男児の両親や他の信者たちも次々と嘔吐する。

生誕会当日は式典終了まで断食するというしきたりがあったため、吐瀉物は食べたばかりのいなり寿司と水分がほとんどだった。男児を含めた同じグループの七人全員に激しい痙攣が起こり、黙食中で静まりかえっていた神殿内に悲鳴が響き渡る。

そこにいた信者たち全員がスマホを持っておらず、運営サイドに事の重大さが伝わり救急要請がされるまでにロスが生じ、救急隊員たちが到着したときには男児が嘔吐してから一時間以上が経っていた。

新型コロナウイルスの第六波がピークを過ぎても感染者数が下がり切らず、救急隊員たちは未だ頭まですっぽりと覆った防護服にゴーグルとマスクという出で立ちだった。救急隊員たちを迎えたのは一一九番通報をした若い女性信者で、その出で立ちに戸惑いつつも成氏の指示に従って信者以外通したことのない神殿へと案内する。

・会場に入る際に三日以内の新型コロナウイルス陰性という検査結果の提示あり。

・発熱はなく二週間以内の海外への渡航歴なし。

・新型コロナワクチン接種の有無は確認できていない。

通信指令課の職員から要救助者の情報としてそれらの報告を受けていた救急隊員たちは、集団食中毒の可能性が高いと考え現場に入った。しかし、患者の状態を診て愕然とする。七人全員が顔面蒼白で、既に呼吸が停止し微動だにしていないのだ。

瞳孔散大、対光反射も消失、脈拍も取れず低体温。

舌根沈下や嘔吐物による窒息の処置を行おうとした新人隊員をベテランの隊員が止め、ＡＥＤの電源を入れた。

「患者さんたちのコロナワクチン接種の有無の確認が取れていないようなのですが、どなたか把握していらっしゃいませんか？」

新人隊員が離れた場所に固まっている信者たちに問いかける。

「あの……たぶんワクチン打ってないと思います。だから、コロナかもしれないと思って誰も近づかないようにと、私が皆さんに申し上げたんです」

それで心臓マッサージや応急処置などの手出しができなかったのだと、神殿まで救急隊員たちを案内してきた女性信者が悔しさを滲ませた。

「たぶんというのは、憶測でということですか？　それとも根拠がおありですか？」

「明師様がワクチン接種を推奨されていらっしゃらないので、打っていない信者がほとんどなんです」

その言葉に救急隊員たちは顔を強張らせる。ワクチン未接種だと県内に受け入れてくれる医療機関はない。

しかし、コロナ罹患だとして、これだけの人々がほぼ同時に発症し、短時間で心肺停止状態にまでなるとも考えにくい。しかも患者たちは全員重症化しにくいとされている若年層だ。コロナでなければ、やはり致死率の高い食中毒か。

ＡＥＤで心肺蘇生を試みるが、七人ともその場で死亡が確認され、救急隊員が警察に通報した。

七人以外の信者たちは、警察からの依頼で保健所の職員により改めてＰＣＲ検査を施され、全員が陰性とわかったときには午後九時を回っていた。

百人もの人間を拘束しておくわけにはいかないと判断した警察から、身体と荷物検査、簡易的な事情聴取を受け、当面の連絡先を書かされて総本部から出ることを許されたのは翌朝になってから。

信者たちの持ち物から毒物らしきものは見つかっておらず、コロナ禍で受付やいなり寿司と甘茶の給仕に関わっていた信者は皆ナイロンの白手袋を嵌《は》めていたこともあり、亡くなった七人のいなり寿司の容器や紙コップから出た指紋も本人たちのもののみだった。

鑑識は状況から甘茶に使用された紫陽花の葉による食中毒を疑い、吐瀉物の薬毒物スクリーニング検査を行った。しかし、紫陽花の葉に含まれるシアン化合物はもちろん、有機リン系の農薬も検出されなかった。

最初に症状が出た男児から、小児への投与は禁忌《きんき》とされているベンゾジアゼピン系の睡眠導入剤が検出されたが、極少量で死亡との相関関係はないという見解だった。同じ薬が母親の持ち物から見つかっていたので、恐らく前夜に一錠を半分に割ったものを外出先で眠れない息子に与えたものと思われた。

七人が食べたいなり寿司や甘茶、それらを置いていた布クロスをはじめ、七人以外の信者たちに配られたものも、甘茶を煮出すために使用された五リットルの大型やかん五個も調べられたが何も出ない。

被害者は、澤田淳史《さわだあつし》三十四歳、澤田麻友《まゆ》三十五歳、澤田陸斗《りくと》四歳、山口亜実《やまぐちあみ》三十七歳、三浦聖《みうらひじり》十七歳、新村武《にいむらたけし》二十六歳、飯尾絢《いいおあや》十三歳の七人。

そのうち、澤田淳史、麻友、陸斗は親子で、式典後、成氏が退場する際に陸斗が御珠の紐を切って珊瑚玉を床にばら撒いてしまったことで、印象に残った多くの信者たちがそのときの様子を証言していたが、それが死亡に繋がるようなこともない。

グループは、当日スマホ収納ボックスの番号札順で決められ、まだ清魂ができない未就学児は省いてペアが作れるように、六人のグループが六つと八人のグループが八つの合計十四グループに分けられていた。

未就学児連れの澤田親子は六人グループの席にという配慮はあったようだが、それは他の未就学児連れの信者に対しても同じで、被害者たちはたまたま一緒のグループになっただけだという。

警察は被害者たちの事件前日から当日にかけての足取りを調べたが、澤田家の三人以外はそれぞれ住んでいる地域が異なり、宿泊先も松本駅まで来たルートも移動手段も全く違う。

死因はなかなか特定されず、被害者たちの遺体を早く返してほしいと、遺族たちからは再三催促を受けていた。

最終的に遺体は司法解剖に委ねられ、胃や血中、尿から致死量を超えるテトロドトキシンが検出され、死因はその中毒症状による窒息死と判明した。摂取後数分から数十分で症状が出て、あっという間にチアノーゼを起こし、死に至ったと推察された。

通常の薬毒物スクリーニング検査はテトロドトキシンが検出されるものではなく、基本的にはフグなどの摂取歴の情報があった患者や遺体に対してのみ独自の分析が行われる。被害者たちが前日口にしたものにも吐瀉物や胃の内容物にもそのような形跡がなかったことで、ありとあらゆる毒物を対象とした検査を行いようやく辿りついたのだった。

その結果を受けて現場から回収されたものを科捜研で再度調べたところ、被害者たちが使用した紙コップ七個からテトロドトキシンが検出された。

同じやかんで煮出して配られた他の信者のコップからは検出されなかったので、七人が飲んだ甘茶にだけテトロドトキシンが混入していたということになる。七つの紙コップにテトロドトキシンが塗られていたか、或《あ》るいは煮出した甘茶を紙コップに注いでから被害者たちの手に渡るまでの間に何者かによって入れられたか、の二択が考えられた。

遺体から検出されたテトロドトキシンの濃度を考えると、紙コップに付着していた量が少ないことに釈然としなかったが、どちらにせよ、誰かの手によって混入された疑いが強まった。

事件発生から十日後の五月十八日、長野県警察は集団中毒死を装った大量毒殺事件と断定し、それまで松本警察署のみで組まれていた捜査本部に県警本部の刑事が加わった。

長野県警刑事部捜査第一課の土屋《つちや》班と高階《たかしな》班の二班で、各六名ずつの合計十二名。

改めて五階大会議室に捜査本部を設置し、総勢四十名の捜査員による捜査が開始された。

——いなり寿司は食べない者がいたとしても、明師様から振る舞われる甘茶を飲まない者はいない。

信者たちは口を揃えてそう言った。

いなり寿司を奉納した和菓子屋は、総本部を創設したときの市長の縁者が経営している関係で付き合いがあっただけで、御魂の会の信者ではなかった。それでも、当然警察の捜査が入り、いなり寿司にはなんの問題もなかったとわかってもなお、現在に至るまで店は休業状態だ。

「新興宗教と関わると、信者であろうがなかろうが、ろくなことにはならないってことですよ」

土屋班に所属する篠原汐里《しのはらしおり》巡査部長が、班長の土屋《つちや》滋《しげる》警部に向けて言い放つ。土屋は何も答えず、ただ苦虫を噛み潰したような顔をした。

状況的に、外部から侵入して毒物を混入することは難しい。

そうなると、犯人は生誕会に参加した信者の中にいるということになる。とはいえ、参加者に運営側の人間を合わせると百人以上になる中から容疑者を割り出すのは容易ではない。現場で行った事情聴取で怪しい人物を見たという証言も出ていない。当日のライブ配信映像や受付に預けられていた被害者たちのスマホも解析したが、事件に繋がるようなものは何も見つからない。

防犯カメラは十か所に設置されていたが、そのうち九か所が外に設置されていて、唯一屋内を映しているものは総本部会館の玄関のみで、事件のあった神殿内や給湯室には一つもなかった。

成氏に理由を尋ねると、カメラはあくまで防犯のためであり、監視目的ではないからだと答えた。

——家の中を常にカメラで撮影していたら家族の気が休まらないでしょう？　信者たちは皆家族で、総本部は信者たちの家ですから。

そういった事情を知っていて逆手に取った信者の犯行か。だとしても、被害者全員を狙ったのか、被害者の中の特定の人物を狙ったのか、無差別なのかもわからない。

〝カルト宗教　御魂の会で大量毒殺！　内紛か、或いは粛清《しゅくせい》か〟

警察からマスコミへの発表が行われると、テレビやネットにそんなタイトルが躍った。

第一章　侵蝕《しんしょく》

1

五月二十日

「おひとつどうぞ」

捜査本部隣の小会議室は、捜査員たちが寝泊まりするのに使っている。

午前八時、篠原は土屋班最年少の天地《あまち》巡査を伴い、捜査本部と小会議室の捜査員たちに真っ赤なリンゴを配って回っていた。

篠原はビニール手袋を嵌めた手で、天地が抱えている段ボールからリンゴを一個取り出すと土屋に差し出した。

「実家のリンゴか？」

ざわざわと騒がしい周囲に負けじと、土屋がバカでかい声で聞きながら受け取る。

マスクをするようになってから、相手に自分の言ったことが聞こえなくて聞き返されるのが嫌だからと、もともと大きかった土屋の声はより一層大きくなった。

「そうです」

篠原は声が聞こえにくくてもわかるように、首をコクコクと縦に振りながら答えた。

「三月に、松本署管内で保護されて持ち主が見つからなかったイシガメを二匹引き取ったんですよ。私、本部に配属される前は松本署勤務だったので、うちが無類の亀好き一家だということを知っている先輩が連絡をくれたんです。それで、今回松本署に帳場が立ったから着替えを持ってきてほしいって母に頼んだら、今しがた着替えと一緒にリンゴも大量に持ってきて、亀を助けてくださったお礼に松本署のみなさんにも配れって言われました」

「亀を助けてくださったお礼にって、お前の実家は竜宮城か」

間髪を容れずに入れられたツッコミは無視し、時期的にちょっと味がボケてるかもしれないですけどそのままでも食べられますよ、と土屋の右手に握られたリンゴを指差した。

「松本署で保護した亀って、夜中に春休み中の小学校に忍び込んで亀を逃がそうとしていたところを現行犯で捕まった男が余罪で自白したやつだろ？」

男は亀を霊獣として崇める新興宗教の信者で、他人の敷地内の水槽で飼われている亀を盗んでは、近くの川に放すという行為を繰り返していた。

「寒さでかなり弱っていて、もう少し保護が遅かったら危なかったんですよ。冬眠明けの子もいる時期なのに、亀を崇めるどころか殺しかけるなんて、ほんと、人間にも亀にも大迷惑な奴です」

「亀にも迷惑か」

憤慨している篠原の顔を見て、土屋は鼻を鳴らした。

「新興宗教なんて滅びればいいのに」

篠原の発言に、土屋が慌てたように周囲を軽く見回す。

「お前がそう考えちまうのは無理もないが、刑事が極端に偏った考えを持つのは良くない」

きつい口調ではなかったが、土屋に窘《たしな》められた篠原は、内心では納得していないながらも、とりあえず頷いてみせる。

「余ったリンゴはどうするんだ？」

土屋が顎で段ボールを指した。天地が小首を傾げる。

「私の家で亀のご飯とリンゴ風呂に使います」

「亀を引き取ったのって、実家じゃなくお前の家なのか？」

「そうですよ。実家の池にはもういっぱいいますし、種類も違いますから」

「亀ってリンゴ喰うのか？」

「大好物ですよ。薄切りにして口の前に持っていってあげると、すごい勢いでしゃっくしゃっくって食べるんです」

亀がリンゴに齧りつく様を思い出し、自然と口元が綻んだ。

篠原の実家は南信でリンゴ農園をやっている。八月から十二月が収穫の時季だが、篠原は今時季の農園が一番好きだった。薄っすらとピンク掛かった白くて可愛らしいリンゴの花が満開になるからだ。子どもの頃は、摘花した花をガラス製の金魚鉢に入れた水に浮かべて勉強机の上に飾っていた。

リンゴの実は貯蔵技術が上がっていて、一年中スーパーに出荷できるようになっている。でも、五月のリンゴの味は旬の時季よりも劣るのは確かで、湯船に入れてリンゴ風呂にしたり、亀たちのいい餌になっていた。

土屋は手元のリンゴに目を移すと、

「配るなら丸ごとじゃなく、人間にも食べやすいように皮剝いて切ったのを配れよ。気が利かねぇな」

と舌打ちをする。

「コロナ禍なんですから切った果物を配るのは良くないじゃないですか。それこそ、ここで食べることに抵抗がある方は持ち帰ってリンゴ風呂にしていただいてもいいんですし」

篠原の正論に土屋は気に入らないといった顔をし、マスクを顎まで下げてリンゴに齧りついた。

天地はさっきから出てくる〝リンゴ風呂〟というワードが気になったようで、二人の会話が途切れたのを見計らって篠原に詳細を聞いた。どうやってって言われても、お湯を張った浴槽に丸ごとリンゴを浮かべるだけ、ケチらないで三個くらい入れると香りがいいわよと答えると、

「映《ば》えそうですね」

と、今どきの若者らしい反応が返ってくる。あとで多めにあげる約束をすると、飛び跳ねんばかりに喜んだ。

「亀って餌は月一とかなのか？」

リンゴを咀嚼しながら土屋が聞いた。

「そんなわけないじゃないですか。餓死させる気ですか。毎日あげてますよ」

「毎日？」

驚いた顔をする。

「いやいや月一のほうが驚きますって」

「でも、だとしたら帳場が立ったらお前の家の亀の世話は誰がしてるんだ？　お前今

一人暮らしだろ?」

土屋のなんの気ない問いかけに、篠原の心臓が跳ねた。

実は同居している男がいて、彼が世話をしてくれているんです、とはとても言えない。亡くなった祖父と親しかった土屋に知られれば、両親の耳にも入ってしまう可能性がある。それはどうしても避けたかった。

「普段ちゃんと栄養を摂らせておけば数日空いても大丈夫ですし、長くなりそうなときは、近所のエキゾ扱ってる動物病院に併設されたペットホテルで預かってもらってるんです」

我ながら咄嗟によく出てきたと己を褒める。

「エキゾ?」

「エキゾチックアニマルですよ」

「亀ってエキゾチックなのか?」

本人にそんな気はないのだろうが、あまりに面白い顔で聞いてくるので篠原はマスクの中でふき出した。

「爬虫類とか両生類、哺乳類でもフェレットとかハリネズミとか、ちょっと珍しい動物をエキゾチックアニマルって呼ぶんです」

「誰が?」

「誰がって、まぁ、獣医とかペット業者ですかね」

説明しながらそれとなく土屋の顔を窺うが、特に疑いは持たれていないようでホッと胸を撫でおろした。

篠原は、二年前まで独身用の宿舎に住んでいたが、県警本部に配属されたのを機に、長野市内のアパートに一人で住んでいる——ことになっている。

長野駅近くの住宅街にあるメゾネットタイプのアパートで、周囲と比べて家賃が格段に安い物件だった。理由は裏手に墓地があること。そのせいで、篠原が入居を希望した時点で埋まっていたのは五室のうち一室のみだった。選び放題の状況で、通常は人気であろう角部屋に決めた。

二階のベランダに出ると眼下にズラリと墓石が並んでいるのが見える。古くからある墓地なので従来の和型が多いが、欧米風の洋型もちらほらあった。墓地の敷地は広く、高い建物がないから日当たりも風通しも良い。便利で快適な上に安く、時折漂ってくる線香の匂いも悪くない。

友人どころか両親までも気味悪がって家に来ることはなくなり、会うときは外で約束するようになったことも、家に上がられることが好きではない篠原にとってはむしろ好都合だった。今回のように帳場が立って着替えを頼んだときも、母親は篠原のアパートからではなく実家に置いてあるものを持ってくる。

そんな、人が寄りつかない２ＤＫの部屋で、約一年前から男と同居していた。家族も、友人も、警察関係者も知らない。

非番の日に、彼が自ら命を絶とうとしていたところに偶然遭遇したことがきっかけだった。

自殺の名所で立ち尽くしていた彼を、その青白い顔色と手ぶらだったことで自殺志願者だと判断し声をかけた。ゆっくりと振り向いた彼は篠原の顔を凝視し、やがて、その目を見開き、

『しーちゃん、助けて』

と、言った。しーちゃんとは篠原の小学生の頃のあだ名で、篠原は自分の脳内に彼の顔を探したが、全く思い当たらない。それもそのはずで、彼——蒼井《あおい》は、三度の整形手術を受けたのだと言った。

その話を聞き、過去にも蒼井から『しーちゃん、助けて』と言われた記憶が鮮明に蘇る。

篠原が通っていた小学校には一学年二クラスしかなかったため、全員が知り合いのような環境だった。でも、活発な篠原と大人しめの蒼井が仲良くなったのは二年生になってから。

クラスで飼いはじめたメダカとクサガメの飼育係を担任が募ったときに、篠原が立

候補すると蒼井も手を挙げていて、二人で任命されたのだ。それを機に仲良くなり、クラスの男女十数人で夏休みに篠原の家の池の亀を見にきたり、地域の河川清掃に参加したりするときに蒼井も加わるようになった。

三年生でも同じクラスで飼育係をやっていた篠原と蒼井は、その年の十二月、クサガメの冬眠準備を整えたあと、公民館で行われるクリスマス会に参加する予定だった。しかし、みんなとの合流場所である公民館に併設された公園へ向かおうと二人で校門を出たところで、待ち構えていた大人の男性が蒼井を呼び止めた。

『しーちゃん、助けて』

そう叫んで手を伸ばしてきたのに、唖然としている篠原の目の前で蒼井はその男性に車に乗せられ、連れていかれてしまった。

篠原はすぐに校庭にいた担任に蒼井が誘拐されたと訴えたが、

『あれは蒼井くんのお父さんだから大丈夫だよ』

と、笑って言われた。蒼井の家は母子家庭だと聞いていて、授業参観などで母親は何度か見かけたことがあったが、父親を見たことはない。サングラスをしていて顔がよく見えなかったから蒼井と似ているのかもわからず、彼のお父さんだと担任が言ったのも、実の父親を指しているのか、或いは母親に再婚相手がいてその男性を指しているのかわからなかった。

結局、蒼井はクリスマス会には来ず、年が明けて会った彼は、一重だった瞼がくっきりとした二重になっていた。

『キモッ』

思わずそう言ってしまった。他のクラスメイトたちも、まだ子どもなのに整形するなんて——とドン引きし、それ以来蒼井は学校に来なくなり、四年生に進級する前に転校していなくなった。

そんな蒼井と約二十年振りに再会して、あのとき二重瞼に整形したのは彼自身が望んだのではなく親の意思だったと知り絶句した。しかも、その後も鼻や輪郭の整形手術を受けさせられたのだという。

『父は俺の見た目が気に入らないんだよ。チビで不細工だから』

そう言う蒼井にかける言葉が見つからない。

本当にそうだからではなく、我が子に無理やり整形させる親がいるのだということが理解できなかった。

彼の言う父とは実の父親のことで、小学生のとき転校したのは、実の母親のところから実の父親のところに引き取られていったからだった。

『最近は身長を高くするために骨延長手術を受けることを勧められていて、そんな怖いこと嫌だって言ってるのにしつこくてね。もちろんもう大人だから親の勝手で手術を受けさせられることはないけれど、親にそんなことを言われ続けるのは本当にしんどいんだよ。外見を通じて俺の全てを否定されている気分になる。不本意な整形手術を受けさせられるたびに、自分がゆっくり殺されていくように感じるんだ。ありのままの自分は無価値だって言われているようなものだろ。しかも、言われた通りに整形をしても結局また別のパーツを整形しろって言われるんだから、どこまでいっても自分は無価値なままなんだなって』

蒼井は苦悩の表情でそう語った。

『そんな親の傍にいたら死にたくもなるよ。もうとっくにいい大人なんだから、もっと早い段階で縁を切れば良かったのに』

篠原がそう言うと、

『親とは縁を切れないよ』

と、嗚咽交じりに言った。

――よく私だってわかったね。

篠原のその言葉に、だって面影ありまくりだから、と返されて胸が痛んだ。彼に面影がないのは、自然な経年によるものではなかったからだ。

蒼井に助けを求められたのは二度目。しかも、今回は死のうとまでしている。

篠原は、小学生のとき『キモッ』と言ってしまったことを深く後悔し、今度こそ助けたくて、親に見つかりたくないと言う彼を、死にたいという気持ちが治まるまでという約束で、引っ越して以来荷物置きになっている洋室に住まわせることにした。

母親から着替えとリンゴを受け取るために外に出たとき、プライベート用のスマホから蒼井にメールを入れた。


——松本署に帳場が立ったのでしばらく帰れません。マルとノンをお願いね。


帳場が立ったときに送る定型文だ。

マルとノンは松本署から引き取った亀に二人でつけた名前で、甲羅がまん丸いマルと、ひたすらのんびりしているノン。

蒼井は大学の法学部を出てロースクールに通い、司法試験に合格してからは弁護士として東京の法律事務所で勤務していたという。篠原と再会したときは家業を継ぐために長野の実家に戻ってきていたが、法律事務所に籍は置いた状態で、スカイプやズームを利用した有料のオンライン法律相談を受ける担当をしているのだと話していた。

依頼主の相談内容をオンラインで聞き、対応できるところまでを受け持ち、その後事務所の弁護士と繋げる。コロナ禍で需要が増え、それなりの収入があるようで、同居してからもその仕事を続けていたため、篠原が養うことにはならなかった。

万が一実家から問い合わせがあっても、法律事務所は守秘義務を徹底していて居場所を教えることはないからと、安心して生活を送れていた。

それでも外に出ることは避けていて、週に一度、運動不足解消と脳の活性化のためと称したウォーキングに出かけるくらいだった。家に籠っているぶん、洗濯や掃除、食事作りなど、家事全般を完璧に熟《こな》し、ネットスーパーで食材や生活用品などの買い物もしておいてくれる。

しかも、その費用を請求されたことは一度もなく、篠原が払おうとしても、居候させてもらっているんだからと受け取らない。家賃すら半分出すと言い出したから断ったくらいだった。

収入がどれだけあるのかは聞いたことがないが、仕事の給与も買い物も全てネット銀行を使って取り引きをしているようで、それなりに貯金もあるらしくお金に困っている様子はない。

それに、同居が長くなると思った時点でお互いの部屋に鍵を取りつけたのだが、濃厚接触を避けることもあり、今も部屋に入ると二人とも鍵を閉めてお互いの部屋を行き来することもない。ルームシェアをしている感覚で、その心地良い距離感を保てていることが彼への信頼に繋がってもいた。

亀を引き取ってからは、毎日の餌やりだけでなく水替えや甲羅洗いといったお世話を蒼井が率先してやってくれた。亀たちが、仕事で留守がちな篠原よりも彼に懐いているのは明らかだった。亀は人に慣れるだけで懐かないと言う人もいるが、篠原は懐くと思っている。呼べば来るし、甲羅を洗ってやれば気持ち良さそうに目を細める。嬉しいときは短い尻尾を振り振りするし、実に表情豊かな生きものなのだ。

松本署で保護された二匹の亀を躊躇《ためら》いなく受け入れたのは、どこかで蒼井がいる前提だったかもしれない。亀に対する彼の態度、亀の彼に対する態度を見ていると癒されて、そう思った。

蒼井との生活で唯一困ったのは、彼がスマホを持たないこと。

再会したとき、彼の持ち物はポケットに入れていた彼自身の似顔絵が描かれた葉書サイズの画用紙一枚だけで、子どもの頃親友が描いてくれた宝物なのだと言っていた。それ以外はスマホも全て実家に置いて出てきたと言うので新しいものを買うことを勧めたが、一度俗世間から離れたいと断られ、新調したのは衣類と仕事で使うノートパソコンのみだった。篠原の自宅に固定電話は置いていないから、彼との連絡手段もそのノートパソコンのメールしかない。

――お疲れさま。了解。マルとノンのことは任せておいて。

蒼井からメールが返ってきた。帳場が立った昨日から帰っていなかったから、察していたのだろう。

――御魂の会の事件？

と続く。

――そうだよ。

――ニュースで見たよ。警察は殺人事件だと判断したんだね。

地元だけでなく世間の注目度も高い事件で、蒼井も気になっているようだった。

詳細は言えないから、

――ちょっと長くなるかもしれない。

とだけ返す。

――着替えとかは実家のお母さんに頼んだの？

――うん。今届けてくれたんだけど、リンゴも箱で持ってきてくれたから捜査本部のみんなに配ろうと思ってる。

――俺も食べたい。

――どうせ全部は配り切れないし、マルとノンにも食べさせたいから残ったぶんは持って帰るよ。

――楽しみにしてる。

――ボケてるかも。

――じゃあアップルパイ作るよ。

そんな、メールでは不向きなテンポが速い会話のやり取りをすることにも慣れた。

篠原は、心の中でガッツポーズをして画面を閉じる。蒼井の作るアップルパイは絶品だ。リンゴを煮過ぎず硬さを残すところがいい。

そのあとすぐにまたプライベート用のスマホが震えたので画面を見ると、母親からLINEの着信だった。両親に同居していることを内緒にしている蒼井とやり取りした直後だったからギクリとする。二人の関係を両親に説明したところで、結婚前提でもない男女が同居しているだなんて、と古臭いことを言われそうで面倒だった。ただでさえ、親戚がコロナ婚をしたとか、コロナ禍で家族の大切さが身に染みたとかで、結婚の話題を振ってくることが増えていたのだ。

いつもなら仕事中は母親からのLINEは見ないし、電話も出ない。でも、ついさっき着替えやリンゴを届けてくれたばかりだったから、帰り道で何かトラブルが生じたのかもしれないと画面を開いて顔を顰《しか》めた。

母親のほうは、いつもLINEに不向きな長文を送ってくる。でも、今回顔を顰めたのはそれが原因じゃない。

――久々に汐里の顔を見て、元気そうで安心しました。それでね、忙しいところ申し訳ないんだけど、将来お母さんが篠原家のお墓に入らせてもらうことで汐里に相談したいことがあるから、今回の事件が落ち着いたら一度時間を作ってほしいです。

申し訳ないと思うなら言ってこないでよ、と、心の中で文句を垂れた。

学生時代登山が趣味だった母親は、新潟から、長野の山小屋の住み込みバイトとリンゴの収穫ボランティアに来ていて父親と知り合い、嫁いできたと聞いている。早くに両親を亡くし親戚の家で生活していたため常に遠慮をする癖がついてしまったのか、それとも生まれ持った性格なのか、篠原の記憶の中の母親はいつも謝っていた。父親にも同居している父方の祖母にも、亡くなった祖父にも、なんなら娘にも、悪くもないのにすぐ謝った。

『私が謝ればみんな丸く収まるでしょ。人が揉めたり怒ったり不機嫌にしていたりするのが嫌なのよ』

そう言ってへらへらと笑っていた。滅多なことでは反論もしない。

周囲の人はそんな母親を温厚な人だと褒めるが、全く褒め言葉に聞こえない。すぐに私なんてと卑下するところも無性に苛立った。

自信がなく意志薄弱で臆病だから怒れないだけのこと。その証拠に、一度風水に嵌《はま》って高額な出張鑑定料を支払い、得体の知れない風水師を家に招き入れたことがあり、祖父からこんこんと諭されていたことがあった。

それでも、篠原にとっては優しい母親で、作る料理も美味しかった。だからこそ、嫌いじゃないからこそ、へりくだり謝ってばかりでへらへらしている母親を見ているのが苦痛だし、その母親にいちいち苛立つ自分も嫌で東京の大学に進学した。

スマホの画面を見て溜息をつく。

——私に相談されてもよくわからないから、お母さんの好きにしなよ。

暗に私には相談するなという内容の返事を書いて、突き離しすぎかな、と思って消す。

篠原自身は、実家に仏壇がありお寺にお墓があるから一応仏教徒、というくらいの信仰心だ。お線香は匂いが好きなだけでお香のような感覚だし、お墓が家の目の前にあっても気にならないように、人は死んだら無になるだけだと思っている。そう思わなきゃ刑事なんてやってられない、とも思っている。

亡くなった方を無下にしているわけじゃない。ただ、犯罪に巻き込まれて亡くなった方の無念に毎度感情移入していたら身が持たないし、犯人を殺したくなる。それに、人は死んだら無になるだけだから、誰かの命を無にすることは許されないし、犯人には生きて罪を償わせなければならないというのが信念だ。そのために全力を注ぐ。

それに、宗教的な考え方や行事に拒絶感もあって、嫁だから旦那の実家のお墓に入らないといけないとか、入らせてもらうとか、正直うんざりする。自分が入りたいお墓に入ったらいいじゃないか。お墓の話題からまた結婚の話題になりそうな嫌な予感もして、苛立ちを紛らわすようにもう一度溜息をつくと、返事はせずに画面を閉じてプライベート用のスマホの電源を切った。

「公安が出てきて厄介なことになる前に、さっさとホシ挙げねぇとな」

　リンゴを頰張りながら土屋が言う。ここでいう公安は、警視庁の公安部のこと。新興宗教に少しでもテロの疑いがあれば警視庁の公安のマーク対象団体となるのだ。

「元山岳遭難救助隊志望としては、山の中にある総本部に詰めたいところか？」

　総本部に詰めているのは高階班だった。土屋はガハハと笑い唾を飛ばした。土屋の咀嚼したリンゴの欠片が手首についたので、近くのデスクに置いてあったボックスティッシュから一枚取り出して拭き取った。

「土屋さんがコロナだったら完全にアウトですからね」

　本気で怒ってはいない。四十九歳の土屋と三十歳の篠原。いつものように父親に文句を言っているような感覚だ。

「すまん、すまん」

　土屋も娘を相手にするように言って左手で手刀を切った。

2

篠原は南信の公立高校出身で、女子剣道部の主将だった。

副主将で親友だった遥《はるか》は、推薦で大学入試を年内に終え、高校三年生のうちに教習所に通い始めた。

三月末、早々に免許を取得した遥に誘われ、卒業旅行ならぬ卒業キャンプに一泊で行くことになった。東京の大学へ進学するため引っ越し準備でバタバタしていたが、壮行会でもあると言われたら無理をしてでも行こうと思った。同学年の部活仲間だった七歩《なほ》も、特別仲が良かったわけではなかったが自分も行きたいと言ってきて、三人で行くことになった。

大自然に囲まれた長野県はキャンプ場の数が全国で二番目に多い。

運転をしたくてたまらない遥の希望を汲んで、行き先は地元から離れた松本市のキャンプ場を選んだ。篠原と遥は初めてだったが、七歩が行ったことがあると言って推してきたのだ。

往路は高速は使わずオール下道を使い、三時間のドライブを楽しんだ。それでも飽き足らず、夕食のバーベキューの片づけが終わると、テンションマックスの三人は車で夜景を見に行くことにした。

登山口近くの高原にあるキャンプ場だったから、景色のいい山頂を目指して車で行けるところまで行こうということになった。だけど、途中から道幅が狭くなり、路面状態も悪くなっていることに気がついた。街灯もなく、乗っている車のライトだけが頼りの状況だった。遥の両親の車を借りてきたのだが、カーナビが故障していてスマホのカーナビアプリを使っていた。そのスマホも圏外になっていて役に立たない。

案内係を買って出た七歩は、この道で合っているはずだから大丈夫だと笑顔で言う。頬の高い位置にインディアンえくぼができる七歩の人懐っこい笑顔に一瞬安心感を覚えたが、篠原は万が一にも夜の山中で迷ったら危険だからと、すぐにUターンすることを勧めた。遥もそれに賛同したが、なにぶん細い一本道で、左は石垣、右は崖になっていて、免許取り立ての自分ではその場でUターンするのは絶対に無理だと言う。

仕方なく、Uターンできる場所まで進むことにしたが、十分以上走ってもそんな場所はない。対向車や後続車も見かけない。

「あの辺でUターンできるんじゃない？」

車のヘッドライトに照らされた先に、石垣が途切れ木々が生い茂っている場所が見えた。後部座席に座っていた篠原がそう言いながら窓の外を指差すと、

「ぎゃっ！」

と、遥が絶叫した。

突如右にハンドルを切り、急ブレーキが踏まれた。車体が大きく揺れ、篠原はシートベルトが腹部に食い込んだ状態で勢いよく座面に倒れた。助手席に座る七歩は、窓に側頭部を打って呻き声をあげている。

「何、なんなの？」

篠原が起き上がりながら聞いた。しかし、遥はハンドルを両手で握りしめながら前を向いて何も答えない。

カチカチカチという音が聞こえ、その音の出どころを探すと遥の口の中からだった。見れば、ハンドルを握る両手も震えている。

「えっ、人？」

七歩の声で篠原も七歩の視線を辿った。今まで見ていた石垣側とは反対の崖側寄りの林道に、男が座っている。

「座禅？　こんな場所で？」

篠原がギョッとしていると、

「良かったぁ……轢《ひ》かなくて」

と、遥が涙声になって言った。

「なんなの？　なんでこんなとこで座禅組んでるかな」

我に返り、篠原の中で驚きが怒りに変わった。

「運試しとか？　それともチキンレース？　迷惑にもほどがあるよ」

説教してやろうと怒りに任せて右側のドアを開け、息を呑んだ。

「どうした？」

遥も運転席のドアを開けて「ひっ」と悲鳴を上げる。

ガードレールすれすれで降りるスペースがない上に、そのガードレールの向こう側は崖だったのだ。あと少しずれていたら、突き破って崖下に真っ逆さまだと思うと背筋が凍る。崖下を覗いても真っ暗でどれだけの高さがあるかはわからないが、死という言葉が脳裏をかすめた。

二人とも無言のままドアを閉め、篠原は左側から降り、遥は七歩が降りた助手席から降りた。

「誰もいないよ」

先に降りた七歩が二人に向かって言った。

「どこ行ったんだろ」

篠原も周囲を見回す。車から降りるのに手間取っている間に男は姿を消していた。

「えっ、いたよね？　二人も見たよね？」

遥が、篠原と七歩の顔を交互に見ながら言う。

「あれ、生きてる人間だったよね？」

動揺した遥が突拍子もないことを言い出した。

「怖いこと言わないでよ」

と、七歩。

「絶対いたし、生きてる人間だったから」

と、篠原が言い切った。篠原は心霊的なことは一切信じていない。

「じゃあ崖から落ちた？」

七歩の言葉に三人で顔を見合わせる。

「いや、可能性としてはこっちでしょ」

篠原は冷静にスマホのライトを点けて、石垣が途切れた奥の林の中を照らした。近づいていき暗闇にライトを向けると、二つの光る目と視線が合って体を硬直させる。

「なんだ、鹿か」

こちらも驚いたが、鹿はそれ以上に驚いたようで、ガサガサッと葉音を立てて走り去った。

山中で野生の鹿に遭遇することは、それほど珍しいことではない。しかも鹿は夜行性だから、夜は遭遇する確率も高くなる。鹿の網膜の裏側にはタペタムという反射板のような組織があり、暗闇で光って見えることも田舎育ちで知っていたが、この状況下で狼狽《うろた》えてしまった。

篠原は深呼吸をしてから、もう一度スマホのライトを林の中に向け、男を捜しにいこうと歩き出す。

「ちょっと、やめようよ。危ないから。もう戻ろう、ねっ」

と、遥が篠原の腕を摑んで止めた。

警察に通報しようにもスマホは圏外で繋がらない。七歩にもキャンプ場に戻って警察に連絡しようと説得され、渋々従った。

運転席に乗り込んだ遥を、二人が誘導してなんとかUターンさせた。疲れ切って、キャンプ場に戻るまで誰も何も喋らなかった。

キャンプ場に戻ると、約束通り通報しようとした篠原を遥がまた止めた。

「轢いてないどころか怪我だってさせてないんだよ。通報する必要ないでしょ」

「そうだよ。警察なんか来たら面倒だし。疲れたから、もう寝ようよ」

七歩にも止められた。それでも腑に落ちない顔をしていると、

「親に借りた車だから、人を轢きそうになったなんてバレたらヤバいのよ。お願いだから通報しないで」

と、遥が必死に訴える。親友の頼みに仕方なく頷いた篠原は、テントの中に敷いた銀マットにゴロリと転がり毛布を被って目を閉じた。

翌日、帰りの車内では何事もなかったように実のない会話をし、誰も昨夜の男のことには触れなかった。しかし、篠原は自宅に着くやいなや警察に電話をかけた。どうしても黙っていられなかったのだ。

その後、篠原の通報で林の中を捜索した警察官により、大木で首を吊っている男の遺体が発見された。警察から男が身に着けていたものの写真を見せられたが、篠原と七歩は記憶が定かではなく、たぶんあの男のものだと思うとしか言えなかった。対して遥は、男が着ていたトップスの柄をはっきりと覚えていたため、写真の洋服があのとき道の真ん中で座禅を組んでいた男のものだと断言した。

そして、ネットのニュースで亡くなった男が御魂の会の信者だったと知った。篠原たちが迷い込んだ未舗装の道の先に、その新興宗教の施設があるのだという。高齢化で廃村になった広大な土地をまるっと買い取った怪しい団体だと噂で聞いたことがあった。

篠原たちは、キャンプ場から山頂に向かう道中の分岐で、慣れない道と暗さから、間違ってその施設のある方向へ進んでしまったのだ。もともと村があったので車は通れるが、その施設で行き止まりになっていると警察から説明を受けた。

あのまま進んでいたら、その施設に足を踏み入れていたかもしれない。改めて恐ろしさが込み上げた。

男は前日から行方がわからなくなっていて、死に場所や死に方を模索している中、車に轢かれようと林道の真ん中で座禅を組んでいたが、ようやくやって来た車に除《よ》けられ失敗した。その後林の中に入り、大木で首を吊って本懐を遂げたのだろう。そんなこともネットに書かれていた。

そして、その大木が自殺によく使われる心霊スポットだったことで、マニアたちが喰いつき、話は風化するどころか大きくなっていった。

御魂の会の施設がある廃村になった村では各家に墓地が併設されていたようで、そこに納められていた引き取り手のない遺骨を、施設の建設時にその木の根元に埋めたという昔の噂が再燃した。

その遺骨の怨念を根から吸い上げた大木が、死にたくない人も死へと導く。

もちろん、根も葉もない噂だが、マニアたちは、男は既に前日その木で首を吊り亡くなっていて、自分の遺体を発見してほしくて女の子たちの車の前に現れたのではないかと勝手に推論を展開した。WEB漫画にもなるほどの盛り上がりようだった。

遥と七歩はそんな心霊話を真に受けて怖がったが、篠原はバカバカしいと気にも留めなかった。ただ、やむにやまれぬ理由があったのだとしても、もし自分たちが轢いていたらと思うと、なんの関係もない他人に迷惑をかけるやり方に腹が立った。それに、あのときすぐに追いかけて男をとっ捕まえて文句を言えば自殺を思い留まらせられただろうか、少なくともキャンプ場に戻ってすぐに通報していれば警察が駆けつけて死なせずにすんだかもしれない、という思いに苛まれ続けた。

そして、男が御魂の会の信者だったと知って、御魂の会への悪印象が篠原の中に植え付けられた。

そもそも、篠原の剣道の師範である祖父が、新興宗教は全て邪教だと言って毛嫌いしていた。それは、他でもない祖父の妹が新興宗教の教祖と信者たちによって殺されていたからだ。

祖父の妹を殺した新興宗教は〝レディーフィグ〟という名称の女性信者ばかりの女性礼賛主義団体だった。ジェンダー研究会を隠れ蓑にしていたレディーフィグだったが、過激なフェミニズム思想を露わにし始めたため、危険視した地元住民たちが施設の立ち退きを求めて訴訟を起こした。

結果敗訴したレディーフィグは、団体側に不利な判決を言い渡したとして、担当判事だった祖父の妹を逆恨みし犯行に及んだ。

篠原にとっては叔祖母《おおおば》にあたる人で、独身だった彼女は、少ない休日を使って幼かった篠原をよく動物園へ連れていってくれた。動物園好きで、大人になるとなかなか一緒に行ってくれる人がいないから汐里ちゃんが一緒に行ってくれて嬉しいと言い、遠方から車で送り迎えをしてくれた。

篠原が動物の写真を撮りたいと言うとキッズカメラを買ってくれ、気に入った写真が撮れるまで同じ動物の檻の前に何十分も滞在する篠原に笑顔で付き合ってくれた。

叔祖母が武装集団に襲われたのは動物園からの帰り道で、篠原も一緒にいるときだった。間もなく逮捕されたのはレディーフィグの信者九人。襲うよう指示した教祖も半月ほど遅れて逮捕となった。

ショックのあまり、叔祖母が襲われ連れ去られたときの記憶は篠原の中からぽっかりと抜けていた。覚えているのは武装集団の異様な目、それと、後にも先にも見たことがないほど顔を真っ赤にし、拳を震わせて咽《むせ》び泣いていた祖父の姿だけだった。

そして、それ以来、動物園へ行く気になれないまま大人になった。

『新興宗教のような邪教につけ入られない強い人間になるために心身を鍛えよ』

新興宗教を根絶させるためには信者になる人がいなくなればいいと考える祖父は、事あるごとにそう言った。

祖父は市で運営している体育館で小学生たちに剣道を教えていて、篠原もその教室に通っていた。そこへたまに指導にやって来る県警の警察官たちと接していたから、警察官を目指したのは自然な流れだった。叔祖母のように正しく、祖父のように強い人間でありたいと思っていた篠原にうってつけの職だったのだ。

小学生のときの学校登山で一度、腹を壊し、やむを得ず野糞をしたことで山嫌いになり、母親に誘われたときは見向きもしなかったが、山岳遭難救助隊の隊員の話を聞いているうちに山登りに興味が湧き、大学で登山サークルにも入った。

家を出ようと思ったときに、人並みに興味のあった東京の大学に進学したが、地元に帰ってきて長野県警察の採用試験を受けようと思ったのは、成人式で実家に戻ってきたときに祖父の余命が長くないと知り、少しでも傍にいたいと思ったからだった。

篠原は警察学校を卒業すると、小諸署の地域課勤務を経て山岳遭難救助隊の入隊テストを受けた。しかし、救助ヘリに乗れず撃沈した。高所恐怖症ではないし飛行機は乗れるから大丈夫だと高を括っていたのだが、初めてヘリに乗って腰を抜かした。想像以上に狭い機内で、プロペラの爆音や激しい揺れがもろに己の全身に降りかかってきたことにビビッたのだ。

それに、大学のサークルでの登山経験くらいでは、日本で最も出動数の多い山岳遭難救助隊のレベルには到底至らない。ましてや女性隊員はまだ数人しかいない狭き門だ。

その話をどこかで耳にした土屋が、二年前県警本部に異動になった篠原を刑事課に引き上げてくれたのだった。土屋とは地域課の交番勤務のときに、事件の捜査で何度か顔を合わせることがあった。篠原の祖父は土屋にとっても剣道の師範であったそうで、恩師の孫娘として気にかけてくれていたのだ。

長野県では、犯人の潜伏先や事件性のある身元不明のご遺体の発見場所も山林や樹林が多く、刑事であっても山に入る機会は多い。

『山岳遭難救助隊じゃなくても存分に山ガールの本領を発揮できるぞ』

刑事課に配属された初日に、やはりガハハと笑いながら土屋にそう言われた。

山ガールの本領発揮ってなんだよと思ったが、警察官仲間にヘリという弱みを知られたことで落ち込んでいたから、刑事というポジションは挽回できるチャンスだった。

卒業キャンプのときに轢きそうになった男が首を吊った大木には、小諸署のあとに松本署の生活安全課に配属されてから何度か足を運んだ。あのときのことがきっかけとなり、〝近寄る人間は死にたくなくても首を吊らせるハングマンズツリー〟として注目を集めた樹齢数百年のシナノキだ。肝試しに集まる若者や心霊系ユーチューバーの取り締まりが増え、度々ハングマンズツリーにぶら下がるご遺体も発見した。

もちろん、篠原や同行している他の警察官たちで首を吊った者は一人もいない。近寄っただけで人が死ぬわけがない。それでも気味が悪いのは確かで、何度見てもその大きさに圧倒される。

地面に根を張っている極太の幹は、篠原が両手を広げて抱き着いても半分にも届かない。篠原の背丈を越えた辺りでその幹が二股に分かれるのだが、二手に分かれてもなお、篠原の腰回りよりも太く、そこから伸びた枝はまるで人間の腕のようだった。

霧の中で枝にぶら下がっているご遺体は、その腕に縋りついているようにも見え、鳥肌が立った。

そして、ハングマンズツリーで首を吊った状態で発見されたご遺体は、高確率で御魂の会の信者だった。

篠原の祖父が土屋の師範だったように、田舎は狭い社会だ。間接的な知り合いならそこら中にいる。窮屈なときもあるが、安心感もあった。だけど、いや、だからこそ、そんな田舎の山奥にある新興宗教団体の総本部は異様な存在だった。一年中押し寄せる観光客を歓待する県民性柄、閉鎖的なわけじゃない。御魂の会側が閉鎖的なのだ。

——金に物を言わせ、広大な敷地を買い取って建物や農場をつくり、そこで行われていることは外部の人間には一切公表しない。地元の人間と交わるつもりも、良い関係を築くつもりもさらさらなく、自分たちが余所者《よそもの》だということは棚に上げ、地元民に余所者を見る目を向けてくる。

近隣の住民たちは、篠原や警察官たちに御魂の会の信者たちのことをそう語った。皆、よりによってどうしてここに、と嘆いていた。

＊

「御魂の会ってベトナム色が強いんですね」

捜査本部で配られた御魂の会の概要が書かれた資料を読みながら天地が言った。

「神殿の床のタイルも日本ではあまり見ないデザインだなって思ったんですけど、フランスの植民地時代にベトナムで作られるようになったものみたいで、ベトナムでは一般住居の床もあんな感じのタイルが使われていることが多いそうです。床に直接座って食事をするのもベトナム流みたいですよ」

「そうなの？」

篠原が聞くが早いか、

「あの布クロスの刺繍もベトナム刺繍ってやつみたいです」

と言って、スマホで検索した画像を見せてきた。

篠原は、生まれ育ったのが同じ県内だったというだけで、図らずもキャンプで近くまで行ったことはあるものの、御魂の会の総本部に足を踏み入れたのは警察官になってからだった。その頃は創設者は既に他界していたが、総本部会館の玄関に大々的に飾られている写真で初めて顔を把握した。

写真の中の創設者の服装が変わっているなと思ったことを思い出したが、天地の話で、そういえば男性用のアオザイに似ているのだと納得する。二代目明師様と崇められている成も、会うと同じような恰好をしていた。

そのことを天地に伝えてから、篠原も同じ資料に目を通す。

＊

御魂の会の歴史はまだ浅く、創設者の愛甲世《とき》が一九九〇年代初頭に、当時勤めていた大手ゼネコンのベトナムホーチミン事務所に赴任していた間に覚えた反射区とツボを刺激する施術法を、日本に帰国後、見よう見まねで始めたのが最初だった。世はベトナムへ行く前から腰痛に悩まされていたのだが、渡越して半年ほど経った頃急激に悪化した。常に暑く雨季乾季しか存在しない気候の中、ずっと夏バテのような症状が続いていたことも原因だと思われた。

やがて足を引き摺らないと歩けなくなった姿に、日本人スタッフは病院へ行くよう勧めてきたが、現地の病院は技術面衛生面ともに信頼が置けず、とても行く気になれないと頑なに拒んでいた。そんなときにベトナム人スタッフに連れていかれた謎の施設で、グエン先生と呼ばれているベトナム人男性から顔と足裏の反射区やツボを刺激する施術を受けた。

中国文化の影響を強く受けているベトナムでは鍼灸治療が行われているのは世も知っていた。それも衛生面の不安から絶対にやりたくないと思っていたのだが、謎の施設では先生の指と手だけで刺激するという。反射区とは末梢神経が集まっている場所のことをいい、ツボと合わせると顔にも足裏にも数百か所存在している。いわゆるフェイスマッサージやフットマッサージとは全く異なり、一通り反射区の刺激が終わると、掌をしばらく患部に押し当てて終了となる。

先生に刺激されたり触られたりしたところがじんわりと温かくなり気持ち良いとは感じたが、期待はしていなかった。しかし、何度か通っているうちに、いつの間にか腰の痛みがなくなっていたのだ。医療先進国の日本で、ブロック注射をはじめ、飲み薬や貼り薬の痛み止め、整体、鍼《はり》など、ありとあらゆる治療を試しても全く効果がなかったのにと驚愕した。

施術を行ってくれたグエン先生の説明では、腰痛は自律神経の乱れからも起こりやすく、反射区を刺激して体内の浄化が行われ自律神経が整い、先生の掌からエネルギーを吸収したことで自然治癒力が高まり症状が改善したのだろうということだった。

ベトナムでは経済的な理由で医療が受けられない人が大半で、独自の民間療法が何種類も行われていた。グエン先生の施術もその一つで、似ているものに反射区を独自の道具を使って刺激する民間療法もあったが、グエン先生は人間の掌こそが最高の道具だと言う。

料金は設定しておらず心付けなので、お金がない患者は神仏を拝むように手を合わせるだけで帰っている者もいた。

　当時は、ドイモイ政策をきっかけに日本企業がベトナムへ進出を始めたばかりだったため、ベトナムに駐在している日本人はまだ少なく、日本へ渡った経験のあるベトナム人も数える程度で、日本人は国民全員裕福だと思っているベトナム人が多かった。しかも、四十代後半の世は、物価が安いベトナムで高額な海外赴任手当を受け取り、家賃は会社持ちで広い邸宅に使用人を抱える、まさにベトナム人の認識通りの生活を送っていた。

　それなのに、施術相手が日本人であれ誰であれ、一切の見返りを要求しない姿勢を貫くグエン先生の精神に、深い尊敬の念を抱いた。

　もともとゴルフやナイトクラブ通い、ベトナム人高級娼婦との情事に興じているゼネコンや銀行、商社などの日本人駐在員たちに馴染めず、仕事以外の時間を持て余していたから、世が興味を持つのは自然な流れだった。世が施術法を習得したいと願い出ると、グエン先生は快諾してくれた。

　駐在を終え日本に帰国すると、実家の広いガレージを改装して愛甲健康会というセラピー教室を開いた。亡くなった父親が趣味で集めた高級車を何台も並べていたガレージだ。車に興味のない世は、母親の許可を得てそこにあった車も全て売却し改装費用に充てた。場所代も掛からないので、グエン先生と同様、料金は設定せず患者のお気持ちでということで貯金箱を置いた。民間療法よりも抵抗感のない自然療法という言葉を使った。

最初は近所の人が集まってくる程度だったのが、口コミで市内、近隣の市、県内へと広まっていき、ほとんどの患者が施術に満足し、貯金箱に無理やりお札を入れるようになっていった。週末だけでは患者を施術しきれず、平日の夜間も受け入れるようになると、他県からの患者や弟子になりたいという人も現れた。その頃になると、貯金箱には入らないからと、封筒に施術のお礼金を入れてくる患者が多くなり、貯金箱の隣に蓋つきの隅切り箱を置くようになった。

この国でも自然療法に救いを求めている人が大勢いることを実感し、世は、自分が日本のグエン先生のような存在になるのだという使命感に駆られ、会社を退職した。

世と大学時代に学生結婚をした妻の悦子《えつこ》は、世の海外赴任先が途上国ばかりだったこともあり、日本に残って世の実家の二世帯住宅で一人息子の成《あき》を育てた。

だから、世が退職すればもう離れ離れに住むことはなくなると、悦子が誰よりも喜んだ。実家住まいで生活費はほとんどかからず、二十代の頃から海外赴任をしていた手当と退職金でかなりの貯蓄があったから不安もなかった。

やがてガレージだけでなく、一階を全てリフォームして弟子たちも施術を行えるスペースを作った。施術を待っている間に患者同士が交流できる部屋も設けた。どこからともなく精神的な不調も治るという噂が立ち、小顔になる、性格が良くなる、頭が良くなるとまで言われるようになり、年寄りだけでなく、若者、妊婦、受験生や不登校の子どもを連れた母親までやって来るようになった。

しかし、あまりの多忙に疲れ果て、施術は身体的な不調がある人のみに限ろうかと悩んでいたときに金縛りにあい、世は神の声を聞いた。

——施術は愛である。愛とは、ただ与えるもの。身体的、精神的で分け隔てすることなく、全ての人を不調から救ってあげなければなりません。それが、あなたの天命です。

頭の中にその言葉が直接響いてきて、金縛りが解けると自分には神の声を聞く力もあったのかと感極まり、自分を頼る全ての人を受け入れる覚悟をした。まさに、五十にして天命を知ったのだ。

世は、身体と精神どちらにも対応する自然療法として、グエン先生から教えられた掌のエネルギーのことを思い浮かべた。グエン先生は、生命は尊く、掌はその生命のエネルギーが発せられる唯一の部位であり、患部を手で触ることで自然治癒力を高めるのだと言っていた。

病は気から。そして、気魂《きこん》という言葉があるように、魂を整えることが気を整えることになると考え、掌のエネルギーを吸収させ魂を施術する清魂を独自に生み出した。

より強いエネルギーを発せられるように、パワーストーンから着想を得て御珠を作った。自分が心を込めて入魂した御珠を持っていれば患者同士でも清魂を行えると教え、皆で心身の健康を図っていこうと呼びかけた。百人近くいた患者たちの多くが世の呼びかけに賛同し、清魂はすぐに受け入れられた。

次に着目したのが食生活だった。駐在していた頃のベトナムは戦争終結からまだ二十年ほどしか経っておらず、枯葉剤の影響を受け、身体に障がいをもった人を多く見かけた。そういった人は日本人を見ればお金をくれと両手を出して近寄ってくるから、余計に多く感じたのかもしれない。

世は、散布された枯葉剤を直接浴びてしまったことが、彼らが障がいを負った原因だと思っていた。しかし、世が目にしたほとんどの人が枯葉剤の掛かった食料や水を口にしたことで胎児のうちに影響が出た間接的な被害者なのだと現地の人間から聞いて、口にするものの重要性を痛感した。

食に関する様々な文献を読めば読むほど、日本の市場に出回っている食品がいかに農薬や添加物に塗《まみ》れているかを知り、無農薬無肥料栽培の農場を作ることを患者たちに提案した。

農場作りに資金援助を申し出てくれた患者たちの寄付金から税金を引かれることへの不満は大きく、有識者から勧められたのが宗教団体の設立だった。団体を作り、宗教活動を行う自由は憲法で保障されている。神の声を聞き、清魂という教義を広め、患者という信者を施術者として強化育成するのであれば、それは立派な宗教団体と言えるだろうと説得された。

そんな声に応える形で、一九九七年に愛甲健康会から御魂の会と改め、宗教団体となる。信仰の対象は創設者である世。神の声を聞き私たちを救ってくださる、私たちにとってはそんなあなたこそが神だという患者たちの意見を受け入れた形だった。自然療法と自然農法で人々の心身を健康にするために尽力する世を慕い敬う多くの患者たちがそのまま信者となり、患者のお気持ちだった施術料はお布施に代わった。信者たちは世を明師様と呼ぶようになり、世は信者たちを家族と呼んだ。魂を施術するため、浄化という言葉も使うようになった。

早急に信者たちの食の改善を図るべく、農場を作るための土地探しが始まった。そして、建設会社に勤めていた頃の伝手《つて》を使い、レジャー施設を誘致する計画がバブル崩壊で頓挫していた長野県松本市の山間部に辿りつく。

平地が少ない山間にある村では過疎化が著しく、限界集落から廃村になった土地だった。その後レジャー施設の誘致がなくなり放置されていたため、かなりの好条件で購入できた。更には村に残っていた空き家の解体から総本部の建設に至るまで、その土地を紹介してくれた元同僚が手を回し、割安で請け負ってもらえたのだった。

とはいえ、その費用は巨額で、一年ほど前に世の母親が亡くなったときに相続した億を超える資産と、信者たちの寄付により捻出された。

レジャー施設の建設予定だった場所に大手ゼネコンの人間が出入りしていてもなんら怪しまれることはなく、住民たちに宗教施設だと気づかれる前に世一家は総本部に移住し、長野県知事に宗教法人の認可を申請することができた。

清魂は家族で愛を与え合うものであり、総本部を建てた記念として直径一メートルの円形ガラスに〝愛〟と彫った置物を製作し、会館入口に飾った。翌年、宗教法人の認証を得ると信者はあっという間に千人規模となり、信者たちの要望に応える形で、〝愛〟と彫られた小型の円形のガラスも作り、世の写真とセットにして販売した。信者たちは、それらを御神体と御尊影として自宅の神棚に祀るようになった。

総本部の農場を手伝うボランティアを募集したところ、通いではなく住み込みで手伝いたいという若い信者たちが多く、清魂荘という宿舎も建てられた。彼らのことを信者たちの間で出家信者と呼んでいたが、世にそういった思想はなく、あくまで出入りは自由とされていた。

洗剤に含まれている合成界面活性剤が、枯葉剤に含まれていたダイオキシンを発生させると知ると、二〇〇〇年には無添加の洗剤工場も設立した。その頃再び金縛りにあい、

——もっと多くの人を救いなさい。あなたの救いを求めている人がたくさんいます。
という神の声を聞き、全国に支部として清魂センターを設け、世自身が一年をかけて布教して回った。支部は関東に四つ、関西に三つ、東北、九州に一つずつの合計九か所。

二〇〇二年、信者が五千人を超えたのを機に、義務教育を受けている十五歳以下の御魂っ子、十六歳から三十九歳までの青年部、四十歳以上の壮年部に分けての活動を開始した。

同年、慈愛党を結成すると、日本から農薬や添加物を排除し全ての国民の身体を浄化すること、全ての国民に愛を与え精神を浄化することを公約に掲げた。そして、翌年の衆議院議員選挙に十人の信者が関東の選挙区を中心に立候補するが全員落選した。二〇〇五年にも再挑戦するが、やはり全敗し、二〇〇七年に参議院議員選挙に鞍替えするも状況は変わらず、政界への進出は断念した。

また、二〇〇八年には高齢の信者の孤独死が続いたことで心を痛めた世が、身寄りのない高齢信者の終《つい》の棲家《すみか》として有料老人ホーム事業を開設した。孤独は人間の心身を最も蝕むと説き、孤独な若者は清魂荘へ、孤独な老人は愛甲健康苑へ迎えることを宣言する。宗教法人が老人ホームを運営することは法律上できないため、施設は御魂の会の傘下の社会福祉法人が運営する形を取った。

長野県内に愛甲健康苑を二つ建て、悦子が代表に就任した。悦子は介護施設で働いていた経験があり、介護福祉士の資格だけでなくケアマネージャーの資格も有していた。

職員を募集する段階になると、主婦層の信者たちに御魂の会の信仰と同時に手に職もつけられますよ、と声をかけたが、なかなか思うように集まらない。そこで、身寄りのない高齢信者だけでなく自宅介護で苦しむ信者の親にまで間口を広げ、職員の親の入所を優先すると言うと、たちまち応募者が殺到した。

入所希望者が後を絶たず順番待ちのリストが埋まっていくと、悦子は自分の経験も踏まえて訪問介護も開始し、入所できない要介護の信者のケアも行うことにした。翌年に信者数が多い大阪と東京に一つずつ施設を建てると、長野の施設以上に入所希望者で溢れた。

二〇〇九年、世が六十三歳のとき心筋梗塞で死去すると、洗剤工場の経営を任されていた成が四十一歳で二代目明師に就任。運営の大幅な見直しを図る。

材料費のみで販売されていた御珠や御神体、御尊影の値段を上げ、御神体や御尊影は様々なサイズで製作し、大きいものは高額で販売するようになった。それまで総本部へ訪れた信者たちが汲んで持ち帰るだけだった御魂水の郵送販売も開始した。

愛甲健康苑の施設設備費や物価の高騰により人件費を削減し、御魂っ子や青年部をボランティアとして派遣するようになった。信者の金銭的な負担が増えたぶん、全国の清魂センターで青年部による御魂っ子への学習支援も行い、子育て世代の信者家庭の塾費用が掛からないように取り計らった。

洗剤工場の経営は成に代わり妻の和歌菜《わかな》が担当した。和歌菜は後妻で、秀《しゅう》と君華の母親だが、長男の晴《てる》は前妻の子だった。二〇一六年、晴が社会人になると、高齢の悦子から愛甲健康苑の代表を引き継いだ。その悦子は二〇一八年、肺炎により死去した。現在も御魂の会の明師は成が務めており、信者数は全国に八千人と言われている。

以上、世の手記から抜粋したらしい。


捜査で出向けば、愛甲家の人間も信者たちも表面的には快く対応してくれるが、近隣住民の言うように閉鎖的な印象は否めなかった。笑顔を取り繕っているが、目は完全に余所者を見る目で、叔祖母を襲った連中の目を彷彿させた。篠原は、これが洗脳された人間の目なのだと思った。

資料を読む限り、世が御魂の会を設立した理由も、その後活動や事業の範囲を広げていったのも、彼なりの奉仕の心からなのだと思えなくもなかったが、やはり神だの宗教だのとなると胡散臭さが否めない。

――新興宗教はクソ。神など存在しない。

記憶は抜けたままでも、大好きだった叔祖母の命を奪ったのが新興宗教団体だったと理解できるようになると、憎しみが募り、伝統宗教すら胡散臭く思えてくるようになった。

葬儀は生きている人間が死んだ人間に区切りをつけるという意味で必要だと思う。そして、日本は土地が狭いから火葬して埋葬する。許容できるのはそこまで。お墓に入った後はお寺に管理してもらい、その対価を払うのは理解できるが、昔ながらの伝統宗教であってもやれ檀家だ、法事だ、当番だと、田舎は特にやかましい。

寺が立派な建物である必要性は微塵も感じず、維持できなければ潰れればいい。お墓に入っているのは故人ではなく骨だ。その骨もかつては人間だったとはいえ、その人はもういない。ましてや墓に行けばそこに入っている人が喜ぶなんてあり得ない。たとえ墓や遺骨をぞんざいに扱ったとして、死人が化けて出てくるのもあり得ない。

つまるところ、新興宗教も伝統宗教も、生きている人間が作り出した手製の偶像に過ぎないと思っていた。

それでもやはり悪どいのは新興宗教のほうだろうと、篠原の中で多少なりとも差はあって、御魂の会の信者の自殺者の多さが引っ掛かった。

「信者たちが毎年何人も同じ場所で自殺をするって異常ですよね。絶対御魂の会が何かやってるんですよ」

御魂の会の総本部に、ハングマンズツリーでの自殺者の身元捜査に行った帰り、松本署の生活安全課で組んでいた、当時巡査部長だった安藤《あんどう》に篠原がそう言ったことがあった。安藤は刑務官を辞めて長野県警に転職した異色の経歴の持ち主だ。

「篠原が目にするのは首を吊って既にホトケになった人間ばかりで、人が首を吊って死んでいく過程を見たことはないだろ？　まぁ普通の人間は、万が一、人が首を吊ってまだ息がある状態に遭遇したら止めるよな。それを、息絶えるまで見届けたことがある奴なんて、殺人犯かサイコパスか——死刑の執行官くらいだ。その俺からしてみれば、首吊りは決して楽な死に方でも綺麗な死に方でもない。それでも自らその死に方を選ぶのは、よほど生きていることがつらいからだろう。そんな人間が救いを求めて御魂の会に集まって、それでも救われきれなくて首を吊る。そう考えると、俺は特に異常だとは思わないけどな」

説得力のある安藤の返答に、篠原は言葉を失った。確かに人間の心は案外脆《もろ》い。心が弱ったり病んだりして犯罪に走った人間を山ほど見てきた。犯罪に走るよりは新興宗教に嵌ったほうがマシなんだろうか——。

財布の小銭入れを開け、中仕切りで分かれている奥側に入れてあった十円玉二枚を取り出し右手でギュッと握りしめると、マシなわけあるか、と心の中で叫んだ。青黒く変色した二枚の十円玉は、祖父と叔祖母それぞれが亡くなったときに一緒に棺に入れられ火葬されたものだ。

祖父は一人っ子だった祖母の家に婿養子として入った人で、十円玉を故人と共に荼毘《だび》に付すのは祖父と叔祖母の実家の習わしらしく、篠原はその二度以外に目にしたことはなかった。いつしか、自分の感情をコントロールしたいとき、二枚の十円玉をこうして握りしめるようになっていた。

安藤の言うように精神を病んだ人間が御魂の会に集まっていて、それで自殺者が多いのなら、今後も状況は変わらないということになる。

——だったら、私が御魂の会の信者の自殺を止めてやる。

篠原は、非番の日に登山がてらハングマンズツリーに通い、もし自殺をしようとしている人がいたらなんとしても阻止してやろうと決めた。

事件が起きて捜査本部が立てられると、県警本部から来た刑事と所轄の刑事がペアとなって捜査を行うと思われているが、地方では事件の性質によってケースバイケースで決められ、今回は土屋班は土屋班だけで動いていた。

3

五月十九日

土屋班は被害者七人のうち、両親と四歳の息子の三人で生誕会に出席し亡くなった澤田親子の鑑取《かんど》りを割り振られた。土屋と組んだ篠原は、日中澤田親子の自宅がある千葉で近所に聞き込みをし、戻ってきたその足で夜中の松本駅に来ていた。

時刻は間もなく午後十一時半になるところで、改札はシャッターが閉まっている。

「相変わらずだなぁ、ここは。巨大芋虫の巣窟かよ」

土屋が松本駅の通路に転がる色とりどりのシュラフを見て、露骨に嫌な顔をした。

「早朝のバスに乗るためにステーションビバークをする登山客は多いですからね」

ステーションビバークとは、駅で野宿をすること。県内では松本駅や茅野《ちの》駅がよく使われている。

「横文字でかっこよく言やぁいいと思ってんじゃねぇぞ」

　土屋が絶句した。

「私はやったことありませんよ」

「だろうな」

　その〝だろうな〟は褒めているのか、クソ真面目めとバカにされているのか、どっちなんだと思いながら、篠原は広い東西通路を見て回る。

「千葉からだと生誕会に出席するために前泊する必要があったとしても、どうしてホテルに泊まらずここで野宿したんだろうな。遠方から来ていた信者も多かったが、野宿したのは澤田親子だけだぞ」

　事件の前夜、親子三人が松本駅でシュラフを使って一晩過ごしたことは駅の防犯カメラで確認済みだった。

「そうですね。ステーションビバークをするのは、ほとんどが学生や若い人ですからね。彼らは宿泊代を節約したいんでしょうけど、澤田家が経済的に困窮していた感じもありませんし、好きだったんですかね――シュラフで寝るのが」

　澤田夫妻は共働きだった。夫は台東区にある有料老人ホーム愛甲健康苑東京の社員で、妻は港区にあるキー局シティーテレビの子会社、シティーテレビミュージックの社員だ。二人とも正社員で収入はそれなりにあると思われた。

——変わったご家庭ですよ。

話を聞いた澤田家の近所の住人の誰もがそう言った。

御魂の会の資料には、澤田夫妻はお互いの両親も信者で、いわゆる二世信者同士の結婚だと書かれていた。結婚したのは五年前で、淳史が二十九歳、麻友が三十歳のとき。翌年誕生した息子の陸斗も、生後一か月のときに入信している。

淳史の実家は千葉県松戸市にあったのだが、二人が結婚する直前に淳史の父親が亡くなり、同県の船橋市にある麻友の実家に淳史・麻友夫婦が同居するのと同時に、淳史の母親も移り住んだ。つまり、麻友の両親の家に、淳史・麻友夫婦と淳史の母親が一緒に住んでいたわけだ。

それだけでも近所から変わった家庭だと思われるには充分だが、どうやら二年ほど前から庭にテントを張り、淳史と麻友がそこで寝泊まりしていたというのだ。

実際に澤田家を訪れてみると、麻友の両親の苗字である〝岩渕《いわぶち》〟の表札の下に〝澤田〟の表札が掛かっていて、郵便物受け取りのためか、澤田の表札には淳史、麻友、陸斗、そして淳史の母親の名前も書かれていた。

築四、五十年ほどの一般的な二階建ての一軒家と、それほど広くない庭にテントが張ってある。二メートル四方のサンドベージュのワンタッチ式ドームテントだ。

淳史の母親と麻友の両親は、事件を受けたあと総本部に向かいそのまま滞在を続けていて留守だったため、土屋と篠原は自宅の外観と庭のテントを注視する。

流行りの庭キャンプをやるには近所の目が気になる狭さだし、騒げばご近所トラブルになるほどの住宅街だが、近隣住民からそういった苦情は出ていない。幼い陸斗とキャンプごっこをしていたというような目撃証言もない。それどころか、陸斗も三人の高齢者も、テントに近づく近づかない以前に、ここ一、二年の間見かけていないという。

つまり、三十過ぎた夫婦が寝泊まりをするためだけのテントということになる。

澤田家の庭にあるテントは数万円の代物で、大人二人が寝るには問題ないサイズだが、高さが一メートル四十センチほどしかないので直立はできない。電気も引かれていないから、夏や冬にこのままの環境で寝泊まりするのは難しい。感じ方に個人差はあれど、頻繁に寝泊まりしたい環境ではない。それがテント使用経験者の篠原の見立てだった。

近所の人はさぞ不審に思っていただろうと思いきや、淳史の母親が同居していることも、テントで寝泊まりしていることも、どうせ宗教上の理由だろうと解釈されていた。衆議院議員選挙と参議院議員選挙のとき、慈愛党の支持を近所にお願いして回っていたので、岩渕家が御魂の会を信仰していることは周知の事実だった。娘の結婚相手も同じ御魂の会の信者らしいという噂も流れていたようで、新興宗教に嵌っている

〝変わったご家庭〟で、全てのことが片づけられていたのだ。

そして、コロナ禍になる前には、三人の高齢者が一歳になるかならないかの陸斗を連れて、年中最寄り駅へ行っていたという。電車に乗るためではなく、駅のエスカレーターに乗るために。

――駅で会ったときに何をしているのか聞いたら、エスカレーターの片側空けに異を唱える活動をしているんだって言っていました。

淳史の父親はエスカレーターに乗っているときに、走ってきた会社員にぶつかられて転げ落ち、後頭部を強打して亡くなっている。その事故のことを書いたビラを淳史の母親が道行く人に配り、麻友の両親が陸斗を連れてエスカレーターに横並びで乗って、他の人が歩いて上り下りできないようにしていたというのだ。

――確かにエスカレーターで歩くのが危険なのはわかりますけど、赤ちゃんを寝かせたままのベビーカーをエスカレーターに乗せているもんだから、なんだか説得力ないなぁって思っていました。

松本駅の防犯カメラに映る澤田親子の映像を隣人に見てもらったところ、夫婦が使っているシュラフは庭のテントの中で使っていたものと同じだという証言も得た。隣の家ということで気になってよくテントを見ていたらしく、何度か出入口が開いたままになっているときに中を覗いたことがあるのだという。

学生時代の友人の証言で、淳史はソロキャンプが趣味だということもわかった。テントや本人が使っていたシュラフは長年愛用してきた私物だった。しかし、麻友のシュラフは二〇二〇年四月に購入されており、ちょうど庭にテントが張られた時期と被ることから、庭のテントで寝泊まりする目的で購入したものと思われた。陸斗のシュラフを購入したのは今年の三月だった。御魂の会の生誕会のために購入したのだとしたら、三月の時点で生誕会の前日にステーションビバークすることを予定していたことになる。

「コロナ禍でキャンプブームがきているみたいだが、未就学児連れで野宿ありきは相当ハードだぞ」

土屋はどうしても納得がいかないようだった。

「まぁそうですけど、自宅でもテントで寝泊まりするくらいですからね。自然療法に自然農法に野宿って、度を越した原始的な生活への思い入れなんじゃないですか」

篠原は呆れたように言った。

〝エスカレーターにお乗りの際は、手すりにつかまり〜〟

エスカレーターの案内の音声が鳴り響く。

松本駅では、終電後も東西を渡る自由通路を行き来する人のためにエスカレーターは一晩中動いていて、この音声も一晩中繰り返し流れている。

「エスカレーターか」

土屋が腕組みをして考え込んだ。

「この音が気になって寝れねぇよな」

エスカレーターに視線を向ける。

「私の大学のときの友人は熟睡できたって言ってましたけどね。だいたい、そんな繊細な人間がビバークしませんから」

「いや、淳史のほうは自分の父親がエスカレーターで死んでんだぞ。こんなアナウンス聞いてていい気しねぇだろうよ。それに、四歳の子どもはまず寝れねぇよ」

土屋の指摘に篠原もハッとする。

「ここで野宿する巨大芋虫はよく見かけるが、幼児は見かけたことがない。うちの孫は今三歳だけど、旅行先はもちろん、うちに来たときですら興奮して寝れやしないぞ」

「だから、息子に睡眠導入剤を飲ませた」

篠原の言葉に土屋が頷いた。

駅の防犯カメラを見た限り、陸斗は夜寝てから朝起こされるまで一度も起きた様子はなかった。起きてからもぐったりしていて、淳史に抱っこされてバス停に向かっている。もちろんそういう子もいるかもしれないが、特別な持病もない四歳の男児としては大人しすぎる印象だ。

それは睡眠導入剤を飲んでいたからだということは司法解剖の結果から察しがついたが、たとえ半分にしたとしても小児への投与に対して安全性は確立されておらず、四歳の子どもに飲ませていい薬ではない。初めて飲ませたのか、今までも飲ませたことがあったのかはわかっていないが、危険な行為であることは確かだ。

薬はシティーテレビの医務室で麻友が二年前から処方されているものだと裏が取れているものの、なぜ四歳の息子に飲ませたのか疑問だった。

「そこまでしてステーションビバークをしたかったってことですか？」

「家では息子を祖父母に任せて自分たちはテントで寝泊まりして、出かけるときは息子に眠剤《みんざい》飲ませてまで野宿してってか」

「それが好きでやっていたんだとしたら、あまり褒められた親じゃありませんね」

土屋はマスクの中で「うーん」という、返事なのか唸り声なのかわからない声を出した。

松本署に戻り、捜査本部で土屋班の他の班員たちと合流し、それぞれ得た情報を持ち寄る。

天地と丹野《たんの》巡査部長組は、麻友が陸斗を二歳の春からプレクラスに通わせようと申し込んでいた幼稚園への聞き込みを担当した。

ボディービルが趣味の丹野は、スーツを着ようと、ジャンパーを羽織ろうと、中身は一年中ピチピチの半そでシャツだ。篠原が以前、そんなに筋肉を見せつけなくても、と言ったら、これはコンプレッションシャツといって筋肉の動きをサポートし疲労や怪我から守ってくれるのだと延々と説明を聞かされうんざりして、それ以降そのことには触れないようにしていた。でも、さすがにその格好で幼稚園なんかに行ったら園児たちが怖がったんじゃないかと思ってそれとなく天地に聞くと、むしろ大人気だったという。子どもという生きものは、やはりよくわからない。

「二〇二〇年二月に母親の麻友がプレクラスに申し込みをしたんですが、緊急事態宣言で通常四月からの入園が年少年中は六月、プレクラスは夏休み明けの九月に延期されたそうなんです。しかし入園の日に陸斗が登園しなかったため担当の先生が自宅に電話をかけてみると、陸斗の祖母だと名乗る人が出て入園は辞退しますと言い、申し込み者本人でないと辞退の受付ができない旨を伝えると、家族なのに失礼だと激怒され園長が対応する事態になったのでよく覚えていると言っていました」

幼稚園の先生たちは父親の淳史との面識はなく、麻友とも二度ほどしか会ったことはなかったが、麻友に対して悪い印象は持ってはいなかったという。また、麻友はフルタイムで働いているためか、ママ友らしき人物は見つからなかった。

都内にある淳史と麻友それぞれの職場に向かったのは、大河内《おおこうち》巡査長と羽田《はだ》巡査部長組。大河内は二十四歳で天地より一歳年上なだけだが、高卒で警察学校に入校しているため勤続年数は長く、巡査長という役職についている。ちなみに巡査長は正式な階級ではなく、あくまで巡査の指導係のようなもの。

大河内と羽田は先方からかなり警戒され、簡易的にしか対応してもらえなかったようで、仕入れた情報は、シティーテレビグループでは御魂の会の信者が多く働いているようだということのみ。

「つまり、二人とも御魂の会の信者が多くいる職場だったということか」

紙パックの野菜ジュースを飲みながら土屋が言った。捜査中、ろくに食事を摂れていないときはいつも野菜ジュースを飲んでいる。それで栄養を摂れた気になっているのだ。

「そういうことになりますね」

土屋とさして年の変わらない羽田が相槌を打つ。

「明日にでも総本部にいる澤田夫妻の親たちと話ができりゃいいんだがな」

土屋が溜息交じりに言うと、

「高階班の話じゃ、かなり難しそうですけどね」

と、羽田。

澤田夫妻の高齢の親たちは、事件が起きる前はコロナ禍で自宅に引き籠っていて、事件が起きた後は、御魂の会の総本部内にある宿泊施設に引き籠っていた。任意で話を伺いたいと掛け合っても、現在ショックが大きくてとても話ができる状況にないため応じられないと、医師の診断書を突き付けられたのだという話だった。

「まぁそりゃ子どもと孫をいっぺんに亡くしたわけだからショックが大きいのは当然だが、もう十日も自宅を空けているんだろ？」

土屋に聞かれ、羽田が頷く。

「マスコミを避けるためと、澤田夫妻と陸斗の遺体を引き取って他の被害者たちと合同葬儀を執り行うために、事件後千葉の自宅からこっちに来たということですが、死因がなかなか特定されず殺人と断定されるまでに時間がかかり、遺体の返却の目処が立ちませんでしたからね。本来清魂荘は三十九歳までの青年部の信者以外の長期滞在は受け入れていないところ、コロナ禍の中、自宅と総本部を行ったり来たりしたくないという親たちの望みを受け入れて許可したってことらしいですよ」

「でも、合同葬儀って今日だったんだろ？　だったら明日は話を聞けるんじゃないか？」

澤田家の内情は事件と関係ないかもしれないが、何が真相に繋がるかわからない。やはり澤田夫妻の親たちから話を聞きたいという気持ちは篠原も同じだった。

なぁ、と同意を求められた篠原は、そうですね、と言ったあと腕時計を見て、

「もうとっくに今日ですけどね」

と、付け加えた。

4

五月二十日

各々思い思いの場所で仮眠をし、朝を迎えた。

古巣の松本署には知り合いの警察官も多く、篠原がリンゴを配っていると、科捜研の化学係から報告があるため、九時から予定されていた捜査会議が三十分早まるという連絡が入った。

その捜査会議が始まって間もなく、一人の女性信者が自首をしてきた。

御魂の会生誕会で大量毒殺事件を起こしたとして自首してきたのは、生誕会で甘茶係をしていた木下芽衣《きのしためい》、三十一歳。未婚で、二〇二〇年十月から東京都荒川区の実家で母親と同居している。

警察が入手した御魂の会の資料によれば、芽衣は九歳のときに両親の木下郁夫《いくお》と律子《りつこ》、そして双子の兄の圭太《けいた》とともに入信し、現在に至る。ただ、十八歳のときに家を出て十二年間御魂の会の活動には一切参加していなかったのだが、昨年から活動を再開していた。

六十歳の律子は四年前にくも膜下出血を起こし、その後脳血管性認知症を患っている。それでも退院後二年ほどは、隣の区にある愛甲健康苑東京から週に三回介護士を派遣してもらえば生活できていた。しかし、二度目のくも膜下出血で症状が一気に進行し、芽衣が実家に戻って世話をするようになった。

芽衣は、平日は律子を愛甲健康苑東京のデイサービスに預け、回転ずし函娘《はこむすめ》西日暮里店でパート勤務をしている。

御魂の会の活動を再開する直前に、芽衣は律子を虐待した疑いで主治医から通報されていた。証拠不十分で不起訴処分になったが、記録が警察に残っていた。

「木下芽衣の母親は、澤田淳史が勤務していた愛甲健康苑東京の利用者ですね」

資料に目を通した篠原は取調室に向かいながら、斜め前を歩く土屋に言った。

「そうみたいだな」

「何か関連があるんでしょうか」

土屋は前を向いたまま肯定とも否定とも言えないような首の振り方をする。

「十二年振りに御魂の会の活動を再開って、母親を虐待した罪を赦されようとでも思ったんですかね」

「なんでそう思う？」

土屋が振り返った。

「どうせ御魂の会では、清魂とやらをやれば全ての罪が赦されるんでしょうよ」

「そうなのか？」

「知りませんけど、宗教なんてどれもそんなものですよ。クソですね。だいたい、何をやらかしても祈れば赦されるとか、ふざけてますよね」

「お前は、またそういうことをデカい声で言う」

いつもデカい声を出している土屋に言われると腑に落ちない。

「宗教の話題はデリケートなんだよ。拘置所にも教誨室《きょうかいしつ》があるだろ？　なんなら暴力団の事務所にだって神棚があったりする。この国では、なんぴとも信教の自由が保障されているんだよ」

「そうやって宗教を信仰して、犯した罪が赦された気になられるのが我慢ならないんです」

土屋は前に向き直ってフンッと鼻を鳴らした。まったくお前は――背中がそう言っている。

取り調べの担当になった二人が扉を開けて部屋に入りパイプ椅子に並んで座ると、間もなくホシの出し入れ要員の所轄の警察官が芽衣を連れてやって来た。手錠を外し、机を挟んだ対面のパイプ椅子に芽衣を座らせ、敬礼をして部屋を出ていく。

それを確認してから土屋、篠原の順に名乗った。続いて篠原が黙秘権の説明をすると、部屋の隅に座っていた記録係の所轄の刑事がノートパソコンを開いた。

明らかに手入れをしていない肌と髪。気にしないタチなのか、気にする間もない生活を送っているのか。化粧っけもなく、マスクをしていても顔中にシミやそばかすが広がっているのがわかる。着けている布マスクの紐はよれよれで、何度も洗濯して使い古したもの。醸し出す覇気のなさが十歳は老けて見せていた。

「なぜ自首をしてきたんですか？」

土屋が単刀直入に聞いた。

「殺人事件だと断定されたってニュースでやっていたからです。捕まるのも時間の問題だなって。逃げる気力もないので」

「事件で使用した毒物はどうやって手に入れたんですか？」

「冷凍しておいたクサフグの肝《きも》をすりおろして使いました」

土屋と篠原の眉がピクリと動いた。

使われた毒物がテトロドトキシンだということは既に報道されている。テトロドトキシンと聞いて一般人がすぐに思い浮かべるのはフグだろう。

「そのクサフグはどこで入手したんですか？」

土屋が質問を続ける。

「去年、若洲海浜公園で釣りました」

「釣り、されるんですか？」

「北海道で親しかったバスの運転手さんに教わってやるようになったんですけど、こっちに帰ってきてから釣りに行ったのはそのときの一度だけです」

「どなたかとご一緒でしたか？」

「いいえ、一人です」

「クサフグ以外に何か釣れましたか？」

　芽衣はなんでそんなことを聞くのかと言いたげな表情を浮かべたが、少し考えてから、

「確か小アジも掛かったと思いますが、クサフグを釣るのが目的でしたからリリースしたのでよく覚えていません」

　と、答えた。

「クサフグを釣るのが目的だったんですか？」

「はい。クサフグはどこででも釣れますからね」

　今度は土屋が怪訝な顔をする。釣りをするというのはまんざら嘘でもなさそうだが、クサフグ狙いで釣りに行くなんて話は聞いたことがない。たまに掛かると、噛む力が強くて針を外すのに一苦労する厄介者だ。

　だとしたら――

「観賞用ですか？」

「観賞？　違います」

　意表を突いた質問だったからか、芽衣は言葉だけでなく、首と手を横に振るジェスチャーも加えると、

「肝を冷凍しておくためです」

　と、自分から理由を話し始めた。

「自分で釣ったフグを自分用に捌《さば》くのは違法じゃないですから、捌いて身は捨てて肝だけ冷凍しました。二匹釣ったので、もう一匹分の肝がまだ冷凍庫に入っていますよ」

　いますよ、という言い方から、暗に証拠を提供すると言っているのだと思った。

　芽衣の職歴は、十八歳のときに家を出たあと、北海道で観光バスのガイドになり、会社の寮に入って生活していたが、二〇二〇年の五月にコロナの影響で会社が倒産した。その後、札幌市内のアパートを借りて回転ずし函娘札幌時計台店でパート勤務を始めたが、やはりコロナの影響で四か月後に閉店した。間もなく実家に戻り、同じ函娘の西日暮里店で働きながら母親の介護をしている――とあった。

　函娘の本店は函館にあり、支店も道内に二十店舗近くあったのだが、コロナ禍で五店舗が閉店した。北海道以外には日本橋、有楽町、浅草、西日暮里、北千住の五つの支店がある。

　クサフグは厚生労働省より食用として許可されてはいるが、函娘ではどの店舗でも

フグ自体扱っておらず、店で入手することは不可能だ。証言通り自分で釣ってきたのだとして、違法でないことはさておき、技術的に捌くことが可能か否かという点では、通常の魚の捌き方を心得ている人間であれば決して難しくはない。ネットで捌き方を紹介している動画も出回っている。

そして、芽衣が言うようにクサフグはどこででも釣れる。それほど簡単に手に入るのに、肝臓、卵巣、腸の毒力は極めて強く、青酸カリの千倍以上の猛毒の持ち主なのだ。

「何のためにそんなものを冷凍庫に保存しておいたんですか？」

芽衣は一瞬口籠ってから、質問者の顔をじっと見た。

「お守りです」

「お守り？」

「いつでも母を殺して自分も死ねるように」

芽衣の目が、微かに笑う。

「介護が苦痛だったからですか？」

そう聞いた篠原の声色には、明らかに怒気が含まれていた。篠原は目の前のスチール机をコンコンと指で突き、

「昨年の六月に、お母様へ虐待を加えたとして警察から事情を聞かれていますよね？

介護が苦痛だったんじゃないんですか？」

と、責めるように言った。「おい」と、土屋が制止したのを遮ったのは芽衣だった。

「刑事さんは介護のご経験がおありですか？」

睨んでいる篠原に問いかける。

「私が介護をしていたわけではありませんが、亡くなった祖父が晩年認知症を患っていたので、トイレの介助や粗相してしまったときの後始末はやったことがありますよ」

「大変でしたか？」

芽衣が更に聞いてくるので苛立った。

「そうですね。でも、苦痛だなんて思ったことはありません。家族ですから」

〝家族ですから〟の部分を強調するように言うと、芽衣は一瞬目を丸くしてからクスッと笑い、

「そうですか」

とだけ言った。

笑われた意味がわからず、今にも噛みつきそうな顔をしている篠原に、落ち着け、と土屋が目で訴える。

「あなたがクサフグの肝を使って殺害したのは自分でもあなたのお母様でもなく、御魂の会の信者たちだったわけですよね？」

土屋はそう聞いて、反応を窺うように芽衣の顔を覗き込んだ。

「はい」

悪びれる様子もない。

土屋は腕組みをして背もたれに寄りかかった。

「生誕会の会場にどうやって持ち込んだんですか？」

「すりおろしたものを百均のクリームケースに入れて持ち込みました。化粧品かハンドクリームにしか見えませんからね、まさか毒だなんて誰も思わず、荷物検査でも引っ掛かりませんでしたよ」

「それを被害者たちの甘茶に混入させた？」

「はい。甘茶係でしたし、バスガイドをしているときに乗客の方たちを飽きさせないようにちょっとしたマジックをやったりしていましたから、手先は器用なんでわりと簡単でした」

「そのクリームケースは使用後どうしましたか？」

土屋は淡々と聞いていく。

「埋めました」

「どこに？」

「開祖様のご墓所に。あの古墳みたいなお墓を掘り返せば出てきますよ」

芽衣は、そう言ってまたクスッと笑った。

「動機はなんですか？」

この手の人間は、死刑になりたかったとか言い出すんじゃないかと思うと、自然とうんざりした顔になる。

「御魂の会への嫌がらせですよ」

「嫌がらせ？」

土屋は呆れて頬を引き攣《つ》らせた。

「御魂の会に嫌がらせをするために、無差別で七人も殺害したんですか？　未成年や幼児まで？」

芽衣に初めて動揺が見えた。

「山口幸《さち》の娘を殺せれば、あとは誰でも良かったんです。より多くの人が死ねば御魂の会への嫌がらせにもなるでしょ」

急に早口になり、言い訳をするように言った。

「山口幸さんの娘さん？　山口亜実さんですね？」

被害者のリストに視線を走らせ、篠原が聞いた。芽衣が頷く。

「以前から山口亜実さんと面識があったんですか？」

芽衣は首をふるふると横に振った。

「母親の山口幸から娘の写真を見せられたことはありましたが、実際に会ったのは生誕会のときが最初で最後です。でも、山口幸は、私の両親を御魂の会に引き摺り込んだ張本人なんです。だから、あいつの一番大事なものを奪ってやって、同時に御魂の会にも痛手を負わせられれば一石二鳥だと思ってやりました」

力が入っているようで、芽衣の右側の目元がピクピクと痙攣していた。

土屋は芽衣から視線を外さなかったが、篠原は左上に設置されている固定カメラをチラリと見る。取り調べの様子を窺っている土屋班や所轄の捜査員たちが、芽衣の証言のウラを取るために動き出しているはずだ。

「私には双子の兄がいたんですよ」

芽衣が呟いた。

「二〇〇三年三月二十二日に車の事故で父親の郁夫さんと一緒に亡くなった圭太さんのことですね？」

土屋が机に両肘を乗せ、ぐっと身を乗り出す。

手元の資料には、圭太は十二歳のときに自動車事故で亡くなったと書かれている。

小学校の五年生から不登校になってしまった圭太が、中学校へは通えるよう、明師様に直々に清魂をしていただこうと、総本部へ連れていく途中の不幸な事故だったと、当時母親の律子は証言していた。激しく抵抗する圭太を連れ出すのに郁夫だけでは難しく、御魂の会の東京清魂センターのセンター長だった生方《うぶかた》に協力してもらった。

総本部では、午前一時過ぎに生方から出発すると連絡があったものの、到着予定の時刻から大幅に遅れていたため、信者たちが夜明けとともに付近を捜索した。そして、総本部からほど近い林道から六十メートル下の斜面に転落している車両を発見し、午前七時十四分に通報したことが松本署の記録にも記されていた。

夜中に降っていた霙《みぞれ》が小雨に変わり、底冷えする朝だった。

到着した警察が現場を確認すると、車は大破し、圭太と運転していた生方は車内で、郁夫は車外に投げ出されて死亡していた。ただ、発見時、圭太の両手は手錠で拘束された状態で、その鎖が食い込んだ痕が生方の遺体の首に残っていた。

手錠はハンドカフという商品名で、警備用品や防犯用品を販売している郁夫の勤め先で扱っているものだとすぐにわかった。不審に思った警察が圭太を拘束した理由を律子に尋ねたが、暴れる息子の安全を考慮して移動の間だけ使ったのだと言った。

では、なぜ生方の首に鎖が食い込んだ痕があったのか。

故意的か事故の弾みによる産物か。故意的であれば圭太が後部座席から運転している生方の首に、ふざけてなのか悪意を持ってなのかはわからないが、鎖を掛けたことになる。そのことは少なからず捜査の対象にはなったが、なにぶんドライブレコーダーなどない時代で、遺体の損傷も激しかったため、結局、悪天候による視界不良が原因の事故として処理された。

当時松本署の刑事第一課にいた土屋はその事故のことを思い出し、芽衣が何か知っているのかと興味を持った。

篠原は篠原で、事故の記録を凝視する。現場は学生の頃事故を起こしそうになったのとほぼ同じ場所だった。添付されている写真には、大破した車と、見るも無惨な遺体が写っていて、あそこから落ちていたら自分たちもこうなっていたかもしれないと思った。

偶然なのか、それともあの場所に御魂の会が絡んだ何かがあるのか。探求心が刺激される。

「兄は全然寝ない赤ん坊だったそうです。成長するにつれ、癇癪《かんしゃく》を頻繁に起こすようにもなって。初めての育児が双子というだけでも大変だったのに、そのせいで小さい頃の私の記憶の中の母は常に疲れ果てていました」

芽衣が突然饒舌《じょうぜつ》に語り始めた。

被疑者に自由に話させて、その中から嘘と真実を見分けて重要なことを拾っていくことが事件の早期解決に繋がることがある。ましてや十九年前の交通事故の真相にも関心がある二人は、芽衣の話に耳を傾けることにした。

圭太の癇癪が酷く、児童館にすら連れていけず、家に籠っての育児。

郁夫が買ってきた市販の漢方薬を飲ませると多少効いた気がして、圭太が癇癪を起こすたびに飲ませるようになった。しかし、一年以上飲ませ続けると常に便が緩くなり酷いおしりかぶれになってしまい、虐待だと思われるのも嫌で病院にも連れていけなくなった。

＊

双子だからどうしても芽衣と比較してしまう。あまりの育てやすさの違いに、圭太はおかしいのかもしれないという思いが夫婦の中で確信に変わっていった。

三歳児健診のときに担当医師に相談すると、その年に子どもの権利条約が批准《ひじゅん》したこともあって、専門医を紹介された。早速予約を取り両親で圭太を連れて受診したが、身長や体重は標準以上で、言葉が遅いといっても個人差のレベルだったため、様子を見ましょうと言われた。

しかし、幼稚園に入園すると圭太の狂暴性は増し、毎日のように先生やお友だちを叩き、蹴り、嚙みついた。担任や保護者から連絡が来て頭を下げる日々だった。でも、どんなに頭を下げても我が子を怪我させられた保護者の怒りは収まらず、持っていった菓子折りを投げつけられたこともあった。

その頃三人目を妊娠した律子は、十一週のときに男の子っぽいと言われ、郁夫と話し合って堕胎した。

圭太のような子だったら、もう育てる自信がない。

就学時健診で別の専門医を紹介してもらったが、結果は同じだった。それでも両親が危惧した通り、小学校入学後、言葉の発達が追いついてきた圭太は、暴力を振るうだけでなく暴言も吐くようになった。

身長が一五〇センチの律子は、自分と体格が変わらなくなっていく圭太が恐ろしかった。もっと大きくなって力も強くなったら太刀打ちできなくなる。我が子の成長が喜べず、それどころか恐怖でしかないことに絶望した。

圭太が小学四年生になると、ベテランの学年主任の女性教諭が担任のクラスになった。上の子どもがいる親からの評判が良く、この先生なら頼れると、一筋の光が差した。

でも、その年の七月、圭太が階段でその担任の先生を突き飛ばし、手摺りの端に腹部を強打したことで脾臓を損傷させてしまう。

――校庭でキックベースをやる約束をしてて、急いで階段を下りてたら先生が通せんぼをしてきて邪魔だったんだもん。

先生を突き飛ばした理由を聞かれたときの圭太の答えだった。担任は当然のように否定した。両親はすぐに先生の入院先と学校へ謝罪のために出向き、治療費や慰謝料の支払いを申し出た。しかし、校長から言われたのは、

「公務災害で補償を受けられるので金銭的な心配はご無用ですから、ご両親は圭太くんの躾《しつけ》をお願いしますよ」

と、いうことだった。まるで、お金で解決すればいいと思っている両親だと思われているようで、強いショックを受けた。

自分の子どもの躾くらいちゃんとやれと、幼稚園、小学校の保護者たちからも言われ続け、もはや躾の意味がわからない。怒っても、優しく言っても、真剣に諭してもだめ、泣いて言い聞かせたりもしたが効果はまるでなかった。

「圭太くんの言動は、愛情不足の子に見られがちな特徴に思います。もちろんご両親は愛情を掛けて圭太くんを育ててこられたと思いますが、日本人は愛情表現が下手なんですよね。どうでしょう、今日から圭太くんをいっぱい抱きしめてあげるというのは。ハグによってオキシトシンという幸せホルモンが分泌され、子どもが幸福感や安心感を得られるんですよ」

校長の、いかにも教育者として自信満々の表情と物言いに打ちのめされた。そんなこと、とっくにやっている。でも、そう答えれば、まだ足りないと言われるのだろう。

その日、いつものように寝る前に圭太を抱きしめた律子は、両手にこれでもかというほどの力を込めて圭太を窒息死させかけた。我に返ると、親として圭太を育てていく限界が目前に迫っていることを痛感した。

数日後、律子が一人でいるときにインターホンが鳴り、白黒のモニターに映し出された人物が担任によく似ていたため、受話器を取った。思っていたよりも症状が軽く、早めに退院できたのかと思った。

『私、フラワーアレンジメントの教室を開いている山口と申します』

人違いだった。

律子は落胆し、お帰りくださいと言って受話器を置きかけると、

『息子さんのこと、大変でしたね。先生を怪我させてしまったとはいえ、息子さんご自身もさぞショックだったと思います。もちろん、お父さんとお母さんも』

大丈夫ですか？　と優しい声が聞こえて、もう一度受話器を耳に充てた。

フラワーアレンジメント教室は埼玉の浦和にあり、教室の生徒に圭太と同じ小学校に孫が通っている方がいて、その人から木下家の話を聞いたのだと山口は言った。

――そんなところにまで噂が広がっているのか。

律子はがっくりと肩を落として溜息をつく。

『私にお力にならせていただけないかしら？』

山口は画面越しに微笑んだ。

「力にって、どんな?」

『息子さんを落ち着かせる方法をお教えできると思います』

「圭太を落ち着かせる方法?」

思わず復唱していた。オートロックを開錠しようとした人差し指を、冷静になって引っ込める。

「そんな方法……どこの病院に行っても教えてもらえなかったものを、フラワーアレンジメントの先生がわかるわけないじゃないですか」

『こんにちは』

突然山口が横を向いて言った。マンションの他の部屋への来訪者がやって来たようで、エントランスのインターホンを使いたいらしい。

『私じゃありません。息子さんを落ち着かせる方法がわかる方を知っているんです。それに、息子さんが荒ぶってしまう原因も見当がつきます。少しだけでも、お話ししませんか?』

山口は別の来訪者に聞かれないよう、口元を手で覆いながら小声で言った。

マンションの住人に家の内情を知られたくなかったし、藁《わら》にも縋る思いで律子は山口を家に招き入れた。

「病院へは何度も行かれたんですか？」

ダイニングの椅子に座り、山口が聞く。

「はい。何か所も行きました。でも、どこの病院でも異常はないと言われ、治療も投薬も何もしてもらえませんでした」

律子はそう言いながらキッチンへ行き、グラスに氷を入れ、冷蔵庫から出したパックの麦茶を注ごうとした。

「あっ、お気遣いなく。私は自分で飲み物を持ち歩いていますので」

そう言われ手を止めた。山口は自分の鞄から取り出したノーラベルのペットボトルの水を見せてにこりと笑う。手首には真っ赤な珠が連なるブレスレットが嵌められていた。

「氷なしでグラスだけお借りできます？」

律子はコクリと頷いて氷を冷凍庫に戻し、グラスだけ差し出した。山口は、ペットボトルを開封し、半分ほど水を入れて、「飲んでみてください」と手渡した。断るのも気が引けて、少しだけ口に含んでみる。

「結界」

山口が言った。

「結界？」

なんだか胡散臭そうなことを言い出したと、律子は身構える。

「心無い人から心無いことを言われたときに、あなたの心を護る結界。お水を飲んでそう思えたら、心強いでしょ？　まずは気の持ちようよ」

ふふっと笑った山口につられて律子も笑った。身構えた気持ちが一瞬で緩んだ。笑ったのはいつぶりだろう。口に含んだ水が美味しく感じて飲み干した。

「圭太が荒ぶってしまう原因の見当がつくって言いましたよね？」

自分も椅子に座りながら尋ねる。

専門医へ行けば解決する、解決はしなくても良い方向に向かう。そんな希望はことごとく打ち砕かれてきた。だから、期待はしないと自分に言い聞かせながら尋ねたが、どうしても期待してしまう。希望を持ってしまう。

「そうですね」

山口はそう呟いて、ペットボトルの水をゴクリと飲んだ。キャップを閉めてハンカチで丁寧に口を拭ってから律子を見る。

「まずは、病院で治療されたり、お薬を出されたりしなくて良かったです」

面食らった。今まで病院で異常だと認めてほしくて必死だった。そりゃあ我が子が異常じゃないほうがいいに決まっている。でも、確実に異常なのだから、その原因を突き止めて治療してほしいと思い続けてきた。

病院で異常だと認められなければなんの治療も施してはもらえない。治らないとすれば、このまま中学生や高校生になって手がつけられなくなったら、一緒に死ぬことで親としての責任を取るしかないんじゃないか。本気でそう思っていた。

「どういうことですか？」

今までの努力が無駄だったと言われているようで、律子の口調に怒りが混じる。

「お母さん、もしかして何か市販のお薬とか飲ませたことがあるんですか？」

ドキッとしたのが顔に出たのがわかって、咄嗟に下を向いた。躊躇しつつ漢方薬の名前を告げる。

「ああ、それはそれは」

山口の残念そうな表情に不安が募る。

「漢方薬はあまり副作用の心配がないって主人が言ってましたし、薬なんて風邪薬とか解熱剤とか、抗生物質とかも必要に応じて飲ませるじゃないですか」

慌てて弁解した。

「そういう問題ではないんです」

山口は律子の顔をじっと見て、きっぱりと言った。

「漢方薬の副作用としては胃腸障害がよく見られます。息子さん、下痢が続いたりしませんでしたか？」

言い当てられて表情が強張る。

「責めているんじゃないんですよ。下痢をするということは、悪いもの、不要なものを体の外に出そうとしていたということなんです。日本には、そういった悪いもの、不要なものが溢れています。日本は安全な国、国産は正義だと思われがちですが、実は世界屈指の農薬大国であり、添加物に関しても海外で禁止されているものが未だにたくさん使われているのをご存じですか？　海外で農薬や添加物の使用、残留規制が強化されているのに対し、日本はどんどん緩めていっているんですよ。使用が認められている添加物はアメリカやヨーロッパの十倍以上と言われています。では、海外でなぜ禁止されているか考えてみてください」

山口は律子に問いかけるように片眉を上げる。

「身体に悪いから――」

「その通りです」

遠慮気味に答えた律子に、山口は大袈裟なほど頷いてみせた。

「大人にも危険なのに、赤ちゃんや子どもに食べさせることがどれほど恐ろしいか。それでも、利益のために使い続けている。お薬もそうです。漢方薬でも市販のお薬でも病院から処方されるお薬でも、お薬の九割は添加物でできているんですよ」

「そうなんですか？」

律子は驚いて大きな声を出した。

山口はここぞと深刻な表情で首を縦に振る。

「農薬や添加物は身体だけでなく脳や精神も蝕みます。特に赤ちゃんや子どもは影響を受けやすい。どちらも感情がコントロールできなくなったり、心身の発達が遅れたり、学習能力にも支障をきたすなんて研究結果もあるくらいなんです。農薬はアトピー性皮膚炎を生み出したとも言われているし、世界で自殺方法の上位に使われるほどの猛毒です」

「猛毒……」

衝撃を受け、狼狽える。

「じゃあ、そもそもは圭太の食生活が問題だったのに、漢方薬を飲ませてもっと悪化させてしまったんでしょうか」

山口に縋るように聞いた。

「そうだと思います。そうでなければ、それだけの症状が出ているのに何か所もの病院で異常なしと言われる説明がつかないですよね？」

愕然としている律子の手を山口が強く握る。

「でも、お母さんは良かれと思ってそうされたんですから、何も悪くはないんですよ。愛ゆえのことですから」

「娘にも、同じものを食べさせてしまっています」

「娘さん、おいくつですか?」

双子だと聞いて、意味ありげに頷く。

「きっと、息子さんほど影響を受けやすい体質ではないのでしょう。とはいえ、息子さんのためにも、娘さんが息子さんの二の舞とならないためにも、これからが大切です」

山口は胸の辺りで小さく拳を握った。

「これから――」

不安げな律子に、農薬を使っていない自然農法で作られたお米や野菜が購入できますよと言いながら、御魂の会のパンフレットを差し出した。律子は熱心に目を通す。

「本当は多くの人にこういったものを食べていただきたいんだけど、ここまで徹底して作れる量は限られていて。だから、御魂の会に入信した人しか買えないんです。それに、それだけ症状が出ているなら食生活の改善だけでは難しいかもしれません。さっき言いましたよね? 息子さんを落ち着かせる方法がわかる方を知っていると。一度明師様にお会いしてみたらどうかしら」

「明師様?」

「この国の人たちの身体だけでなく心も健康にするために、ご尽力されている方ですよ」

「そんな方に、お会いできるものなんですか？」

「もちろんです。まずは明師様のご著書を読んでみませんか？」

今年設けられたばかりの九か所の清魂センターの中から、週末、山口に案内されたのは、西新宿の雑居ビルのワンフロアに入っている東京清魂センターだった。山口の所属は大宮にある埼玉清魂センターだが、木下家から一番近いのはここだという。

そこには明師様が書かれた書物が全て揃っていた。

まずは自分の目で見てからと思い、郁夫と圭太には知らせなかった。けれど、書物を読み、清魂センターにいる人の話を聞くと、御魂の会に入信することにメリットしかないように思えた。

宗教とはいえ、御魂の会の前身は愛甲健康会だ。山口が言うように、心身の健康を促進するために設立された団体で、母親として家族の健康は守りたい。でも、添加物の話など、山口に聞けばなるほどとは思うが、自分で知識を得るのは難しい。多少お金が掛かっても、何を食べたらいいとか、どう行動すればいいとか、導いてくれる存在があるのはありがたいと思った。

親身に話を聞いてくれた生方センター長から、ちょうど来週明師様が東京清魂センターにいらっしゃるからご主人と息子さんを連れてきなさいと言われ、そうすることにした。

翌週、遊園地に行くと嘘をつき、両親は圭太と芽衣を連れて東京清魂センターを訪れた。

「大丈夫ですよ。食生活を整え、既に摂取してしまった農薬や添加物を排除し身体を健康に、清魂を続けて心を健康に、そうして魂が浄化されていけば必ず落ち着きます」

明師様はそう言って、おつらかったでしょうと、両親だけでなく圭太も優しく労《ねぎら》った。

「私が悪いものを食べさせたり薬を飲ませてしまっていたから」

後悔を口にする律子に、明師様は、

「悪いのはお母さんでもお父さんでもありません。危険なものを使用することに異を唱えない、むしろ推奨すらしているこの国の責任です。どうか、ご自身を責めないでください。むしろ、我が子をよく見ていて早いうちから気づかれていた素晴らしいご両親じゃないですか」

と、称賛する。

「もうあなたたちだけで頑張らなくていいんですよ。我々がともに圭太くんに愛を与え救います。我々は、もう家族ですから」

圭太の学校の校長に愛情不足と言われたことも心に引っ掛かっていたから、その言葉に、律子だけでなく郁夫も堪えきれなくなり涙を流した。

その日のうちに両親は御魂の会に入信することを決め、圭太と芽衣も有無を言わさず入信させられた。

それからは毎週末、家族揃って東京清魂センターに通うようになった。律子は平日にも通い、次第に信者仲間が増えていった。圭太のことでママ友もできなかったから、信者たちとの付き合いが楽しくて仕方なかった。

郁夫の冬のボーナスで、御尊影と御神体も購入した。リビングに神棚を作り、両親は嬉しそうに祀って手を合わせた。清魂も毎日行った。御魂の会直営の通信販売から御魂水や無農薬の米、野菜、合成界面活性剤不使用の洗剤を定期購入するようになった。

仏壇すらなかった家が、急激に宗教色に染まっていく。

＊

「でも、お兄さんは不登校になってしまったんですね」

土屋が遠慮がちに言った。御魂の会に家族で入信し、熱心に活動していたのに効果がなかった――むしろ悪化したことを指摘するのは忍びない。

「不登校じゃありません。定期購入の代金やお布施が嵩《かさ》んで、元々住んでいた七階の3LDKの部屋から、同じマンションの二階の2LDKの部屋へ引っ越したんですけど、それを機に両親が兄を拘束して学校へ行かせなくしました」

土屋と篠原の顔色が変わった。

児童監禁虐待。過剰な信仰心が道徳心を麻痺させることがある。

「お兄さんはいつから拘束されていたんですか?」

土屋が聞いた。

「五年生の夏休みからです。それから不登校扱いされていた期間、ずっとですよ」

つまり、事故のとき両手に手錠を嵌められていたのは、移動の間だけ息子の安全のために、ではなかったということだ。

「どうしてご両親はお兄さんを拘束したりしたんです?」

「両親に御魂の会に入信させられて、私はよくわからずに言われた通りにしていましたが、兄は何か受け入れがたいものを感じたんでしょうね。ことごとく御魂の会の活動を拒んだんですよ。すごかったですよ。御珠はつけないし清魂もしないし、学校に持っていったお弁当を捨てて添加物だらけの給食を食べちゃうし。もう、怪獣ですよ」

芽衣は思い出したように苦笑した。

「両親からしてみれば、兄の心身を浄化することが目的で入信したのに、当の兄が真面目に活動に参加しなければ意味がないわけですよ。山口をはじめ、御魂の会の人たちからは、無理やりにでも参加させないと兄の将来はないって脅しみたいなことを言われて焦ったんでしょう」

「脅し？」

　土屋が聞き返す。

「将来がないというのは、犯罪者になるとか、引き籠りになって社会生活を送れなくなるとか、自ら命を絶ってしまうとか……そんなようなことです。このままだとそうなるぞって……脅しじゃないですか」

「明師である愛甲世氏《とき》がご両親を脅していたんですか？」

「いいえ。脅してくるのは、センター長や山口のような熱心な信者たちですよ。私は御魂の会そのものよりも、御魂の会の教えを自分のいいように解釈して、それを押しつけてくるような信者たちが大嫌いでした」

　芽衣が吐き出すように言った。

　嫌がらせは、御魂の会そのものに対してではなく、御魂の会のそういった信者たちに対して、か。土屋は右手で顎を撫でながら小さく呟く。

「五年生の五月に初めて開祖様生誕会に出席するために総本部へ連れていかれたあと、兄がブチギレたんです」

「無理やり連れていかれたからですか？」

「それが……総本部に行ってみてそれでもどうしても嫌だったら御魂の会を脱会してもいいという両親の言葉を信じたので、そのときは無理やりではなかったんです。でも、結局そんなの兄を連れていくための嘘でしたし、そのとき兄が現地でお会いした晴《てる》様だったか秀《しゅう》様だったかに対して馴れ馴れしい態度を取って失礼だったとかで、センター長や山口たち信者にものすごく怒られて。それで、兄はただ仲良くしていただけで失礼なことなんて何もしていないってブチギレたんですよ」

「なるほど。それで、ご両親はお兄さんを拘束した？」

　芽衣はコクリと頷いた。

「夏休みに入り家にいる時間が増え、頻繁にやって来る山口に生誕会での態度について繰り返し説教され不満を募らせた兄が、両親に、いい加減目を覚ませと言って、御尊影と御神体を床に叩きつけて壊したんです。それで、両親は兄が信者の人たちが言うようになってしまうと本気で恐れ、二階に引っ越しをするときにセンター長や山口と話し合って拘束をするようになりました。学校へ行きたければ、お弁当を食べること、御珠を常に持ち歩くこと、毎日清魂をすること、土日は清魂センターへ行き御魂の会の活動に積極的に参加すること、それらの条件を挙げましたが、兄は最期まで断固として受け入れませんでした」

最期まで――。僅か十二歳で最期のときを迎えたことを思うと、途端に土屋や篠原にその言葉がずしっと重く圧《の》しかかった。

「あなたは全て受け入れていたんですか？」

と、篠原が聞く。

「受け入れるしかないですよね。別に親のことが嫌いだったわけじゃないですし、まだ子どもで、親なしじゃ生きていけないんですから。それに、私には同じ学年のインド人の友だちがいたんですよ」

「インド人？」

「年齢は一つ上だったんですが、入学するときに日本語がほとんど喋れなかったので、私と同じ学年にいました。彼女は宗教上の理由で、入学したときからずっと家から持ってきたお弁当を食べていたんです。インドでは多民族多宗教の家庭の子どもたちが同じ学校に通っていて、それぞれ違った食事制限があるので、昼食は給食ではなくお弁当の学校が多いそうです。彼女のお弁当は香辛料の匂いがキツいってクラスの子に言われていたんですけど、宗教のこともお弁当のことも何も気にしないというか、逆に日本人は無宗教というより宗教に偏見を持っている人が多くておかしいって言っていて、御魂の会に入信してからの私は彼女に随分と救われました」

篠原も宗教に偏見を持っている自覚があったので、少し胸がチクリと痛んだ。

「でも、彼女は六年生に上がるときに西葛西のインド系インターナショナルスクールに転校してしまって、その一年後にはインドに帰ってしまったので、それきり交流はなくなりました。

　兄と違ってコミュ障の私は元々友だちが少なかったんですけど、御魂の会に入信してから、特に両親が他の保護者たちに慈愛党の宣伝をするようになってからは、その少ない友だちも私から離れてしまったので、彼女がいなくなったら一人ぼっちになるから私も学校に行きたくないと両親に言ったんです。でも、兄だけなら不登校で通るものを、私まで行かなくなったら学校に勘繰られて面倒なことになるから絶対に行かなきゃだめだと言われました。どこまでも自分たちの都合でしか考えないんだなぁって思いましたよね」

　芽衣は力なく微笑んだ。

「具体的にご両親はお兄さんをどうやって拘束していたんですか？」

　土屋が聞く。

「二部屋のうちの一部屋に大型犬用の大きな檻を置いて、そこに入れられていました。高さは一メートルくらいでしたけど、横幅とか奥行は小学生の兄が普通に寝られていたので、六畳の部屋の三分の一くらいは占める大きさだったと思います」

　入口は少しの振動や衝撃でアラームが鳴る頑丈な南京錠で施錠されていたという。

本格的な児童監禁で土屋も篠原も息を呑んだ。

「あなたもその部屋を使っていた？」

「日中は母がその部屋で兄と一緒にいて、檻越しに兄に清魂をしたり、食事の世話とか、檻の中にオマルが置かれていたので兄が用を足すとその処理とかもしていました。だから、私がその部屋を使うのは寝るときだけでした」

「お母さんがお兄さんの監視役だったわけですか」

「基本的には。父の会社は副業禁止だったので、母もお布施を工面するために製菓工場の夜勤に出ていたんです。それで、兄と一緒の部屋で寝ないとなると自ずと父と一緒の部屋で寝ることになるので、どっちで寝るかの二択なら兄と同じ部屋で寝るほうがいいと思ったんです」

「お兄さんは逃げ出そうとしたことはなかったんですか？」

「最初のうちに徹底的に逃げる気を削がれたんですよ」

父親は南京錠と同様、会社の商品である施設警備や店舗、自宅の強盗対策に推奨されている威力が強い警棒タイプのスタンガンを使って圭太を教育したという。それも、全て生方や山口、そして信者仲間と相談の上で決めたことだった。

オマルを回収する際に圭太が檻から逃げようとしたときは、あなたのためだからと、愛してると言って母が泣きながら圭太にスタンガンを充てていた。痛みに跳ね上がり、用を足したあとにもかかわらず小便を漏らした圭太の姿が、芽衣の脳裏にも焼きついた。夜中にアラームが鳴れば父がスタンガンを持ってやって来る。

「そんな両親のことを、御魂の会の人たちは称賛するんですよ。つらいのによく頑張ってるって。偉いねって」

そして、芽衣には、こんなにいいご両親なんだから清魂して親孝行しなさいと言ったという。

拘束されていた圭太は、毎日ノートに漫画を描いて過ごしていた。両親もそのことは黙認し、ノートは好きなだけ与え、鉛筆も母が同じ部屋にいて目が届くときのみ与えていた。

芽衣が担ったのは、そのノートを圭太と圭太の仲間たちの間で橋渡しすること。

圭太が描く漫画のタイトルは『ＧＡＮＧＡＮプリズン』。

舞台は死刑が廃止になった近未来の日本の刑務所で、殺人犯には死刑の代わりに、ある人体実験が施されていた。

医療技術の発達により人間同士の脳移植が可能になったが、安全性が確立されておらず、死刑に相当する殺人犯たちの脳で実験を行っていたのだ。施術が上手くいかず死んでしまっても、死刑ではなく術中死扱いとなるから問題ない。

表向きは脳移植による人格への影響を観察するという名目で、施術が上手くいった者は複数人同じ独房に入れられて共同生活を送らせた。すると、脳移植を受けた殺人犯たちは、もともと狂暴だったのが更に狂暴化し、必ず殺し合いが始まる。それを刑務官たちが観客となり、賭けをしたりして楽しむのが本来の目的だった。

脳の移植相手と別人の脳が入れられた元の脳の持ち主の肉体とを同じ独房に入れるように仕向け、死ぬまで殺し合わせるゲームが一番盛り上がる。同じ人間の脳VS肉体。死ねば囚人同士の喧嘩による死亡として片づけられた。死刑さえ廃止になれば、国民から文句が出ることはない。

しかし、主人公の刑務官サニーが、脳移植を受けた殺人犯Kが冤罪だったことを知る。凄惨な殺し合いが行われる刑務所の中で芽生えた友情と、Kの脳を本来の肉体に戻そうとサニーが奔走する物語。

「小学生がそんな内容を？」

土屋が驚愕する。

「そのときは兄が変人なだけだと思っていましたが、一種の才能で、それが凡人の私には変人に思えたのかもしれません」

絵のクオリティーはさておき、サニーとK以外の登場人物たちを同級生の顔をモデルに描いたことで、仲間からの評判は上々だった。戻ってきたノートに書かれた仲間たちの絶賛メッセージが圭太の支えになっていた。

終わったノートは檻の中に置いておき、鉛筆が使えない時間に何度も読み返す。そうしていれば、時間を長く感じずに済む。芽衣も残酷な部分を飛ばしながら読んでいたという。

「Kはたぶん兄自身を描いていて、囚われの身から救い出してくれるサニーは架空の親友だったんでしょうね」

ノートは約二年で三十冊近くになり、兄が亡くなったときに母が処分した。

「本当は棺に入れてあげたかったみたいなんですけど、燃え残りが発生するから一冊しかダメだって御魂の会の葬儀屋さんに言われたんですよ」

そして、芽衣の話は圭太が亡くなった経緯について及んだ。

＊

二〇〇二年の末に、芽衣は日中に市の職員が家にやって来た話を、律子が郁夫にしているのを耳にする。

前年に国公私立の小中学校の不登校児童生徒数が過去最高を更新したことで文部科学省からお達しがあったらしく、それまで放っておいた不登校の児童の家を担任が家庭訪問するようになったらしい。律子は、そんな迷惑な訪問を居留守を使いやり過ごしていたのだが、今度は市の職員も連れ立ってやって来たのだという。身分証を提示して管理人にオートロックを開けさせ、部屋の前のチャイムを鳴らされたと辟易していた。

　年が明けると、エントランスで待ち伏せし、仕事帰りの郁夫にまで声をかけてきた。

「中学校の入学説明会にも制服採寸にも参加していらっしゃらないようですので、是非、ご両親と圭太くんに面談をさせてください」

　行政なんてなんの助けにもなってくれないことを思い知ったのに、今になって信頼できるわけがない。郁夫も律子も憤りを感じ、生方に相談した。

　そして迎えた三月二十一日。成様《あき》が春休みの間圭太を総本部で過ごさせたらいいと仰っていると生方に言われ、そうさせていただこうかと話し合っている最中だった。

　その日は小学校の卒業式で、担任と市の職員が、夕方になって卒業証書を届けにやって来た。圭太に直接渡させてくれと言うので断ると、直接渡せるまで毎日来ると言って帰っていった。

　直後、両親は圭太の総本部行きを決め、生方と連絡を取った。圭太は祖父母の家に行っているのでここにはいないとでも言えば学校も市も諦めるだろうと思ったのだ。春休みが終われば小学校の担任との縁は切れるし、市の職員だって圭太一人にそうそう構ってもいられないはずだ。

夜中に玄関やリビングのほうが騒がしくて目が覚めた芽衣は時計を見た。午前一時になるところだった。

両親の声以外にも男性の声が聞こえるが、話している内容まではわからない。

「おい、起きてるか？」

暗闇から圭太の声が聞こえた。

「うん」

なんの騒ぎだろうね、なんて話が始まるのかと思ったが、違った。

「俺、殺されるのかな」

物騒なセリフに言葉が詰まる。

「おい、聞いてんのか？」

「聞いてるけど、なんでそうなるの？」

声が大きくなると、「しっ」と圭太に窘《たしな》められ、声を潜《ひそ》める。

「だって、あいつら頭イカレてんだろ」

「あいつらって、市の職員と圭太のクラスの担任？」

「違ぇよ。お前もだいぶヤバいな」

芽衣は自分の何がヤバいのかわからず、ムッとして頬を膨らませた。

「父さんと母さんだよ」

「お父さんとお母さんが圭太を殺すの？」

「悪魔祓いとか言って、やり兼ねねぇだろ」

「そんなことするわけないじゃん。悪魔祓いじゃなく、お父さんとお母さんが圭太にしたいのは清魂だよ」

「どっちもどっちだよ。清魂とか――マジにしてんじゃねぇぞ、お前」

暗闇で圭太がチッと舌打ちをしたのが聞こえた。

「殺されんなら、俺、父さん道連れにしてやるよ」

「もうやめてよ。怖い漫画ばっか描いてるからそんなこと考えるんだよ」

圭太が恐ろしい話をするものだから、芽衣は心臓がバクバクして吐き気が込み上げてきた。

「俺と父さんが死んだら、お前、この家から逃げろよ。母さんからだけなら逃げやすいだろ」

いい加減にして、と言おうと口を開けたとき、突然、ドタドタという大きな足音が近づいてきて部屋の扉が開いた。パッと電気が点いて二人の大人の顔が見えた。郁夫と生方だった。

怖くなった芽衣は頭から布団を被る。二人が歩く振動が床から敷布団を通して伝わってきて、ガチャガチャと南京錠を開ける音がした。

「なんだよ、こっち来んなよ、やめろ！」

圭太の叫び声は、バチバチバチという弾けるような音が二回して聞こえなくなった。

恐る恐る布団の隙間から様子を窺うと、二人に抱えられた圭太の手がだらんと力なく垂れていた。

——俺、殺されるのかな。

圭太がつい今しがた言っていたことが現実味を帯びてきて、芽衣はぶるぶると全身を震わせた。

「出てきちゃだめよ」

律子の声がして電気が消され、扉が乱暴に閉められた。

やがて玄関ドアが開閉される音がして静かになった。布団を被っていると、激しい鼓動が頭の内外に響いて目が回る。芽衣は気を失うように眠りにつき、翌朝律子の絶叫で目が覚めた。

郁夫と圭太が乗った車が事故に遭ったことを知らせる連絡を受けたのだ。

5

篠原が土屋の顔を見ると、険しい表情をして考え込んでいた。

「つまり、お兄さんがお父さんを殺害するために、あの事故を起こしたということですか？」

篠原は心の中で圭太が車を運転していた生方に故意的に手錠の鎖を巻きつけたのか、と考えて、ないないと打ち消し、その打ち消しに対して本当にないか？　と葛藤しながら聞いた。

小学生が加害者となる殺人事件は、前例が少ないがあることにはあるし、自殺となれば毎年十人を超える死亡者が出ている。しかも、小学生の自殺者のほとんどが高学年。彼の置かれていた状況を鑑みれば、あり得ないとは言い切れない。

「事故のあとはそれどころじゃなかったので、そうだったのかもしれないと思ったのは家を出る少し前になってからです」

かもしれないということは、芽衣も本当のところはわからないのか、と構えていた肩の力を抜いた。

「家を出られたのは、事故から六年後ですよね？」

土屋が聞くと、芽衣はコクリと頷く。

「その六年の間にお母様と何があったんですか？」

「父と兄が亡くなったあとも母は御魂の会の信仰を続けました。それどころか、ますます活動にのめり込んでいきました」

郁夫が加入していた団体信用生命保険により、マンションのローンの支払いはなくなった。死亡保険も不慮の事故による死亡として病死の倍額受け取った。会社からは社員の業務外死亡弔慰金として八百万円が支給された。

それなのに生活は急激に困窮していき、生活の中での制限が増えていく。

「その頃、初代明師様である世様が体調を崩されたとかで、息子である成様が代理を務めることが増えたんです。選挙運動の手伝いも始まり、そのあたりから、母の暴走は加速しました」

お風呂の追い炊きが禁止され、やがて湯船に湯を張ることも禁止され、しまいにはシャワーも一日おきにしろと言われ、夏場は湯を使うことも禁止された。中学に進学すると、部活に入ることすら律子は不満顔だった。

『幸先生の娘さんは美術部だったらしいけど、大人になってなんの役にも立ってないってよ。だから、部活になんて入らないで済むなら入らずに、御魂の会の活動に時間を割いたほうがよっぽど有意義だって言ってたわ』

郁夫と圭太を亡くした律子は、山口のことを幸先生と呼び、それまで以上に慕うようになっていた。母子家庭の先輩信者として、山口も何かと世話を焼いた。

自分たちが不幸に見舞われたのは信仰が足りなかったから。娘のために、母親である自分たちは長生きしなければならず、これ以上不幸に見舞われないように、より一層信仰に力を入れましょう。

そんな山口のアドバイスに従って多額のお布施をしていたことが、木下家の生活を困窮させた原因だった。

母と娘は一心同体。山口のその言葉を律子もよく口にするようになり、芽衣にも自分と同等の信仰心を持つことを求めた。

「その頃になると、山口も母も御魂の会も、気持ち悪くて仕方ありませんでした」

芽衣は右手で左手をぎゅっと摑んだ。

「気持ち悪い？」

篠原が聞き返す。

「親が子どもに一心同体だと言うのは、傍《はた》から聞けば微笑ましい、耳に心地いい言葉に思えるかもしれませんけど、私には呪いの言葉以外の何ものでもありませんでした。心も体も母のものであり、私を一人の人間として認めない、という呪詛」

「呪詛……ですか」

本来、一心同体というのは、自分のことのように相手を大切に思っているという意味で使うが、律子が言う一心同体は完全に親都合でしかない。律子は自分のことのように芽衣を思っているという意味で使っているのかもしれないが、芽衣の意思を無視して自分の思いを押しつけているのだから、それはやはり親都合なのだ。親都合の一心同体という言葉は呪詛になり、子どもを苦しめる。そういうことか、と篠原は自分なりに理解する。

律子は多額のお布施を納め続けるため、工場の勤務形態をパートから社員へ契約を変更した。芽衣は、夜中一人で家にいるのが怖くて日勤にしてほしいと律子に頼んだが、黙々と作業をすればいい夜勤のほうが人間関係が楽だし夜勤手当も付くし、日中は清魂センターへ行ったり幸先生の教室のお手伝いもあるからと、にべもなく断られた。

そして、芽衣が少しでも反抗すれば、律子は自分の信仰が足りないせいだと言って清魂センターへ行く頻度とお布施の額を増やしていった。

「真摯に子どもと向き合ったりするのってやっぱりしんどいじゃないですか。それよりお布施をして清魂して我が子がいい子になるなら、そのほうがずっと楽なんですよね。そういう意味では、明師様が楽にしてくださっているということになるんだと思います。それに、御魂の会も上手いんですよ」

芽衣が鼻を鳴らす。

「清魂センターのセンター長が、何を信じたらいいのかわからなくなったときは明師様の教えを信じればいいんですよって、そして、明師様を信じる自分を信じてくださいってよく言っていました。要は、明師様の意思こそが自分の意思だと思わせる話術ですよね」

反抗すればするほど母は御魂の会へ向いてしまう。家のお金を納めてしまう。

芽衣は、少しの反抗もできなくなった。

「刑事さんたちは御魂の会の清魂がどういうものかご存じですか？」

不意に尋ねられ、篠原は首を横に振った。土屋も芽衣と目が合って、「いや」と答える。

「篠原さんにやってみてもいいですか？」

唐突な申し出に、篠原は土屋と顔を見合わせ困惑しながら立ち上がると、今まで座っていたパイプ椅子を持って芽衣の隣に移動した。芽衣と向き合う形で座り、小さく深呼吸をしてから背筋を伸ばし、「どうぞ」と言った。

「今はつけていませんが、左手に御魂の会の信者の証でもある御珠というブレスレットをつけて行います。鮮血のような色で、血縁関係のない家族たちを繋ぐ血の役割なんだろうと私は思っていました」

そう前置きして左手を伸ばす。ガタッ。途端に篠原がパイプ椅子ごと仰け反った。芽衣の左手が胸部に触れたからだ。乳房ではないが胸部には変わりない。確実にデリケートな場所に触れられ、反射的に拒絶した。

「そう……なりますよね。ごめんなさい」

芽衣は謝りながら手を引っ込めた。

「清魂は企業秘密だからというようなニュアンスで外部に公開されないようにしていますが、一般常識ではハラスメントになるとわかっていて隠蔽しているんじゃないですかね」

篠原はパイプ椅子を持って元の位置に戻り、再び腰を下ろした。

基本的に親族ではない信者に清魂を行うことが修行だと言われているため、清魂センターでは必然的に見ず知らずの信者と組まされる。親とでも嫌なのに、自ら入信したのだから、信者は皆家族なのだからと、受け入れることが当然と押しつけられる。

御珠の所持もそう。小学生の頃は絹の袋に入れた御珠をランドセルの前ポケットに入れて持ち歩かされていたが、中学校に入学して持ち物検査で担任に見つかり、学業に関係ないものを持ってきてはいけないと注意を受けた。元々持ち歩くのが嫌だったので、そのことを律子に告げれば持ち歩かずにすむのではないかと芽衣は内心喜んだ。

しかし、そうは問屋が卸さない。律子に知らせた翌朝、御珠の赤い珊瑚玉が絹紐から外され、全てのブラジャーに縫い付けられていた。ブラカップにところどころ付けられた五ミリ大の血赤珊瑚。

――これなら校則に引っ掛からないし、身体に密着させられるでしょ。幸先生に教えてもらって、あなたのために夜勤から帰ってきたあと寝ないで頑張ったのよ。

律子に言われ、途端に口の中が胃液で酸っぱくなった。

事件で関わったことのある新興宗教は往々にして信者のデリケートな部分に土足で踏み込むようなことをしていたが、清魂といい、ブラジャーのことといい、御魂の会もやはり同類かと篠原は絶句する。

高校に進学すると、自分のお金でお布施をすればより一層御利益に与《あずか》ることができると言われ、信者が経営している揚げ物屋でのバイトを山口に紹介された。山口のフラワーアレンジメント教室で生徒の子どもを預かるボランティアもやらされるようになり、教室が信者の勧誘の場になっていることを知った。

「それでも、高校になって一つだけ楽しみができたんです」

授業が終わってからバイトへ行くまでの僅かな時間に、軽音楽部の演奏を立ち聞きすることが楽しみだった。入部は叶わなかったが、御魂の会の活動中、軽音楽部の演奏を頭の中で流すことで不快さを紛らわせた。

「だけど、ダーシャのことが決定打になりました」

土屋も篠原も小首を傾げた。

「小学校のときに唯一仲が良かったと話したインド人の子です」

芽衣が言うと、あぁ、と篠原の口から声が漏れる。

「西葛西に引っ越してからインドに帰るまでの間に、数回だけ文通をしていたんです。高校三年のときに部屋を片づけていて、そのときの手紙が出てきたので読み返してみたらインドの住所が書いてあって、懐かしくなって手紙を書いて送りました」

「インドに？」

「はい。三か月後くらいだったかな、忘れた頃に返事が来て、興奮して差出人もよく確認せずに封を開けたら、その手紙はダーシャのお父さんからで、ダーシャは亡くなったと書かれていました。イスラム過激派によるテロに巻き込まれたって。

調べてみたら、インドでヒンドゥー至上主義者が他宗派の人たちを襲撃して多くの死者を出しているという記事もありました。日本の宗教に対する偏見どころの騒ぎじゃないじゃないかってびっくりしました。なんなら宗教が原因の戦争や紛争が世界中で起きていて、宗教を信じる人たちが狂っているように感じ、私も一刻も早く御魂の会から抜け出さなきゃだめだっていう思いに駆られたんです」

「それで家を出た？」

「いえ、母にダーシャのことを話して、二人で脱会しないかと提案しました。この期に及んでと思いますよね。でも、母にわかってほしい、御魂の会よりも私を選んでほしいという一縷の望みのようなものがあったんです」

芽衣が俯き、鼻を啜った。苦悩に歪んだ表情を見て、その望みは叶わなかったのだと悟る。

「次の日、学校へ行こうと家を出たところで大人たちに囲まれて白いバンに乗せられました。私はそのまま総本部に連れていかれて、強制的に清魂荘に入寮させられたんです。その時点で高校卒業の出席日数は足りていたので、高校を卒業したら青年部の活動に本腰を入れさせるために娘を修行させてほしいという母の希望だと言われました。それは、完全に洗脳してくれってことだと思いました。だから、寮から逃げ出したんです」

「寮生活が過酷だったんですか？」

「別に。寮での生活自体に不満があったとかでなく、やっぱり不信感がどうしても拭えないんですよ。衣食住を与えられる代わりに洗剤工場や農場で奉仕させられて、利用されてる感が否めなくて」

「奉仕ということは、無償で働いていたということですか？」

「はい。だから青年部だけなんだろうなって。私が入ったときは七、八十人いたんですけど、清魂荘に入寮できるのは青年部の信者だけで、壮年部になる前に出なければならない決まりです。不登校や引き籠りの若者を受け入れている体《てい》ですが、義務教育中は親元で暮らすのが一番だと言いながら本当のところは問題になったら面倒なので受け入れず、問題なく労働力として使える年齢になったら受け入れる。そして、外で働いて得たお給料でお布施をすることができないから労働で奉仕させているんだと思いました。だから、歳をとって労働力にならなくなったら追い出す。追い出された人は、社会経験もなく四十にもなって自立なんてできませんからね、自殺する人も多いんですよ」

——私は、そんな一生を送りたくない。

芽衣の声色から切実さが伝わってきた。

「幸い同室だった翠《みどり》さんというお姉さんがとてもいい方で、その翠さんに事情を打ち明けて協力してもらえたので、二か月で逃げ出すことができたんです」

北海道に向かったのは、清魂センターがなかったからだと言う。

「バスガイドを選んだのは、求人誌を見ていたら募集要項に寮があることと、乗客のリクエストがあれば歌を歌うこともあるので歌のレッスンを受けることが書かれていたからです。もし軽音楽部に入れたらボーカルになりたいってずっと思っていましたから」

「北海道までの移動資金はどうされたんですか？」

「それも、翠さんが持たせてくれました」

「その方はお金を持っていた？」

「幹部のお嬢さんだったみたいで、詳しいことは聞きませんでしたが、妊娠していて出産するまで寮で過ごすんだって言っていました」

「妊婦だと労働力にはなりませんよね？」

「総本部には助産師もいましたし、幹部のお嬢さんだから特別だったんでしょう。それに、工場の作業や農作業には参加しなくても、掃除や洗濯や食事の用意なんかは率先してやっていましたよ」

「木下さんは、その翠さんという方の協力を得ることに躊躇はなかったんですか？」

芽衣が篠原に清魂をやってみてもいいかと言ってから、ブラジャーの話などが続いたため黙って聞いていた土屋が口を開いた。

「躊躇？　どうして躊躇する必要があるんですか？」

芽衣は目をぱちくりさせた。

「幹部のお嬢さんということは、木下さんが逃げ出そうとしていることを御魂の会に密告されるかもしれませんよね？」

土屋の言わんとしていることがわかると、芽衣は、それはないです、と少し声を大きくして言った。

「子どもだったのでそこまで頭が回らなかったということもあるでしょうが、翠さんは本当にいい方でしたから。いつか恩返しをしたいと思っているくらいです。でも、自分の生活にいっぱいいっぱいでそれっきり――。今も頭のどこかにいつも翠さんのことはあって、この前の生誕会でもなんとなく捜してみたんですけど、見当たりませんでした。清魂荘では下の名前でしか呼び合わないので苗字も知りませんからね」

そう言って、芽衣は寂しげに目を伏せた。

北海道に到着してもしばらくはびくびくして生活していたが、その年、初代明師である世氏が亡くなり、成氏が二代目に就いたことで、律子も御魂の会も、芽衣を捜すどころではなかったのではないかと言う。そして二年後には東日本大震災が起きて日本中大混乱に陥り、芽衣は上手く逃げおおせたと思った。

しかし、コロナの流行で生活が一変。観光バスの利用者が激減し、稼働する数少ないバスには、マスクをしたバスガイドが必要最低限の案内のみするために乗っているだけ。緊急事態宣言が発令されると外出需要が消失し、結局、会社は倒産し全員解雇となった。その後、パートで働き始めた回転ずしの所属店舗も閉店し、途方に暮れていたときに突然、山口幸が訪ねてきたのだという。

十年以上、誰にも自分の居場所を知らせずに生きてきた。だから、山口が札幌まで訪ねてきたときは、驚いたってもんじゃなかった。でも、国内であれば日本中にいる信者たちが必ず捜し出すのだと聞いて腑に落ちた。

途端に記憶が蘇り身震いする。

＊

「これ、お土産」

そう言って山口がリュックから取り出したのは、ビニール袋に入った手作りの布マスクの束だった。だけど、当の山口は不織布マスクをしている。

「緊急事態宣言中、暇だったからたくさん作ったの。今、マスクは手に入りにくいし、買えたとしても高いでしょ？」

芽衣が政府から配布された布マスクを着けているのをじろじろと見ながら言った。私は不織布マスクを買えるけど、あなたは買えないでしょ、という相変わらずの上から目線が突き刺さる。

山口には中年男性の同行者がいて、御魂の会の顧問弁護士の一人で信者でもある粕《かす》谷《や》だと名乗った。

二人から律子の病状を聞かされても、家を出た時点で縁を切ったつもりだったから心配よりも困惑が大きかった。

「二度目のくも膜下出血でお一人での生活が儘《まま》ならなくなり、明師様のご厚意で一時的に愛甲健康苑に入っていただいておりますが、お母様の前から順番待ちをしている方もいらっしゃいますし、訪問サービスの料金と違ってお母様の経済力では支払いをお続けになるのはとても難しい状況です」

粕谷の言葉に施設を出てほしいのだと理解する。

「母を施設に入れたのはそちらの勝手ですよね？　私はもう母とは絶縁していて関係ありませんので」

芽衣は、膝の上で固く握りしめた拳を見ながら言った。

「木下さん、それはお気持ち上のことで、日本において血の繋がった親子が縁を切ることは法律上不可能なんですよ」

そこから粕谷が、何があっても親子関係は断ち切れないということを淡々と説明する。

「相続も放棄するので……」

必死に言った。

「お母様がご存命中に相続を放棄するというのは、家庭裁判所が受け付けてくれませんから無理なんですよ。つまり、あなたはお母様を扶養する義務からは、どうあっても逃れられないんです」

逃げ道を塞がれていくようだった。御魂の会に——ではなく、日本という国に、どんな親であっても子は親の老後の面倒を見ろと追い詰められる。

「あのね、御魂の会も律子さんやあなたのことを最大限に考えて、律子さんが一度目に倒れたあと、こちらの粕谷さんが任意後見契約を結んでくださるって申し出てくださったのよ。それを、律子さんがいつまでもごねて先延ばしにしてたから、こんなことになってしまったの」

「任意……後見契約？」

初めて耳にする言葉に眉根を寄せた。

「認知症などでご本人の判断能力が不十分になったときに、詐欺などに遭わないように財産管理をしたり、介護施設との契約を進める身上監護を引き受けることですよ」

粕谷が穏やかな口調で丁寧に説明する。

「それって、今から契約してはいただけないんですか？」

「できないことはないんですが、ご本人の認知能力があるうちに契約する任意後見人と異なり、今から申し立てて選出される成年後見人は、ご親族の希望が通るとは限らないんですよ。つまり、娘さんがお母様の成年後見人として私を推薦してくださったとしても、家庭裁判所の判断で全く別の知らない方がなるかもしれませんし、たとえ希望が通っても、宗教関係者だとわかると監視役がつけられてお母様にとって最善の策が取れない場合も多いんです。ですから、お勧めできません」

「はぁ」

よくわからずに溜息のような返事をすると、山口がしびれを切らして迫った。

「あなたは今も御魂の会の信者なのよ？　わかってる？　これだけ長いこと御魂の会に不義理をしてきて、この上まだ迷惑をかけるつもり？」

自分が脱会届を出していなかったことを山口に言われて気がついた。

「今、脱会届を出します」

勢いよく言った芽衣に、あんた馬鹿なの？　という山口の罵声が飛んだ。

「まがりなりにも、あなたも信者だから家族だと認められて律子さんを愛甲健康苑で預かっていただけていたのに、恩を仇で返すつもり？」

胃の奥がキューッと締め付けられるような感覚がして、両手を膝から鳩尾《みぞおち》に移した。

「御魂の会の信者としてお母様のお世話をしていかれるのであれば、今後も我々は家族として最大限ご協力させていただきます。介護に関しては、引き続き愛甲健康苑東京のスタッフがお力になりますので、ご安心ください」

横から粕谷が言った。実家で母親と一緒に暮らしても世帯を分離しておけば介護費用も軽減されるのだということも教えられた。それをお布施に充てるようにと暗に言っているのだとわかっていながら、山口とは対照的な優しい声に、思わず縋りたい気持ちになった。

「あなたが律子さんのご意思を継ぐしかないのよ」

「母の意思……。母は、私のことは覚えているんでしょうか？」

おずおずと聞いた。

「覚えてないでしょうね」

山口がぴしゃりと言う。

「自分からお母さんを捨てておいて、それでも覚えていてほしかったの？」

意地の悪い言い方だった。

「御魂の会のことも……ですか？」

気に入らなかったのか、今度は細めた目で芽衣をキッと睨んだ。

「覚えていないとしても、律子さんの信仰心は変わらないでしょう。二十年信仰されてきた律子さんのご意思を尊重してあげてほしいわ。だいたい娘に捨てられたのがショックで、まだ若いのにこんなことになったんでしょ」

山口にヒステリックな口調で責め立てられ、芽衣はすっかり委縮していた。

「実はね、御魂の会を脱会して交通事故に遭い昏睡状態だった娘の意識が、一年ほど前に戻ったのよ。しかも、改心して再入信したら、だいぶ歩けるようになって。御魂の会を信仰していれば、奇跡は起きるから」

まるで、御魂の会を脱会したから事故に遭ったと断言するような物言いだった。急に声色を変え、ほら見てちょうだい、とスマホの画面を操作し、画像を見せる。そこには、リハビリを受けている女性の姿が写っていた。山口に娘がいることは律子から聞いていたが、顔を見るのは初めてだ。事故に遭ったことも知らなかった。

「ねっ、奇跡でしょ。律子さんだって奇跡が起きて、あなたのことも思い出すかもしれないわ。それに、こんなときに施設に入れてたらクラスターも心配でしょ？　親不孝なことをしたんだから、これからは親孝行しないと駄目よ。奇跡を起こすには、御魂の会の信仰と愛しかないわ」

山口は意識的なのか無意識なのか、これでもかと煽ってくる。喉元に迫《せ》り上がってきた胃液を必死に飲み込んだ。

母の意思というのなら、実家のマンションを売ってそのお金でそのまま愛甲健康苑東京に死ぬまで入れておいてほしいと言ったが、そこにも法律の壁が立ちはだかった。

母名義の不動産の売買を行うには、さっき粕谷が言っていた成年後見人に芽衣がなる必要があるのだという。しかし、それも希望が通るとは限らず、家出していた娘だと不可能に近いし、全く見知らぬ人が選ばれたらそれこそ厄介なことになる。

それに、料金を聞いて諦めた。現在大規模な駅前開発が始まっていて実家周辺の地価は上がっているようだが、まだ六十歳の律子が八十歳まで生きたとして、二十年も施設に入れておける金額には到底ならないことを突き付けられた。

――呆けるのが早すぎて、マンション売っても一生入っておくには足りないってさ。

心の中で律子に呟いて苦笑した。

「わかりました。実家に戻って私が母の面倒を見ます」

その言葉に、目の前の二人がホッと胸を撫でおろしたのがわかった。

二人が帰ると、山口の手作りマスクをゴミ箱に投げ入れた。

＊

「離婚をすれば夫婦は他人になれるのに、どうして子どもはどんなに酷い親とも、血が繋がっているってだけで他人になれないんですかね。おかしいですよね」

初めて芽衣の頬に涙が伝った。

夫婦と違って親子が他人になれないのは子どもの権利を守るためのはずなのに、それを逆手に取って子どもを苦しめているケースがあるのかと、篠原はショックを受けた。同時に、親とは縁を切れないという蒼井の言葉を思い出す。蒼井は弁護士だから、法律上縁を切れないのだという意味だったのかもしれない。

任意後見制度も、高齢化が進み認知症や孤独死が増えている中で利用者が増えている。でも、同時にその制度を悪用した財産侵害等の被害も増えていた。そして、その加害者側が宗教絡みのことも多い。それも、法律相談でそんな案件を受けていると蒼井が話していたことだ。

篠原は、憤懣《ふんまん》やるかたない様子で拳を握りしめた。

「それでもお母様の元に戻ったのは、やはり心配だったからなんじゃないですか？」

本当にそう思ったのか、そう思いたいのか、自分でもわからないままそう聞いた篠原の顔を、芽衣はじっと見て、

「篠原さん、普通の母と娘の関係ってどんな感じなんでしょう？」

と、質問で返した。篠原は戸惑ったような表情を浮かべつつ、

「何が普通なのかはわかりませんし、うちも決して良好な母娘関係ではないと思います。ただ、私も私の母も亀が好きで、実家にも私の家にもそれぞれ亀がいるので、亀の話はしますね。というか、亀の話しかしないかも」

と答えた。その答えに、芽衣はふっと自然な笑みを零した。

「充分羨ましいです」

「羨ましい？」

篠原が聞き返す。

「母親と共通の話題があって会話が成立するだけで、羨ましいです。私が御魂の会の信仰を受け入れて一緒に活動できていたら、うちも共通の話題ができて楽しい母娘関係を築けていたのかもしれないと思うことはあります。でも、そう思うだけで、心配なんてしませんよ……あんな親」

芽衣の目は真っ赤だった。篠原は、「木下さん」と呼んだ。

「親と子は別の人格がある別の人間です。いい親子関係を築きたいから子どもが妥協して親の信仰を受け入れるなんて、絶対にあってはならないことです。そうなるくらいなら、親子でも離れて暮らし、それぞれの価値観で生きていったほうがいい。木下さんが家を出られて早くに自立されたことは、正しかったんじゃないでしょうか」

思わず力説した自分に驚いたが、言われた芽衣も潤んだ目を丸くしていた。

「せっかく離れたのにまた一緒に生活することを強いられて、そのストレスがお母さんに怪我をさせてしまったり、クサフグの肝を冷凍してお守りにしたりといった行動に、あなたを走らせたんですか？」

篠原の言葉を受けて、土屋が聞いた。

「いいえ。再会した母は認知症状がかなり進んでいて、山口の言ったように私のことは全くわかりませんでした。でも、そんな母を前に、真新《まっさら》な状態から母娘関係をやり直せるんじゃないかという願望が頭をもたげたんです。御魂の会を抜きにした母娘関係を。だけど……駄目でしたね。私のことは何一つ思い出さないのに、御魂の会のことは要所要所で思い出すんですよ。まぁ、私とは十年以上も離れていましたし、心はもっとずっと前から離れていたんでしょうから、二十年信仰し続けて母の全てだった御魂の会のほうを思い出すのは当然と言えば当然なんです。しかも、私が働いている間はデイサービスで愛甲健康苑に通っているんですからね」

芽衣の表情が一気に曇った。

「母が私の胸に手を押し当てて清魂をしてきたのでカッとなり、自宅に祀られていた御神体を投げつけたら母の頭に当たってしまい、血が出て痛い痛いって泣く母を夜間救急に連れていったら医師から通報されました。不起訴処分になりましたけど、もう駄目だと思いました。母の心から御魂の会を追い出すには母を殺すしかない。母を殺して自分も死のうと考えて、それで、クサフグを釣りに行ったんです。だけど結局死ねなくてクサフグは冷凍庫行きになり、山口から催促されていた御魂の会の活動にも諦めて参加するようにしました」

篠原は、芽衣の証言が事実であるとすれば、清魂荘に入れられたときに母親のことは一度諦めたわけで、それなのに無理やり母親の元に連れ戻したことが、彼女の母親への固執を再燃させてしまったのだと思った。

だからといって親と子は別の人格がある別の人間である限り、子が親に自分の意思を押しつけ命を奪うこともまた、あってはならないこと。

「そんなときに、開祖様の生誕会を三年ぶりに行うという連絡が山口から来たんです。自分の娘が参加するから、私に同行してくれないかって。娘さん、杖をついてじゃないと歩けないとかで。今回はコロナのことがあって青年部に所属している信者しか参加できないから、自分の代わりに私に世話をしてくれと頼んできたんですよ。ふざけんなと思いましたよね。どれだけ私を利用すれば気が済むんだって怒りが込み上げてきて、それで、今回の計画を思いつきました」

芽衣の顔が怒りで赤みを帯びる。

「娘さんと同行するのはいいけれど二人とも抽選に通るとは限らないじゃないかって言ったら、自分が手を回すから大丈夫だと言われました。その間の母の面倒も、愛甲健康苑東京にショートステイできるように手配してあげるから、その代わりに甘茶係をやるようにって言われたときは、計画を成功させることが使命だと思いました」

取調室に響いたクックックという芽衣の笑い声を、土屋が咳払いで止めた。

「その愛甲健康苑東京で主任をされていた、澤田淳史さんをご存じですか？」

土屋が聞くと芽衣は小首を傾げた。

「澤田……さん？」

「被害者のお一人です」

芽衣は真顔になり、ゴクリと唾を飲み込んだ。

「知りません。愛甲健康苑東京には手続きのために粕谷さんに連れられて一度行っただけで、しかもコロナ禍で館内に入ることはできず、受付で説明を受けて書類にサインして帰ってきたので、対応していただいた職員の方の名前も覚えていません。その後は送迎の担当者の方とだけお会いしていましたが、御魂の会の人とは関わりたくなくて必要最低限のことしか喋ったこともありません」

そこに天地が入ってきて土屋の耳元で何やら告げる。要件を伝え終えると資料を手渡し、足早に出ていった。

土屋の細い目が一度閉じてからゆっくりとまた開かれる。

「マンションの管理人さんの立ち会いで東京のご自宅に家宅捜索が入りましてね、冷凍庫から凍ったクサフグの肝が見つかったそうです。科捜研の見立てでは、七、八か月前のものだろうということですよ」

芽衣の自宅の冷凍庫から押収されたのは、およそ三センチの肝が一匹分。冷凍焼けしていたので元はもう少し大きかったと思われ、本体は十五センチほどの大きさのクサフグではないかということだった。

土屋の報告に芽衣は満足そうに表情を和らげた。その様子をじっと見ていた土屋は、徐《おもむろ》にスチール机に両肘をついて身を乗り出した。

「木下さん、誰かを庇《かば》っているんですか？　それとも、他に協力者がいる？」

「え？」

芽衣は鳩が豆鉄砲を食ったような顔をした。

「あのね、ご自宅から押収されたクサフグの肝を、あなたの言うようにすり下ろしてここに出して差し上げたいんですけど、そんなことしたらあなた、それを食べて自殺しかねないでしょ？　だから口で説明しますが、テトロドトキシン自体は無味無臭なんですけど、臭いんですよ、めちゃくちゃ臭いんです、すり下ろして解凍されたクサフグの肝。そんなものが入っている甘茶を飲むわけないじゃないですか。しかも入れられた七人全員が飲むなんてあり得ない。子どもなら尚更飲まないですよ」

芽衣の頬が引き攣った。

「だって、ほんの少しでも死ぬくらい強力な毒だし、御魂水で淹れた甘茶は明師様から振る舞われる神聖な甘露なんだから少しくらい臭くても飲みますよ、信者なら」

必死に弁明する。

「無理ですよ」

土屋は断言した。

「飲めたもんじゃありません。確かに使われた毒物がテトロドトキシンだということはマスコミにも公表しましたし、テトロドトキシンを使った事件は我々にとっちゃ案外珍しくなくてね、中には木下さんが証言したような方法で殺人を犯したケースだってありましたよ。でも、今回は違うんです」

芽衣は、言っている意味がよくわからないという視線を向けた。土屋はそんな視線などお構いなしに続ける。

「知ってます？　テトロドトキシンって日本でも鎮痛剤や麻酔薬として戦後の一時使われていたことがあったんですって。しかし、解毒剤が存在しないもんですから、リスクが高くてすぐに使用されなくなったそうです。でも、よほど有望なんでしょうね。今もどうにかして安全に使えないものかと、日本や他国で研究が進められているそうなんですよ。

でね、生誕会で使用されたのは、そんなテトロドトキシンの実験や研究に使われるような純度の高いものだったと、木下さんが自首してくる前に専門家から、朝一で報告がされていたんです。つまり、釣ってきたクサフグを素人が捌いて取り出した肝を使ったなんて杜撰《ずさん》な犯行では断じてなかった。素人がクサフグの肝から装置を使って取り出したようなものでもない。まぁ、そもそも木下さんの自宅からそんな装置も見つかりませんでしたしね」

ようやく話の意図が摑めたのか、みるみる芽衣が蒼褪《あおざ》めていく。

「だから、事件で使用した毒物はどうやって手に入れたんですか、と最初に聞いたんですよ。その答えによって、犯人か否かが判断できるからです」

「じゃあなんで話を聞き続けたんですか？」

そう訴える芽衣の声は震えていた。

「凶悪重大事件の早急な解決のため、あなたが犯人を庇い、罪を被ろうとしている可能性、或いは犯人が複数いてあなたもその一人だという可能性などを考慮したからです」

「私たちは一刻も早く犯人を捕まえなければなりません。そのためにこの二時間弱、木下さんのお話を伺ってきました。犯人や、犯人らしき人物に心当たりがあるのなら教えていただきたいんです」

土屋に続いて篠原がすかさず言った。

「もし、犯人を庇っていたり複数犯であるにもかかわらず一人で罪を被ろうとしているのであれば、犯人隠避罪になりますよ？」

黙っている芽衣に篠原が詰め寄るが、そんなことは耳に入らない様子で、目に見えて落胆している。

土屋と篠原は顔を見合わせ、天地に手渡された資料に目を通す。そこには、五月七日、京成上野駅から夜十一時四十分発の夜行バスに乗り、翌日生誕会の会場となった総本部に到着するまでの芽衣の行動が記されていた。

八日の午前五時半頃松本に到着後、午前七時半発の総本部行きのマイクロバスに乗車するまで、二十四時間営業のネットカフェで過ごしている。

夜行バスはゴールデンウィーク最終日とあって、行楽帰りの客などで満席に近く、ネットカフェも恐らく総本部へ向かうマイクロバス待ちの信者たちで混み合っていたという。

ネットカフェの店員の話では、客が御魂の会の信者かどうかは判断がつかなかったが、生誕会の日にこんなに混んだのは初めてだったそうで、警察では、参加者が青年部に限られたことでネットカフェを利用しようと考える信者が多かったのではないかと思われた。

山口亜実と夜行バスのバス停で待ち合わせをしたという証言のウラは取れていて、バスに乗車後、隣の席に座っていたことも、バスの防犯カメラの映像や運転手の証言と一致している。

コロナウイルスの感染対策の一環ということもあるが、夜行バスという性質上、乗車する時点で私語は厳禁だと伝えられるから、二人の会話を聞いた者はいない。しかし、斜め後ろの席に座っていた女性客が、熱心に何かを書いた紙を交互にやり取りしていた二人を見たという。その様子はバスの防犯カメラからは死角になっていて確認はできなかった。

ネットカフェでは、芽衣と亜実はそれぞれ離れた個室を利用していた。

「夜行バスの中で、木下さんと山口亜実さんが紙に何かを書いてやり取りしているのを見たという人がいるんですが、どんな内容をやり取りされていたんですか？」

土屋が資料から顔を上げて聞いたが、

「あんな女の娘となんて何もやり取りしていませんし、極力関わりたくありませんでしたから見間違えだと思います。少なくとも、私はずっと寝ていました」

と、怒ったように言ったきり、芽衣は何を聞いても口を開かなくなってしまった。

土屋と篠原が芽衣の処遇について上層部に指示を仰ぐと、クサフグの肝を無登録で貯蔵していた毒物及び劇物取締法違反で逮捕し、身柄を拘束した上で引き続き事情聴取を行っていくこととなった。

第二章　根腐《ねぐされ》

1

取り調べが終わると、土屋と篠原は芽衣の自首により中断されていた捜査会議に加わった。芽衣の事情聴取の様子はモニターにも映し出されていたから、内容はここにいる捜査員たちも大方把握している。

「木下律子は現在も愛甲健康苑東京にいることが確認されていますが、被害者の一人である澤田淳史と律子の間でトラブルがあった、或いは逆に親しくしていたといった信者の証言は、今のところ出てきていません」

被害者たちの遺体が遺族に戻され、昨日総本部で行われた合同葬儀の様子を見届けた高階警部が言った。

澤田夫妻の親たちをはじめ、遺族たちは窓にスモークフィルムを施された車で葬儀前後の総本部に出入りし、常に信者たちにガードされた状態で全く接触できなかったという。

「御魂の会の葬儀は、普通の葬儀と同じなのか？」

捜査の指揮を執っている長野県警捜査第一課長の乾《いぬい》警視が聞いた。

「通夜はやらず、告別式と火葬を一日で執り行う清魂葬という独特のものらしいです」

独自のセレモニーセンターで行い、僧侶は呼ばず、亡くなった信者の所属する清魂センターのセンター長が導師役となり、遺族と参列する信者とで誄詞《しのびことば》を奏上する。ご焼香や玉串奉奠《ほうてん》ではなく献花を行うので、お香典ではなくお花代を用意し、参列する者は黒ではなく、ベトナムの葬儀に倣《なら》い白い服を纏う。火葬後、総本部内にあるロッカー式の納骨堂に納めるのだと高階が説明した。

「ロッカー式の納骨堂？」

乾が渋い顔をする。

「亡くなったら常に明師様の元にいて弔ってもらいたいという信者たちの願いを叶えた形だそうです」

高階の返答を聞いて、

「生きているときから死んでもなお、一円たりとも御魂の会以外に信者のお金が流れることはないようにってことなんじゃないですか？」

と、篠原が発言すると、隣の土屋が咳《しわぶ》いた。

土屋は決して御魂の会の肩を持っているわけではない。篠原が刑事になって間もないときに、「刑事は勘も大事だが、勝手な先入観や憶測を持って捜査に入るのは極めて危険だ」と、土屋から教えられた。「勘と憶測の違いは経験を積むことでしか判断がつかないから、経験が浅いうちはてめぇの勘も疑ってかかれ」とも言われ、篠原はそれを肝に銘じてやってきた。

それでもどうしても宗教が、特に新興宗教が絡んでくると感情が抑えきれなくなってしまう。そんなとき、土屋が傍にいれば外れた軌道を修正してもらえる安心感があった。

乾が被害者たちについての捜査報告をするように言うと、土屋の指示で一番手に篠原が澤田親子について報告した。続いて、大河内が山口亜実について纏めたメモを読み上げる。土屋と篠原が芽衣の事情聴取をしている間に天地と丹野が芽衣のことを調べ、芽衣と一緒に生誕会へ向かった亜実のことを大河内と羽田が元立ちの班から引き継いでいた。

一九八五年生まれの亜実は、被害者の中では最年長の三十七歳だ。

一九九九年、十四歳のときに父親が悪性脳腫瘍になり、両親と一緒に御魂の会に入信した。翌年父親は死去するも母親とともに信仰を続け、二〇〇七年に栄養大学の同級生だった夫と結婚し、脱会している。

二〇一五年、交通事故により同乗していた長女の咲良《さくら》三歳と、次女の純麗《すみれ》生後二か月が死去し、運転していた亜実は昏睡状態に陥った。事故原因は、対向車線に進入した高齢男性の車との正面衝突だった。

しかし、亜実のスマホの着信履歴から、事故の直前に夫からの着信があったことがわかると、亜実の母親である幸が、事故の原因の一つがその着信のせいだと夫を責めた。責任を感じた夫は、幸が立てた亜実の代理人に言われるがまま離婚に応じ、慰謝料と治療費の支払いを続けていた。現在ベルギーのサッカーチームの専属栄養士としてブリュッセルに在住しており、コロナの流行もあって日本には五年帰ってきていない。

また、二〇一九年に昏睡状態から目覚めた亜実は、毎日欠かさずリハビリを続け、杖を使えば歩けるくらいまで回復していた。

昨年、御魂の会へ自ら再入信し、開祖生誕会へ出席するまでの間にも幸と二度総本部を訪れている。

亜実は、壮年部に所属したら埼玉清魂センターのセンター長補佐に就任することも決まっていた。

生誕会以前に芽衣と亜実が接点を持った形跡はなく、被害者たちのスマホは解析に出されているが、亜実だけは交通事故のときのトラウマで所持しておらず、今回芽衣のスマホも調べたが、亜実の連絡先は入っていなかったという。


残りの三人については、それぞれ担当した所轄の刑事たちが報告していく。

澤田夫妻の息子以外で未成年の被害者は二人。

そのうちの一人である埼玉清魂センター青年部所属の三浦聖は十七歳で、両親とともに二歳のときに入信している。きっかけは、両親が購入した栃木県宇都宮市の新築の家だった。

入居して間もなく一人娘の聖が生まれる。早い段階からポルターガイスト現象や体調不良があったものの、年齢や疲れによるものだと思い込んでいた。しかし、原因が欠陥住宅によるものだったと気づき、売り主である宅建業者に修補請求をしたが、そのときには瑕疵《かし》担保責任期間の二年が過ぎていたこと、施工会社が倒産していることを理由に対応を拒否されてしまう。

そんな失意の底にあったところを助けてくれたのが、元大手建設会社の社員だった愛甲世《とき》だった。父親の勤め先にいた同僚が御魂の会の信者で、事情を聞いて世を紹介してくれたのだ。

いっときは一家心中することも考えたほど落ち込んでいたから、両親の世に対する感謝の気持ちはことさらに深く、すぐに入信を決めた。無事修繕の終わった家の周囲には、安心安全に暮らすための結界だといって、この十五年、御魂水を欠かさず撒いていたという。

「一点気になる話を耳にしまして」

そう言って捜査員から告げられたのは、警察以外にも三浦家の周辺を嗅ぎまわっていた男がいたという話だった。職質をかけてみたところ、男の正体は県民共済の調査員だったという。

ここからは、その調査員の男から聞いた内容だ。

両親は聖が小学五年生のときに県民共済に加入させていて、今回の事件直後その中の犯罪被害死亡共済金についての問い合わせと同時に必要書類の案内と請求書送付の依頼があり、調査をしていた。世間で騒がれている事件で調査員自身の興味もあり、警察に手の内を見せる代わりに自分にも情報を寄こせと言ってきたらしい。

入手した県民共済の資料がモニターに映し出される。

聖が加入しているプランの掛け金は月額千円。加入した年に近所で外飼いしていた犬に噛まれて入院と手術をし、翌年には、学校でジャングルジム鬼ごっこをしているときにジャングルジムのてっぺんから落下した。四角い枠に腰かけた状態からVの字で落下したため、金属パイプに後頭部を五連続強打し脳震盪《のうしんとう》を起こして入院となった。

中学生になると、一年のときは自転車で坂道を走行中、運転を誤り電信柱に突っ込んで転倒し右足を腓骨《ひこつ》骨折、二年では校庭に設置されていた二メートル二十センチの高鉄棒の上に立とうとして滑って落下し、その際に膝から地面に着地してしまい、両《りょう》膝蓋骨《しつがいこつ》骨折をした。

その都度支払われる共済金は数万円から、多いときで数十万円にも上る。

手が挙がり、

「子どもの医療費は無償化されていますし、学校での怪我の場合、スポーツ振興センターの保険が使われますよね？　重複してお金を受け取ることはできないのではないですか？」

という質問がされたが、県民共済は被保険者の窓口での医療費の支払いがない場合でも、他の保険で請求した場合でも、保障されるという。

更に、昨年と今年はコロナに罹患した聖がホテル療養をした際に、みなし入院として都度二十万近くの共済金が支払われていた。もちろん患者やその家族にホテル療養の費用負担は一銭たりとも発生していない。

確かに怪我に関しては多すぎるが、お転婆な子、と思えなくもないし、コロナに関しては、御魂の会の信者の多くがワクチンを接種していなかったということだから、複数回罹患したとしてもおかしいとは言えない。

「犯罪被害死亡共済金はいくら支払われるんだ？」

思案顔の乾が聞く。

返ってきた、死亡共済金に加えて二百万円という数字に捜査本部内がどよめいた。しかし、その犯罪被害死亡共済金も、後から付けられたわけではなく加入した時点で付いていたものであり、調査員の男も念のための調査だと言っていた。

子どもを保険に入れるというと聞こえが悪いが、将来の学費に備える学資保険や、物を壊したり他人に怪我をさせたりした場合に備える個人賠償責任保険には加入している保護者は多い。学資保険は貯蓄型だから保険料も高いが、個人賠償責任保険や医療保険は健康な子どもなら月五百円から千円ほどの掛け金で手軽だ。

生活安全課にいるときに得たその知識から、それほど怪しくは思えない篠原だったが、乾も同じように考えたらしく、三浦聖に関しては両親の行動確認を続けるということで報告終了となった。


次に博多清魂センター青年部所属の新村武、二十六歳。武は生まれつき左手の中指がない裂手症《れっしゅしょう》で、両親が入信したのはそのことがきっかけだったという。

父親は福岡市の教育委員会の指導主事、母親は同市の中学校の教頭だ。その影響を受けてか、青年部に所属してからは武も御魂っ子の勉強指導をしていた。

　大学を卒業して長崎市内の小学校で教員となったが、二〇一九年の十月から休職。理由は、いわゆるモンスターペアレンツに絡まれたことと、モンスターチルドレンから指が欠損していることを気持ち悪いと言われたことで鬱になったと、精神科の医師の診断書が学校に提出されていた。

　しかし、聞き込みをしたところ、保護者たちは口を揃えて武側に時代錯誤の行き過ぎた指導があったと訴え、その証拠だといって、毎日児童と保護者に配られていたお手製のプリントを捜査員に見せてきたという。

　その内容は宿題や家庭学習の進め方から毎日の持ち物まで細かく指導するもの。親に渡すほうには、子どもの生活を守るのは親の役目、子どもが忘れ物をしないですむように一緒に持ち物を確認してあげましょう、勉強が嫌いにならないように宿題を教えるときは笑顔で楽しい雰囲気をつくりましょうなどの注意が、ずらりと箇条書きされている。挙句の果てには、休日には親子の時間を作りましょうと、親子で料理や散歩をすることを宿題に出していたようだ。

　共働きやシングルマザー家庭も多い昨今、その負担は高確率で母親に圧しかかり、早々に不満の声が上がった。それでも子どもたちの健やかな成長のためだからと、武は頑なに方針を変えず、子育てをしたことがない若い男になにがわかるのだと、多くの保護者から反感を買い、総スカンを喰らった。

保護者会には誰も出席しなくなり、担任を変更してくれという署名を集めて校長に訴えられもした。当然児童たちからの信頼も地に落ち、学級は崩壊。指の欠損を、「指にお経を書くのを忘れて化け物に食われたんだ」と、耳なし芳一をもじって指なし芳一と呼んだ児童に、武はたまらず手を上げた。

自宅謹慎処分となり、父親の知り合いのスクールカウンセラーのカウンセリングを受けた。しかし、謹慎が解けても学校へ行くことが怖いと言い、カウンセラーに繋げてもらった精神科で鬱病と診断され、そのまま休職状態となった。

そんな中、博多ふ頭のフェリー乗り場で、コロナ流行が騒がれているにもかかわらずマスクをせずにうろついていた武が、近くの交番に保護された。それが四度続いたため、心配した両親は総本部の清魂荘へ入寮させた。

今年に入ってから、一日も早く教員に復帰してほしいと言う両親に、武は五月の開祖生誕会に出席したら復帰すると約束し、その準備を整えている矢先だった。

次に、十三歳の飯尾絢。澤田夫妻の息子を抜かすと最年少の被害者だ。

両親は御魂の会の信者で、絢も生まれてすぐに入信し、現在、大阪清魂センターの御魂っ子に所属している。青年部ではないが、次期明師の愛甲秀《しゅう》の後見人である父親とともに、開祖生誕会に特別参加していた。

母親の美園《みその》は沖縄県那覇市の生まれで、六歳の頃、母親と母親の内縁の夫に虐待され頭部外傷を負い保護された。その後、山原《やんばる》の児童養護施設で育ち、十八歳で施設から出ると、恩納村《おんなそん》のリゾートホテルで客室清掃の仕事をしていた。

そのときの同僚の男と結婚し、長女を出産している。しかし、夫からのＤＶが酷く、長女を連れて県外へ逃げている途中で知り合った御魂の会の信者に匿ってもらう。自身も入信すると、御魂の会の弁護団の協力で夫との離婚が成立した。元夫は麻薬の栽培グループの一員として逮捕歴がある。

そして、長女と清魂荘で生活していたが、三十八歳のときに御魂の会の幹部である三十四歳の飯尾翼《つばさ》と再婚した。現在、美園は五十三歳で、翼は四十九歳だ。

美園と翼が再婚したとき長女は十六歳だったが、二人の間に絢が生まれた年に自殺している。清魂荘に入寮中、夜中に抜け出したことに気がついた信者たちが捜索したところ、ハングマンズツリーで首を吊って亡くなっているのが発見されたという。

父親の翼は、二〇〇七年に大阪府吹田市で「つばさ矯正歯科」を開業した。高級住宅地と言われている千里山西一丁目に建つ、地上二階、地下一階の一軒家の二階を自宅とし、一階で矯正歯科を営んでいる。

開業前は長野県内の大学病院の矯正歯科に勤務していて、愛甲成《あき》の長男、晴《てる》の小児矯正治療を担当したことで愛甲家との付き合いが始まった。

親戚に大物政治家がいる翼は、御魂の会の政界進出のアドバイザーとして二〇〇三年に入信し、すぐに幹部となっている。

開業のため大阪に移住するときに結婚し、美園と長女を連れて長野を出た。

つばさ矯正歯科で創業当初から歯科衛生士をしている女性の話では、長女の精神状態は年々不安定になっていき、美園が翼の子どもを妊娠すると、高校を中退して清魂荘へ入寮したということだった。恐らく、母親の再婚と妊娠で孤独感に苛まれていったのだろうという。

翼が開業すると、成は歯科矯正をする信者たちにつばさ矯正歯科に通うことを勧めた。通える距離にない信者には、翼が現在も成の長女、君華の矯正治療を担当していて月に一度は総本部にやって来るため、その日に総本部会館内に設けられた臨時の治療室を開放した。

基本的に矯正器具を装着してからの通院頻度は月に一回ペースで充分であり、むしろ頻繁に歯を動かすと歯根を痛めたり、テクニカルエラーが起きやすくなる。月に一度の翼の治療以外の対応は、それぞれの患者の自宅から比較的近いつばさ矯正歯科と連携している一般歯科を紹介されるが、その歯科医も御魂の会の信者だった。

矯正治療は原則として保険が適用されない自費診療となるため、費用は一般的におよそ百万円といわれている。つばさ矯正歯科は、トータルフィー制を導入していないので、保定期間の治療費も含めると百万は優に超えるが、それでもいつも予約で埋まっている繁盛ぶりだという。

もちろん、患者の全てが御魂の会の信者というわけではなく、実のところ信者以外の患者のほうが多いわけで、御魂の会の信者たちはＳＮＳで高評価を書き込み、集客に一役買っているのだ。

一般歯科と異なり、矯正歯科は付き合いが三年から五年に及ぶ。子どもの頃から始めたほうが負担が少なくメリットが大きいことから、我が子を通わせるとなった場合、多少費用が嵩んでも信頼できる矯正歯科を選びたいという親が多い。その選ぶ手段として、口コミは大きな役目を果たしていた。確かにネットで見る限り、つばさ矯正歯科のランクは頭一つ飛びぬけている。

「信者自身や信者の子どもを矯正歯科に通わせてそっちに百万以上の金が流れたら、御魂の会にとってはお布施が減ってマイナスなんじゃないのか？」

と、乾。

だからこそ、患者に御魂の会の信者は多くないわけで、御魂の会側は幹部手当のようなものだと捉えているという。それに、つばさ矯正歯科の患者が信者になるケースもあるらしい。

翼が優遇されていることを快く思わない信者が今回の事件を企てたということもないとは言い切れないが、だとすると、どうして犯人は翼本人ではなく娘の絢を狙ったのか、という疑問が残る。しかも、他の被害者たちは幹部や幹部の家族というわけでもない。

翼への何らかの報復として絢を狙った犯行と考えると、巻き込まれたのが六人という人数はあまりに多すぎるように思えた。

乾が盛大な溜息を漏らすと、土屋が手を挙げて、

「幹部の家族ではなくとも、被害者たちはみんな親や祖父母の代から御魂の会の信者で、家族揃って信者だということと、だからこそ信者歴が長いということが共通点と言えば共通点かもしれませんね」

と言った。

「生粋の信者ということか」

という乾のセリフに反応し、篠原が手を挙げる。

「それですと、木下芽衣も家族揃って信者でしたし、活動をしていなかった期間はありますが、信者歴も長いと言えるんじゃないでしょうか」

それがわかったところで、被害者たちの親のトラブルが事件の発端になったといったケースも視野に入れる必要が出てきて、捜査範囲が広がっただけだった。被害者の

親同士に深い接点やトラブルがなかったことは既に捜査済みだから、被害者たちの親と被害者以外の生誕会出席者との間や、生誕会出席者の親との間に生じていたトラブルの有無を調べるようにという指示が出る。

最後に、科捜研の化学係からの報告を受け、捜査本部が日本でテトロドトキシンの製造販売を行っている企業から取り寄せた販売履歴が配られた。

その履歴に名を連ねた製薬会社や研究所、大学、それらのどこかしらに関わりのある信者や信者の関係者の中から、生誕会にも出席していた四人をマーク対象とする旨が告げられ、それぞれの行動確認班の増員が発表された。

とはいえ、その四人は、テトロドトキシンとは無関係の研究員や出入りの清掃員、文系学部の学生や親戚が製薬会社のＭＲだったりで、本人が直接テトロドトキシンを扱う環境にいる人物は一人もいない。しかも、科捜研の化学係がその四か所のテトロドトキシンの管理責任者に在庫数の問い合わせをした際に、全てから紛失や盗難の形跡はないという答えが返ってきているという。

「海外から合法、非合法に入手したケースや、友人知人を通じて入手したケースなどにも捜査の範囲を広げる。以上」

捜査会議が終わり、解散を告げた乾の声に苛立ちが混じっていた。

2

五月二十七日

事件の発生場所は新興宗教団体の施設内で、関係者は皆信者という性質上、押収拒絶権や証言拒絶権を盾にされていたことで、捜査は思うように進展していなかった。

捜査会議で、乾が黙秘を続けている芽衣にポリグラフ検査を行うよう科捜研の心理係に指示をした矢先、

「テレビ！　シティーテレビをつけてください！」

と、興奮気味にドアを開け入室してきた制服警官が叫んだ。

途端に正面の映像がお昼前のワイドショーに切り替わる。

――御魂の会、信者毒殺事件の驚愕の真実！　引き金は跡目争いか⁉

事件の被害者たちの顔写真の右上にそんなテロップが掲げられ、匿名で番組に送られてきたという音声を流し始めた。

ボイスチェンジャーは使用されず肉声のままだ。

『生誕会が開かれることが決まってホッとしました。そこで次期明師様としてお披露目されれば、もう○○様に出し抜かれる心配はなくなりますからね』

『全然なくならないでしょ』

録音された時期はわからないが、二人の男性の会話だった。

若そうな声と、中年と思しき声。名前の部分にはピーという自主規制音が入れられている。

『どうしてです？』

『このところ入信者数が過去最低を更新し続けているのはコロナ禍が原因なのに、父さんが六十で引退するまでに一万人まで増やすことが俺に継がせる条件だっていうんだよ』

よほど気に入らないとあって、大きな溜息が聞こえた。

『なるほど。では、一万人いかなければ、お披露目をしたあとであっても○○様に明師様の座を奪われる可能性があるってわけですか』

中年男が愉快そうに言って笑うと、『笑いごとじゃないよ』と、ふてくされたような若い声が続く。

『失礼。でも大丈夫ですよ、○○様が誘えば若い女の子たちが挙《こぞ》って入ってくれますから』

『入ってくれる子はとっくに入ってくれてるでしょ』

『その功績が認められて次期明師様に指名されたんですもんね』

『あれを考案したのは○○さんでしょ。俺は言われた通りにやっただけ』

『それを言うなら私は考案しただけです。○○様あっての成功だったんですから』

フフッと若い男の照れたような微笑。満更でもないのが窺えた。

『父さんは、またユーチューバーになればいいって言うけどさ。あの人、全然わかってないんだよ。ユーチューブの登録者数一万人にするのと信者を一万人にすることが、さほど変わらないと思ってる。そりゃ登録者を一万人にするのだってめちゃくちゃ大変だったよ。でも、信者を一万人にするのとはわけが違うんだよ？　あり得ない』

憤慨しているようだった。

話の内容から、若い男は現在二十二歳の愛甲成の次男、秀《しゅう》。

百八十センチを越える長身で端整な顔立ちをしており、大学に通い始めてからはモデルとして活動しながら、御魂の会の広告塔として布教動画にも出演している。一般人がメディアで最も目にする御魂の会の顔だ。

しかし、長野県の一部の警察官の間では高校生の頃から知られた存在だった。

秀は高校生ユーチューバーとして活動していた時期があり、そのときに何度も深夜徘徊で補導されているのだ。「心霊系ユーチューバーＲＥＩ」と名乗り、自分は霊感があると言って夜中に長野県内の心霊スポットに行っては撮影しながら霊と接触し、必要に応じて除霊もしていた。

肩まで伸ばしたアッシュグリーンのサラサラヘア、目元は前髪で隠し、口元は個性的なド派手な布マスクをしてほとんど素顔がわからない。にもかかわらず、女子中高生から大人の女性に至るまでの心を鷲掴みにしたのは、当時絶大な人気を博したアニメのキャラクターのコスプレをしていたから。

スタイルの良さと醸し出す雰囲気でクオリティーを高め、イベントで同じキャラクターに扮しているコスプレイヤーたちからも絶賛されるほどだった。そして、極めつきは声。イベントに出演するコスプレイヤーたちが似ているのは、あくまで見た目だ。しかし、ＲＥＩはアニメでそのキャラクターの声を担当しているプロの声優とそっくりな声だった。

まるでアニメの世界から現実世界に飛び出してきたような見た目と声で、訪れた心霊スポットにマッチした短編のホラー小説を朗読する。それがＲＥＩ流の霊との接触や除霊の方法だという。

当時はまだ朗読系ユーチューブチャンネルがほとんど存在していなかったため、その走りとしても注目を集めた。美しい容姿と声をもって心霊スポットでホラー小説を朗読する姿が萌えると、一年半ほどだった活動期間の中で最終的には登録者数一万人を突破した。

ファンからの質問に答える形で、一度だけ動画内でマスクについて語ったことがあった。通称ベトナムマスクといわれるもので、コスプレしているキャラクターに合わせたものを自分で手作りしているのだと説明し、ファンのために型紙も公開した。

まだコロナが流行する前だったため、顔の下半分をすっぽり覆う色鮮やかなマスクは、日本人には馴染みがなく目を引いた。特に、右の耳元から左の耳元まで届く横幅の長さに特徴があり、バイク大国のベトナムで、排気ガスや強い日差し対策として使われているという。ベトナムというワードが出てきたのも、彼を補導したことのある警察官にしてみれば、御魂の会の関係者だったことで頷けた。

しかし、ハングマンズツリーでの撮影を最後に、人気絶頂だったＲＥＩは活動をやめた。

その最後の動画撮影中、ＲＥＩはハングマンズツリーの枝に若草色の紐ベルトが輪っかになって掛けられているのを発見。首を吊ったときの枝の軋む音がずっとしていると言い、〝ここはヤバい〟を連呼した。

今まで心霊スポットで騒いだことは一度もなく、それも彼の好感度を上げていた要素の一つだったため、怯えて大きな声を出すいつもとは違うＲＥＩの様子に、視聴者たちが心配して次々とコメントを書き込んだことで一気に拡散された。

更に、ＲＥＩは、か細い犬の鳴き声も聞こえると言うと、懐中電灯を照らした先に多数の犬の死骸を発見し、そこで過去最高の視聴者数を叩き出した。

──生きている犬はいないけど、どれも比較的新しい死骸だよ。

ＲＥＩは、ファンたちに語りかけるように言った。

──犬と人間は、どちらも社会性が発達した生きもので、共感能力が高いから最高のパートナーだといわれているんだよ。ここで亡くなった人たちがこの犬たちを呼び寄せたのかもしれない。

悟ったように震える声で呟き、犬の死骸に向かって手を合わせた。

──ハングマンズツリーはガチだ。霊の力が強すぎて除霊できない。ガチで死なせにかかってくるから近づいちゃダメだ。

そう訴えたのを最後にユーチューブ界から姿を消したため、ハングマンズツリーに遊び半分で来る輩は激減した。

実際は、ＲＥＩは生きている。犬の死骸についても、モグリの繁殖業者やペットショップが売り物にならなくなり毒殺した犬の死骸の処分を個人で請け負っていた男が動物愛護法違反で逮捕され、あの日、ハングマンズツリーの傍にも遺棄したことを自白した。本当は埋めようと思ったのだが、ＲＥＩがやって来たためその場に置いて逃げたのだった。

当時松本署にいた篠原も秀を補導した警察官の一人だったから、そのときのことはよく覚えている。

秀は、その後ガラリとイメチェンをしてモデルとして活動をはじめた。化粧をしていたこともあり、素顔を見たことがあった警察官たちですら少年から青年になったREIだと気づく者は少なく、世間にもバレずに韓流スターよろしく〝しゅう様〟と呼ばれ、瞬く間に人気を博した。

御魂の会のプリンスだと公表すると、ファンの女性たちが挙って入信し、御魂の会の中にファンクラブまで設立された。ファンたちは彼が飲む御魂水を飲みたがり、彼が自然栽培の野菜を農場で育てている姿に萌えた。今度は顔出ししているし実物と会えるのだから、ファンたちはより熱狂的だった。

篠原は、彼に清魂をしてほしくて群がるファンの女性たちが目に浮かんだ。まるで御魂の会の専属ホストだな。そう思ったが口には出さず、番組の中の音声に集中する。

『そうですね。しかも、あれは御魂の会に関係のない輩が総本部の近くにうろつくのを追い払うためにやったこと。その手を今度は人集めのために使うなんてナンセンスですよ』

中年男の言葉に捜査本部内が軽くざわついた。

REIがハングマンズツリーを訪れたとき、あそこは県内の心霊スポットの中でも人気ランキング一位、二位を争っていた。

きっかけは、篠原が友人二人と行った卒業キャンプのときに遭遇した男性信者の自殺だった。その前から自殺の名所にはなっていたが、得体の知れない新興宗教の施設が近くにあることで、どちらかというと敬遠され、特別人が集まることはなかったのだ。ところがＪＫ三人組の心霊体験としてネット上で話が広がり、ＷＥＢ漫画化にもされ、三人が美少女ＪＫとして描かれたことで注目度がアップした。

そうして急増した肝試しにやって来る関係者以外の人間を追い払うために、秀が心霊系ユーチューバーＲＥＩとして活動していた。

そう考えれば納得いくことがある。

補導されれば素直に応じ、悪態をつくこともなかった秀だが、その態度とは裏腹に深夜徘徊を繰り返した。度重なる補導で交番に連行し、保護者に引き取りに来てもらったこともある。迎えに来た秀の親、つまり愛甲成が神妙な顔で謝罪をし、秀を連れて帰ったにもかかわらず、一向にやめなかったのだ。

親公認、それどころか親からの指示でやっていたことで、目的を果たしたからピタッと活動をやめた。そういうことか。周囲から素顔や素性のリークをされることがなかったのが不思議だったのだが、御魂の会によって守られていたのだろう。

『じゃあ、どうする？』

秀の声に捜査員たちが聞き耳を立てた。

『そうですねぇ、水……ですかね』

『水を制する者は天下を制するっていうじゃないですか』

そして、男は恐ろしい計画を語り出す。

『コロナ禍を活かさない手はないでしょう。いつの時代も、社会の混乱で国民が不安に陥ったときに宗教は繁栄するものです。人々は不安を取り除いてほしいわけですから。要は、御魂の会に入信すれば安心だよって思わせてあげればいいんです。でも、一定の人数まで増えた信者を更に増やすのはなかなか難しい。だから、水を使えばいいんですよ。東日本大震災のとき、水道水から放射性物質が検出されたのを覚えていますか？』

『あぁ、そういえば、あの年の入信者数エグかったよね』

『あのときはまだ○○様は小学生でしたから、あまり覚えていないかもしれませんが、厚生労働省が全国の水道事業者に対し水道水への放射性物質流入を防ぐため、降雨後の取水を中断したり貯水池をビニールシートで覆うように要請したりしたんです。都内の特定の地域では乳児のいる家庭に自治体がミネラルウォーターを配ったりしたことも報道されたんですよ。その結果、何が起きたと思います？』

『ミネラルウォーターが爆買いされた？』

『そうです。乳児でなければ飲んでも問題ないと言われても、みんな被ばくなんて少しだってしたくないですから、爆買いが始まったミネラルウォーターの価格は跳ね上がり、放射性物質の除去や被ばくの低減を謳った浄水器の高額販売が横行しました。その頃、御魂の会では二〇〇九年に明師様に就任された〇〇様が御魂水の販売を始めたばかりで、経営を手伝うようになった〇〇様の助言で、御魂の会の信者たちに、信者以外の人に御魂水を配るよう指示したんです。もちろん、そのときは御魂水を無料で信者たちにも渡して』

『相変わらず兄さんは偽善者だねぇ』

『いえいえ、偽善を装った策略ですよ。あの方はかなりの策略家ですからね』

『どういうこと？』

『健康志向であってもなくても、人間は誰しも水がなければ生きていけません。命が脅かされれば強い不安に襲われる。結果、自分や家族、子どもが被ばくして癌になることが怖くて御魂水欲しさに入信する人が後を絶ちませんでしたし、あの状況下でしたからね、御魂水を飲んだら心身の調子が良くなった気になる人も多く、その策略が功を奏し、入信者が激増したんです。被ばくが怖くて水分摂取を控えて軽い脱水症状になっていたお年寄りなんかは、そりゃ水を飲んだら回復しますよ。それを奇跡だと、ありがたがって入信するわけです』

『あのときは、〝掌《たなごころ》の予言書〟効果もあったよね』

『まさに、〇〇様はその相乗効果を狙ったんですよ』

〝掌の予言書〟とは、二代目明師就任後、成氏が刊行した〝予言書〟だ。初代世氏の〝御魂の書〟が信者にとっての経典のようなものだったのに対し、二代目成氏が自分の掌を自身の魂に充てて未来が見える力を使い、この国の多くの人々を救いたい一心で書き記したものと言われている。成氏が自身に備わったその力を信者たちに公表したのは世氏の没後で、二〇一〇年に年表形式になっている予言書〝掌の予言書〟を刊行した。

そこに二〇一一年の大震災を暗示する内容が書かれていたことで、早々に的中したと世間でも話題になり、御魂水のこともあって信者数が激増した。そして、そのことが、世氏が亡くなって御魂の会の行く末を危惧していた信者たちの間で、成氏の地位を確固たるものにすることとなった。

『今回も相乗効果を狙っちゃう?』

『ええ、狙いましょう。予言書に書かれた〝二〇一九年日本を脅かす異国人が現れる〟という予言を、コロナと結びつければ充分可能ですよ。コロナ禍が収束に向かいつつあるといっても、まだ多くの人が不安を抱えています。SNSでまたもや成氏の予言が的中したと拡散して、人々の不安を煽り、この国の水をコントロールしましょう』

『でもコロナが広まったのって二〇二〇年じゃない?』

『海外で最初に感染者が確認されたのは二〇一九年ですから』

『そうなんだ。すごいこじつけ』

　秀がふき出し、

『じゃあ、コロナ陽性者の唾液を入れた水でもばら撒く？』

と、笑いながら言った。

『そんな子ども騙しみたいな手じゃ無理ですよ。別にコロナじゃなくてもいいんです。コロナ禍で不安や過敏になっていることを利用できれば。例えば、何か所かのマンションの受水槽に、同日同時刻に毒を入れるほうが効率的じゃないですか？』

『受水槽？　今どき受水槽なんて使ってるマンションある？』

『確かに、比較的新しいマンションだと直結給水方式になっていますね。だからこそ、いいんですよ。古いマンションに住んでいる貧乏人なんて、どうせ信者になってもろくにお布施できないんですから。御魂の会には不必要な人間です。

　受水槽に毒物が入れられて複数の死人が出たなんてニュースが流れれば、たちまち人々は疑心暗鬼になります。それも、特定の地域ではなく何県かに散らばって被害が出たとなれば、全国の受水槽がないマンションでも、一軒家でも、水道水を飲むことを躊躇する人が必ず出てきます。コロナ禍でおうち時間が増えている中、そのおうちの水が飲めなくなったらパニックですよ。またミネラルウォーターの爆買いが始まって、信者たちに御魂水を配らせる。どうせ大した原価じゃありません』

『なるほどね』

秀は感心したようにそう言うと、

『毒って何使うの？　ヒ素？』

と聞く。

『亜ヒ酸なら手に入りやすいですが、受水槽に入れて健康被害を出すには相当な量が必要になります。大して死人が出なければ、受水槽にネズミや人間の死体が入っていた程度の衝撃しか与えられず、受水槽がないマンションや一軒家に住む人の不安まで煽ることは難しいですね』

『じゃあ、何人死ねばいいのよ？　青酸カリなら、結構死ぬんじゃない？』

知っている毒物の名を、子どものような言い方で挙げていく。

『シアン化合物も似たようなものですね』

いちいち名称を言い換えるところに性格が滲み出ている。

秀は『えー』と不満そうな声を漏らしてから、

『歯医者で使う薬品は？　なんか使えそうなのないの？　フッ素とか』

と、提案した。

ここで初めて歯医者というワードが出てきた。

『フッ素って』

男が鼻で笑う。

『フッ化水素酸なら使えるでしょうが、あいにくうちのクリニックでは使っていませんし、うちで使っているフッ化ナトリウムじゃ無理ですね。死人が出るどころか、国によっちゃ水道水フロリデーションとして導入しているような代物ですから』

『あっ、母さんが◯◯さんに紹介してもらった審美歯科でエラ取りのために注射してもらったやつも結構な毒だよね？　あれならすぐ使えるんじゃない？』

『ボトックスに使われるボツリヌストキシンA型は確かに地球上で最強の神経毒素です。でも無理です』

即答する。

『なんでよ。生物兵器にもなるようなものじゃなかったっけ？』

『まぁ……そうですけど、さすがに医薬品として製剤化したものですからね。そうでなくともボツリヌストキシンは安定性が低いので、熱や水道水の塩素で失活してしまいますし、長時間常温下に置いておいただけで使い物にならなくなるんですよ』

『マジかぁ。じゃあ何を使うの？』

秀がいい加減不機嫌そうな声を出した。それでも相手の男は、もったいぶっているのか思案中なのか黙り込む。やがて、

『トリカブトかテトロドトキシンでしょうね』

と答えた。その途端、捜査本部内にどよめきが起こった。

『トリカブトなんて手に入る?』

『山に普通に生えてますよ』

『テトロドトキシンはフグ毒……だよね? トリカブトとどっちが強力なの?』

『そりゃ比べるまでもなくテトロドトキシンです』

そこで音声は終わり、画面にメインMCのお笑いタレントの顔が映し出される。

深刻な表情で、

『今お聞きいただいた内容は、御魂の会で明師様と呼ばれている愛甲成氏の次男と、御魂の会の幹部で次男の側近と言われているI氏の会話だと思われます』

と言った。

イニシャルで言ったところで、捜査本部にいる誰もが、飯尾翼であろうことは察しがついている。

二年前に次期明師に秀が指名されてから飯尾が側近と言われていることも知られていて、秀の知名度を使って自分が政界に進出するつもりだろうとも言われていた。

「〝掌の予言書〟なんてインチキも甚だしいじゃないですか。だいたい話題になった二〇一一年の予言だって、日本で大きな自然災害が発生するって内容でしたよね?

日本は自然災害大国ですよ？　それをその年たまたま〝大きな〟って付けて書いてあっただけで大震災や記録的な豪雨被害と結び付けて的中したことにして。二〇一九年の内容だって、どうせその年にG20サミットが日本で初めて開催されるんでそんなことを書いておいただけでしょうよ。そうやって掠ったものだけ大騒ぎして、外れた大部分の予言には触れもしない。詐欺師の常套手段じゃないですか」

篠原はモニターに映るワイドショーの画面を睨みつけながら土屋にそう言うと、あぁ胸糞悪い、と吐き捨てた。二〇一一年のことに関しては、既に信者を多く抱えた新興宗教の教祖が予言したものということで、影響力が大きかったということもあった。

番組では続けてI氏についての特集が始まった。

まずは、I氏がまだ御魂の会との付き合いがなかった二〇〇〇年に、勤務先の大学病院の矯正歯科の患者からドクハラで訴えられたことを取り上げた。和解が成立して訴訟は取り下げられたが、当時女子高生だった患者が両親を通じて訴えたドクハラの内容は、口の中に素手を入れられたというものだった。

彼女は、顎変形症のため中学生の頃から大学病院へ通っていたが、術前矯正と外科手術を担当した歯科医師が出産のため休職してしまい、代わりに術後矯正を担当したのがI氏だった。

――術後矯正は僕が担当するから、仲良くなろうね。

外科手術で入院中の十日間、毎日のように病室に顔を出し、術後の強烈な痛みや吐き気に苦しむ彼女のケアをしたという。

痛みや吐き気がマシになると、顔の腫れが本当に引くのか、いつ引くのか不安になっていた彼女を、すぐに綺麗になるからと励ました。そして一か月後から術後矯正が開始された。

すっかりI氏を信頼していた彼女は、歯科衛生士がI氏の指示でその場を離れた隙を見計らってゴム手袋を外し素手で口の中を触られても、最初はそれも必要なことなのだと思って我慢した。しかし、治療や診察の度に口の中に素手を入れられることが続き、次第に顎の触診やマッサージだと言って首や肩まで撫でまわされるようになり母親に相談し露見した、という流れだった。

I氏は、素手を口腔内に入れてしまったのは、うっかりゴム手袋を嵌め忘れただけ、顎の触診やマッサージは術後の筋肉の血流を良くすることや緊張を解《ほぐ》して痛みを軽減するために必要な処置だったと言い張った。結局和解金を支払い女性歯科医師に担当医を変えることでうやむやにされたと、ボイスチェンジャーを通して被害に遭った女性が語った。

また、大学病院時代の元同僚たちも、ボイスチェンジャーを通した声で、I氏はロリコンだったと証言した。

元同僚A『Iは自分の性的対象は中学生以上二十歳未満の女の子だから自分はロリじゃないって言っていましたけど、周りの奴らはみんなIはロリだって思っていました。初潮が来てからの女性でないと匂いがないから興奮しないとか、彼女たちの口の中を指で捏ねくり回すと女性器に指を入れる以上の快感を得られるんだとか、マジでキモいんですよ』

元同僚B『一般歯科の患者層は成人以上が九割で、その半数以上が中年から高齢者なんですが、矯正歯科は患者の約七割が成人以下で、しかも女性のほうが美に対する意識が高いため女性患者が圧倒的に多いんです。Iは二十代でも嫌なのに三十代以上の口臭と歯周病塗れの口の中なんて治療どころか見たくもないから、自分は歯科医師免許を取ったあとも努力して矯正歯科医になったと言っていました』

篠原は思わずマスクの中で「うへっ」という口をしながら周囲を見回すと、近くの男性捜査員たちも似たり寄ったりの表情をしていた。天地に至っては、鬼の形相だ。

また、歯科衛生士として大学病院で一緒に働いたことのある女性は、子どもの頃、経済的な事情で矯正できなかったため、働きながらスタッフ割り引きを利用して矯正治療を受けようと思っていたのだが、まだ治療を始めていないうちに、『歯並びが汚いと自分は貧乏人ですって公表しているようなものでみっともないよ』とI氏に言われたという。

番組ではメインMCが、『こちらが大学病院を退職後、I氏が開業した矯正歯科です』と言いながら、〝患者様は私の家族です〟と大きく書かれたつばさ矯正歯科のホームページをところどころモザイクを入れた状態で映し出す。

院長として紹介されている翼の笑顔の写真は、歯並びの良さと白さが強調されていた。

続いて、つばさ矯正歯科の元歯科衛生士という女性がボイスチェンジャーを通して証言する。

『院長先生は、VIP患者や好みの患者の治療しかされず、それ以外の患者は歯科衛生士任せでした。通常のメンテナンスを超えた業務を行うことに不安を訴える衛生士には、多少失敗したとしても患者は気づかないし、歯科矯正に思わぬアクシデントはつきもので、そのことは契約書にも明記されていていくらでも言い包《くる》められるから安心してやってくれって言うんです。患者によって歯が動く早さも違うし、患者自身の悪習慣や歯磨きや装置の使用を怠《なま》ける性格がアクシデントを招くケースも多いから、何かあれば全て患者自身の責任だと言い切ればいいし、君たちに任せるのは、法的措置を取ると言えば黙らせられる患者ばかりだからって』

その元歯科衛生士が担当した患者が、矯正をして顔が歪んでしまったから元に戻してくれと訴えてきて、翼が信用毀損罪《きそんざい》や業務妨害罪になると言って追い払ったあとに自殺したことで怖くなり、退職したという。

　先に証言した歯科医の元同僚も元歯科衛生士も、Ｉ氏のような悪徳矯正歯科医の存在がその他の誠実な矯正歯科医の評判を落としかねないことを危惧し、彼の悪事を暴いて業界から追放すべく協力してくれましたとレポーターが締め括ると、正午のニュースに切り替わった。

　捜査本部のモニターが消される。

「開業してからドクハラ問題は起きていないのか？」

乾が飯尾家のことを報告した捜査員に質問を投げた。

「はい。そういった話は出ていません。ただ……」

「ただ、なんだ」

　乾が急かす。

「これは私の推測ですが、もしドクハラをする患者を御魂の会の信者の中から選んでいたとしたら、表沙汰になりにくいのではないでしょうか」

「幹部には逆らえないということか」

　捜査員たちはまた胸やけをしたような顔をした。

　だいたい患者にとって歯科医は家族じゃないし、歯科医にとって患者も家族じゃない。

篠原は大学時代のバイト先を思い出した。個人塾の講師のバイトだった。

塾長は講師も生徒もみんな家族だと言っていた。その実態は、講師にも生徒にもタメ語で話すことを強要し、成績が上がらないと双方に厳しいを通り越した暴言を浴びせる。保護者から苦情が出ようものなら、家族だから心を鬼にして言っているのにと涙を滲ませ、バイトの講師たちには家族だから助け合わなきゃと言って、無理難題のシフトを押しつける。篠原は二か月もすると辞めたくなったが、生徒への責任感から半年続けた。

翼もその塾長と同じ類、家族という言葉で相手を支配しようとする。家族なら何をしてもいいという認識——気持ち悪い。

隣の土屋が手を挙げた。

「番組内で元同僚たちが証言したことが事実だとしたら、だいぶ矛盾してませんか。飯尾翼が初婚であるのに対し、妻の美園は再婚で子持ち。しかも年上で、結婚した時点で四十近かったんですよね？　美園のほうが財力があったというなら開業のためとも思えますが、財力だって飯尾のほうが遥かにある。それでよく結婚しましたよね？その上子どもまでこしらえて」

こしらえてって、言い方——と思ったものの、その通りだ。そこで、飯尾家の捜査を担当している捜査員が、退寮が迫っていた美園の行く末を案じていた愛甲成が取り持ったようだと返答する。

「信者同士の結婚の斡旋までやってんのか」

土屋が大きな独り言のように言った。

「でも、幹部なら嫌だって断りそうなものですよね」

篠原が土屋に耳打ちする。

「飯尾の性癖云々よりも、今はあの音声だ」

確かに性癖は毒殺事件には関係ない。ざわついていた捜査本部が乾の言葉で一瞬で静まり返った。

「計画を実行する前に信者で毒の効果を試したってことですかね」

「毒物を渡されていたテロの実行部隊の誰かが裏切って、生誕会で毒殺事件を起こしたんじゃないですか」

捜査員たちが次々と手を挙げて推論を口にした。

「ネットでは既に受水槽にテトロドトキシンが混入されたんじゃないかって騒いでミネラルウォーターの爆買いが始まっていますよ」

誰かのその発言を受け、手元のスマホで確認すると、ＳＮＳのトレンドの上位をそれらの言葉が占めていた。

「マズいな」

乾が後頭部を右手で掻きながら舌打ちをする。早く解決しないと日本全土を巻き込んだパニックに拡大し兼ねない。こんな状況じゃ御魂水を求めて入信する人間なんていなくなり、やけになった秀が信者たちに本当にテロを起こさせる可能性もある。

「ともかく、愛甲秀と飯尾翼を任意で引っ張ってこい」

乾の命令に、捜査員たちが一斉に勢いよく返事をしながら立ち上がった。

3

土屋と篠原は、被害者の澤田麻友の勤務先がシティーテレビの子会社だった関係でシティーテレビへ向かい、番組が入手した音声について調べる任務を担った。

山口亜実の鑑取り担当を引き継いだ大河内と羽田は、三浦聖担当の所轄の捜査員と一緒に埼玉清魂センターへ、天地と丹野は澤田親子が所属していた千葉清魂センターへ向かった。

番組の放送終了後、御魂の会側から県警に全面的な捜査協力を申し出る連絡があったため、乾は高階班に、事件後総本部会館内に滞在し接触できていなかった被害者の遺族たちから話を聞き、押収を拒まれていた総本部の設計図や過去帳、入信・脱会者名簿などのファイルやデータを持ち帰るよう命じ、九か所の支部にも捜査員たちを派遣した。

恐らく、何もやましいことはないから存分に内部を調べてくれということで、あの放送から時間を置かずに御魂の会の潔白を証明しようとしているのだと思われた。

松本駅から、土屋と篠原は特急しなのに乗り込んだ。連日寝ていない状態の土屋はリクライニングを少しだけ倒し、目を閉じた。篠原は、県警の売店で買って愛用している耐水性のポケットノートを開き、書き溜めたメモを読み返す。捜査が動き始めたことでアドレナリンが噴き出ているのか、篠原に眠気は全くなかった。

長野駅で北陸新幹線に乗り換えると、折り畳み式のテーブルを開いて駅のホームの自販機で買ったペットボトルのストレートティーを置いた。登山サークルでミルで挽いた豆で淹れるコーヒーの味を覚えてから大のコーヒー好きになったが、だからこそ缶コーヒーは飲まない。

土屋がまた睡眠に入っているのを確認し、ストレートティーを飲みながらプライベート用のスマホをポケットから取り出した。電源を入れると、ワイドショーを見た蒼井からメールが届いていた。

――とんでもない事態になったね。もし、しーちゃんがあの音声の二人に話を聞くのであれば、恐らく出てくるであろう御魂の会の弁護団のことは俺も多少知っているから、可能な限りで状況を教えてくれれば力になれるかもしれない。

――ありがとう。私は今東京に向かっていて、あの二人から話を聞く担当ではないの。でも、蒼井くんに聞きたいことが出てきたら連絡させてもらうね。

そう返して電源を切った。

ふと窓の外を見ると富士山の裾が見える。上のほうを見ると雲の笠を被っているので、天気は下り坂なのだなと思った。

東京駅で降りるとＪＲ線と地下鉄を乗り継ぎ、夕方五時過ぎにシティーテレビの最寄り駅である芝公園駅に到着した。そこから歩いて六分ほどの場所にシティーテレビの社屋がある。大都会ではあるが駅名の通り緑が多い。

「東京タワー、登ったことあるか？」

港区立芝公園の先に聳える東京タワーを見上げながら土屋が聞いた。

「ありますよ。階段で」

「階段？」

こいつ頭大丈夫か？　とでも言いたげな目で見ている。

「外階段で眺めもいいいし、認定書ももらえるんですよ」

「どこでも自分で登っちまうんだなぁ」

口調は感心している風なのに、どうしても小馬鹿にされているように聞こえ、「人を猿みたいに言わないでくださいよ」とムッとする。

土屋は、今度は東京タワーの手前に建つシティーテレビの社屋を見上げ、

「これだけ近いと、東京タワーが電波送信所だった頃は、自社専用の電波塔みたいな気分だったろうな」

と、話をすり替えた。

シティーテレビをはじめ民放キー局の電波送信所は、二〇一三年に東京スカイツリ

ーに移転されている。東京タワーは現在、東京スカイツリーが有事の際の予備電波塔という扱いだ。

篠原は大学時代にスカイツリーにも行ったことがあったが、さすがに自分で登ってはいない。だからか、東京タワーのほうが愛着があった。

澤田麻友が勤務していたシティーテレビミュージックは、シティーテレビホールディングスが一〇〇パーセント出資している連結子会社の音楽出版社兼制作プロダクションだ。他の連結子会社と一緒にシティーテレビ本社ビルの五階に入っている。

しかし、今回土屋と篠原が一階の受付で取り次いでもらったのは、あの音声を流したワイドショーの責任者がいる報道局だった。松本署を出る前にアポを入れておいたので、すんなりと入館証を渡される。

ゲートを通ってエレベーターに乗ると、ペールオレンジのマスクをした案内係の女性が十階のボタンを押した。

マスクより明るめのオレンジ色のスクエアケープフリルブラウスに白のロングスカート、足元の高めのヒールが華やかさを醸し出している。これがオフィスカジュアルといわれる着こなしなのか、それともテレビ局という職場特有の華やかさなのか、篠原にはわからない。タレントといっても不思議ではない容姿と、ほんのり漂ってくるいい香り。毎日黒か紺色のスーツに身を包み、どことなく汗臭い自分とは全く違う種類の女性だ。

そんなことを考えていると、閉まりそうになった扉が開いてタレントらしきカラフルな髪色をした三人組と、マネージャーと思われる白マスクにスーツ姿の男性が乗り込んできた。

タレントらしき三人は、テレビでしか見たことがない透明なエアシールドを着けている。夕方なのに「おはようございます」という挨拶を交わし、彼らが押したのは十二階のボタンだった。フロアの案内表示を見ると、食堂と医務室と書かれていた。

十階で扉が開き、案内係の女性に促され土屋と篠原が先に降りる。

その階はテレビ局とは思えないほど静かで、床も絨毯張りになっていて足音が響きにくくなっていた。周りを見回すと、廊下を挟んでいくつもの扉が並んでいる。端から順に第一会議室、第二会議室と書かれていて、会議室専用のフロアなのだと理解した。

案内係の女性はスッと前に出て「こちらへどうぞ」と、先を歩いた。付いていくと、第五会議室と書かれた部屋の扉をノックする。「どうぞ」と中から男性の声が聞こえ、扉を開けた女性が「お連れしました」と言って扉を押さえながら土屋と篠原を中に通し、丁寧にお辞儀をして戻っていった。

会議室の中には黒マスクをした男性が一人椅子に座っていて、のっそり立ち上がると、あの音声を流した番組の責任者ですと言って名刺を差し出してきた。シティーテレビのチーフプロデューサー、下之園作哉《しものそのさくや》と書かれている。

篠原が頂戴しますと受け取って、警察手帳を見せ、土屋と順に簡易的に自己紹介をする。二人とも名刺は持っているが、よほどでなければ渡さない。

下之園は、「ご苦労様です」と心のこもっていない感じで言ってから、

「お問い合わせのあった御魂の会のあの音声の件ですが、あれをうちの番組に持ち込んだ者をここに呼んでいますので、詳しいことはその者にお聞きください」

と、土屋と篠原にテーブルを挟んだ奥の席に座るよう手で促した。

二人が奥の席に向かうと、下之園は背を向けて扉に向かった。慌てた篠原が、「あの」と呼び止め、「匿名で番組に送られてきたのではなかったんですか？」と投げかける。

下之園は、振り返ると一瞬面倒臭そうな顔をして、

「持ち込んだ人間からそういう体《てい》で流してほしいと言われたんですよ」

と、答えた。

「持ち込んだのはシティーテレビの方ですか？」

「子会社の人間です」

「子会社？　シティーテレビミュージックですか？」

「ええ」

もういいですかとでも言いたげな表情を向けられたのと同時に、扉をノックする音が部屋に響いた。下之園はドアノブに手をかけ、

「私は仕事がありますので、あとは彼女にお聞きください」

と、扉の外の女性と入れ替わりで出ていってしまった。

「お待たせいたしました」

グレーのパンツスーツの女性がお辞儀をしながら名刺を差し出した。篠原もお辞儀をしながら足元を見ると、ヒールが低めのパンプスが目に入る。靴の傷み具合からADのような走り回る仕事かと名刺に目をやると、前株でシティーテレビミュージックの下に経理課と書かれていた。

女性の名前を見て、篠原は目を見開き顔を上げた。薄ピンク色のマスクをしているが、両頬の高い位置にあるインディアンえくぼがくっきりと見えている。

「七歩？」

土屋は女性にそう呼びかけた篠原をまじまじと見た。

「久しぶり、しおりん」

ポニーテールにしたストレートのロングヘアと切れ長のアーモンドアイに人懐っこい笑顔。紛れもなく高校の剣道部で一緒だった七歩だった。

「知り合いなのか？」

土屋が篠原に聞く。土屋も驚いているが、一番驚いているのは篠原だ。

「はい。高校の同級生で同じ剣道部だった池田《いけだ》七歩さんです」

「ということは、長野の方――」

「いえ、長野にいたのは四年間だけで、出身は鎌倉です。母の生家がある伊那市に中二の終わりに引っ越して、大学からは東京に」

七歩が答える。土屋が頷くと、続けて、

「番組収録の途中で抜けてきましたので、なるべく早く戻らないといけないんです。これって、任意の参考人聴取ですよね？」

と、尋ねた。篠原にではなく土屋に聞いている。

「はい、そうです」

土屋の返事を聞き、

「それでしたら、篠原さんとお話をさせていただきたいのですが」

と言った。

「私は席を外したほうがいいということですか？」

土屋に気を悪くした様子はなかったが、七歩はかぶりを振る。

「いえ、同席していただいて結構ですが、篠原さんと二人で会話をさせていただきたいんです」

土屋と篠原は顔を見合わせた。土屋が首を縦に振ったのを見て、篠原が七歩のほうに向き直り、

「わかった」

と答えた。

「キャンプのとき以来だね」

テーブルを挟んで扉側の席に座りながら、七歩が懐かしそうに目を細めた。土屋と篠原も席に着く。

「うん、そうね」

篠原は戸惑いを隠せず、曖昧な笑みを浮かべた。

「はるちんとは会ってるの？」

はるちんとは遥のこと。

「成人式で再会してからは、まぁ、ちょくちょく。でも向こうは結婚して子どももいるし、最近はお互い仕事も忙しくて会えてないかな」

「そっか。はるちんは看護師だっけ？」

「うん」

「じゃあコロナで尚更大変だ」

成人式で再会した遥には、キャンプのとき親の車で人を轢きそうになったことがバ

レたことで、しばらく運転を禁止されたのだと、しこたま恨み節を聞かされた。だからといって、それが原因で高校卒業後疎遠になっていたというよりは、東京住まいになった篠原と県内の大学の看護科に進学した遥という物理的な会いにくさによる疎遠状態だった。だから、篠原が地元に帰ってくれば自然と会う流れになった。

しかし、七歩とはお互い東京の私大へ進学したというのに、この十二年、一度も会っていなかった。成人式でも見かけなかったので、もともと神奈川に住んでいたということは聞いていたから、そっちの成人式に出ているのかな、と思っていた。

長野県の高校にはまだ学区が存在しているため、当然同じ学区内に住んではいたが、学区の端と端で電車で一時間半以上かかる距離だったこともあり、実家を行き来したこともない。同学年の剣道部の女子部員は六人。部長の篠原と副部長の遥はリーダー的な存在で、その二人は特に仲が良く、他の四人は四人でつるんでいる感じだった。

それなのに、篠原と遥が卒業キャンプに行く話をしているところに、七歩が自分も入れてほしいと言ってきたので正直驚いた。でも、断る理由がなかったからＯＫしたのだ。

「七歩、もしかして今日私が来るってわかってたの？」

最初から落ち着き払った対応をする七歩に違和感を覚えて聞いた。七歩はフフッと笑う。

「長野県警の土屋さんと篠原さんっていう刑事さんが話を聞きにくるってＣＰから聞いて、もしかしたらとは思ってた」

「ＣＰ？」

「さっき、ここにいた下之園チーフプロデューサーのこと」

「あぁ」

「しおりんが長野県警に入ったことは、風の噂で聞いていたから」

「風の噂ね」

篠原は苦笑いをする。

「万が一しおりんじゃなかったら今日は表面だけ話して、しおりんに直接連絡してみようかと思ってたから良かったよ」

わざわざ直接連絡？　と疑問に思ったが、話が進まないので飲み込んだ。

「しおりん、高校の頃から警察官になるって言ってたもんね。でも、刑事だなんてカッコいい。イメージ通りだわ」

と、羨望の眼差しを向ける。

「七歩はテレビ局ってイメージはなかった」

「そうだよね。私、地味だったから」

「いや、地味だったからとかじゃなくて、農業とかに興味ある感じだったでしょ。大学も、確か女子大のバイオサイエンス学科だったよね？　だから、勝手に農協とかに就職するんだろうなって思ってたの」

慌てて言った。

「嬉しい。覚えててくれたんだ」

七歩は満面の笑みを浮かべている。

「七歩もあまり時間が取れないってことだし、本題に入るね」

篠原が言うと、

「なんでも答えるよ」

と、七歩が真剣な表情で頷いた。

「まず、あの音声を入手した経緯を教えてくれる？」

篠原はポケットノートを開き、ボールペンを右手に持って七歩の顔を凝視する。隣の土屋は黙って二人の話に耳を傾けていた。

「麻友さんから預かったの」

「麻友さんって、澤田麻友さん？」

コクリと頷く。

「いつ？」

「生誕会の二日前」

「それをどうして今になって公開したの？」

篠原が質問を重ねる。

「犯人が自首したって情報が入ってきたから、どうしたものか考えてたのよ」

「澤田さんとは親しかったの？」

公開するまでに時間があったことを指摘したのが責めるように聞こえたかと思い、口調を少し和らげた。

「シティーテレビホールディングスとシティーテレビは大きな会社だし社員も何百人といるけど、うちは三十人もいない会社だからそれなりにみんな親しいわよ。コロナ前は飲み会も頻繁だったし。その中でも麻友さんとは同じ経理課で、社員の給与関係とか、うちで楽曲を管理しているミュージシャンの印税関係とか、経理の仕事をメインで一緒にやってきた。でもメインってだけで、同じ島にいる総務課と一緒の案件に取り組んでいるときもあるし、営業に番組制作とかコンサートの手伝いに駆り出されることもあるのよ」

「今も番組収録の途中だって言ってたものね」

「そう。すぐ近くのスタジオで歌番組の収録があって、さっきまでカンペ書いてた」

「カンペを経理の人が書くの？」

「本来ならＡＤが準備するんだけど、そのＡＤが準備したカンペの文字が汚なすぎて読めないって大御所のミュージシャンが怒っちゃって、しかも昔ながらの手書きのカンペしか受け入れない人だから急遽呼び出されてきれいに書き直してたの」

「へぇ」

「コンサートではスタッフにお弁当を配ったり、出演者の家族を関係者席に案内したり、何でも屋みたいなものよ」

七歩はおどけたように肩を上下させ、話を続ける。

「麻友さんは私の直属の上司で、そんなありとあらゆる仕事を教えてくれた人。テレビ局は、二十四時間三百六十五日年中無休で盆暮れ正月は特に忙しい職場でね、出社は十時からだからゆっくりだけど、帰りは終電に間に合わなければタクシーで帰ることも少なくない感じで、友だちと都合を合わせるのも難しいのよ。昼食や夕食も食べられるときに食べる。夏季や冬季の休暇も各自取れるときに取る。音楽著作権の分配月である三の倍数月は経理の仕事で忙しいけど、それ以外も経理以外の仕事で扱《こ》き使われて同じくらい忙しい。だから、麻友さんとは友だちどころか家族よりも一緒に過ごす時間が長かった。同志でもあり、頼りになる姉でもあり、一緒に笑い合える友だちでもあったかな」

七歩は顔を曇らせ、

「麻友さんの家のこと、警察はどこまで知ってるの？」

と、身を乗り出した。

「捜査に関することを教えるわけにはいかないけど、それなりには調べがついてる」

篠原の言葉を聞き、七歩は深呼吸をしてブラウスの袖を捲った。

「それ……」

露わになった七歩の左手首に赤い珊瑚のブレスレットが嵌められていた。

愕然とする篠原の隣で土屋も息を呑んでいる。

「私も御魂の会の信者なの」

「いつから？」

「生まれたとき？　いや、生まれる前？」

ブレスレットを擦りながら言った。

「信者なのが当たり前だったから、いつから信者なのかなんて考えたことないんだよね」

七歩はブレスレットに目をやって微笑んだ。

篠原は「そう」と言い、気持ちを切り替える。

「澤田麻友さんとは御魂の会の信者として、入社する前から知り合いだったの？」

と、聞いた。

「あのね、しおりん」

七歩がテーブルの上で両手を組むと、白く細い手首に際立つ赤い御珠に目がいった。

「御魂の会が選挙に出たことがあるのは知ってると思うけど、諦めたというのは表向きであって、本当のところ今もその時が来るのを待っているの。そのために翼さんの助言で、二〇一〇年頃から政治と繋がりの深いテレビ局に信者を送り込むことにしてね、重役が信者にいて協力してもらえるシティーテレビに的を絞った」

「情報を操作するためにってこと？」

「平たく言えばそうだけど、全てはこの国のたくさんの人に健康に幸せになってほしいからよ。でもテレビ局なんて人気ヤバいからさ、親会社採用は相当難しいから子会社で採用してもらってっていうのが続いてて、その甲斐あって今やシティーテレビの子会社には御魂の会の信者が結構いるし、もちろん優秀な人は本社採用される人もいて、信者たちを上手く潜り込ませる役割を担ってくれているの。だから、麻友さんに限らずシティーテレビの親会社と子会社で働いている信者は、就活の段階でみんな把握していたよ」

「それで七歩もシティーテレビの子会社に？」

「そういうこと。御魂の会枠？　的な。まぁ、テレビ局にタレントとか財界人の血縁者がコネで入ってくるなんてことザラだからね、それだって、よほどじゃないと親会社じゃなく子会社での採用だし。コネだから肩身が狭いなんてことは全くないのよ」

七歩はまた肩を窄《すぼ》めて笑った。

篠原は、ふぅんと言いながら大きな矛盾を感じ、眉を顰めた。

「ちょっと待って。あの音声を流すように仕向けたのは七歩なんだよね？　御魂の会を裏切ったってこと？」

「とんでもない」

七歩は大袈裟なほど頭を横に振る。

「その逆だよ。御魂の会を守るため」

「内紛ってこと？」

「どうなんだろ」

七歩は小首を傾げた。

「私は、あの音声が入ったＵＳＢを麻友さんから託されただけ。もし自分が死んだらここに入ってる音声を番組で流してほしいって」

「死んだら？　澤田さんは自分が死ぬことを知っていたってこと？」

「知ってたというか、予感があった……のかな。麻友さんが本当に亡くなったって知って、すぐにＵＳＢに入ってるデータを確認した。それで……あの音声を聞いて、私は麻友さんたち家族があいつらに消されたんだと思った」

「あいつらって、愛甲秀と飯尾翼？」

「それと、淳史さんと麻友さんの親たちね。あの世代の信者は、明師様が愛を阻害すると言えば、それが明師様の御意向だと過剰に反応して、スマホを持たなかったり、持っても最低限しか使わなかったりで、テレビしか見ないデジタル弱者、情報弱者が多いのよ。明師様が秀様を跡継ぎだと言えば、それがあの世代の信者にとっての情報の全てになって、秀様が相応しいかどうかなんて考えもしない。なんなら晴様を推す若い信者たちを不届き者として攻撃しかねないような人たちなのよ」

「わかるように話してくれる？」

理解しきれていない篠原に、七歩は麻友から聞いていた澤田家の内情について話し始める。

コロナが流行し、澤田夫妻の三人の親たちは明師様の助言に従ってワクチンを打たないことを選択した。もちろん親たちは、澤田夫妻や孫の陸斗にもワクチンを打つなと強要した。自分たちは接種の是非を相談し合ったのに、その子どもである澤田夫妻や孫の陸斗に選択権はない。

やがて高齢者の間で感染が広まり、日に日に死者が急増していくのをテレビのニュースで目の当たりにし、親たちは、外に働きに出ている淳史と麻友がウイルスを家に持ち込むのではないかと恐れるようになった。そして、緊急事態宣言が出された二〇二〇年四月七日、三人は、緊急事態宣言が明けるまで淳史と麻友に家に入ることを禁じた。間違っても入ってくることがないように、夫妻が仕事に行っている間に鍵も変えた。

夫妻は突然息子と会えなくなり、車も所持していなかったため家の庭でテント生活を余儀なくされたが、緊急事態宣言が明けるまでだと我慢した。しかし、五月末に解除されても家に入ることは許されず、陸斗はプレ幼稚園を勝手にキャンセルされ家に閉じ込められた。

せめてリビングの窓越しに陸斗に会わせてほしいと懇願したが、せっかくあなたたちがいない生活に慣れてきたのに、顔を見たりしたら陸斗がまた寂しい気持ちになって可哀想だと言われた。親なんだから我慢しなさいと、電話で声を聞くことすら許されない。

幸い、淳史の職場も麻友の職場も仕事柄二十四時間働いている人がいるため、シャワールームと仮眠室が完備されていた。

はじめは職場でシャワーを浴び、帰って庭のテントでシュラフを使って寝る生活を送っていたが、ソロキャンプが趣味だった淳史はまだしも、慣れない麻友は日に日に衰弱していった。それでも夏になっても家に入れてもらえず、テントでの生活がキツくなり、二人とも職場で寝泊まりするようになる。

淳史は職員も入所者も全員御魂の会の信者という環境下だったし、コロナ禍で、なり手不足に陥っていた夜勤を引き受けると言えばむしろありがたがられ、理由を詮索されることはなかった。しかし、麻友のほうは好奇の目に晒されることに耐え続けた。

その後もコロナの猛威は衰えず、二〇二一年の年明けに麻友がコロナに罹患した。呼吸困難に陥り、療養先のホテルからそのまま緊急入院となった。

面会が禁止だったということもあり、親たちは一切関与をせず、夫や最愛の息子に会えないまま一人ぼっちで死んでいくのかと絶望した。なんとか回復したが、退院後も血中酸素濃度が九〇を切ったときの測定装置のアラートの音が耳の中にいつまでも残っていて、静かになると耳鳴りとなって鳴り響き、医務室で睡眠薬を処方してもらうようになった。薬の服用も両親からは禁止されていたが、別居状態の上、医務室の利用ならバレなかった。

――私たちはいつになったら家に入れてもらえるの？

そう聞くと親たちは、コロナが五類になったらね、と冷たく言った。一体いつになったら五類になるのか。先の見えない終着点を提示され、また絶望した。

「麻友さん、陸斗くんに会えなくなってからずっと生きる屍《しかばね》みたいだった。コロナになったあとは、本当に死んじゃうんじゃないかって、電車に飛び込んだりするんじゃないかって、私も気が気じゃなくて」

カーテンを閉めきられたリビングの窓に耳を当て、聞こえてくる陸斗の声を聞いては涙を流す麻友を見かねた淳史は、麻友を連れて総本部へ行くことにした。

「もう救ってくださるのは明師様しかいないからって、自分たちの隔離を解いてくれるよう明師様に親たちを説得していただけるように、淳史さんは愛甲健康苑東京のスタッフや入所者の方たちと毎日清魂をしまくって、総本部へ行くまでに必死に魂を浄化していたそうよ」

「それで、愛甲成氏は力になってくれたの？」

七歩は力強く頷く。

「明師様は二人の話を親身に聞いてくださって、親御様たちは心を鬼にして必死に陸斗くんを守ってくれているんですよって仰ったみたいでね、淳史さんも麻友さんも、そう考えるようになったら少し楽になったって言ってたわ」

篠原は思い切り眉根を寄せた。

澤田夫妻が求めていたのは自分たちの隔離を解くよう親たちを説得してもらうことなのに、実際は澤田夫妻のほうの考え方を変えるように導いた――それで楽になるものなのだろうか。とはいえ、目の前の七歩の反応を見ると、御魂の会の信者であればそういうものなのかもしれないと思い、湧き上がってきた疑問を胸に納めた。

そんなとき、三年ぶりに総本部で開祖様の生誕会が開催されることが決まった。しかも、出席できるのは青年部の信者のみ。親が当選した場合、未就学児の子どもは同伴しても良いという。

明師様の御言葉《みことば》に納得してはいたものの、せめて生誕会に家族三人で出席したいと思った二人は、親たちに直接願い出るのではなく、所属する千葉清魂センターのセンター長と青年部関東支部長に事情を話し、協力を得ることにした。

親たちは渋々ながら、生誕会から戻ったら陸斗を返すことを条件に、当選したら三人で出席することを許可した。

「無事当選して生誕会に行けることになって、陸斗くんに会えること、家族三人で一緒に出かけられることを心の底から喜んでた」

七歩は、目頭を軽く右手の人差し指で押さえ、

「でもさ、明師様が仰るような親たちじゃなかったってことだよね。陸斗くんを守るために行動するような親たちだったら、いくら秀様のためとはいえ、自分の息子や娘や孫を犠牲になんてしないよね」

と、悔しそうに言った。

「澤田さんは、あの音声をいつどこで録音したのか言ってなかった？」

七歩は淳史や麻友が録音したものじゃないと思うと言い、その根拠を述べる。

「あの内容からして、二年前に次期明師様として秀様がご指名を受けたあとで、しかも今回の生誕会の開催が決まったあとってことは確かでしょ。生誕会開催の発表がう

ちら向けにあったのは今年の初めだけど、それを決めるための幹部会は、去年の十月に緊急事態宣言が全部解除になって、確か十一月下旬か十二月初旬に開かれていたはず。それに、今日の放送では二人の声が聞こえやすいようにバックの音を消してたんだけど、実際は後ろで芽吹きの曲が流れていたから、録音場所は総本部会館で間違いない」

「芽吹きの曲？」

「開祖様がイメージした癒しの曲を悦子様がピアノで演奏された、御魂の会のオリジナル曲の一つよ。オリジナル曲はCD化や配信もされていて、清魂センターや愛甲健康苑でも流されているし、生誕会では君華様が生演奏されていたけど、芽吹きの曲だけは悦子様以外に演奏することが許されていなくて、亡くなる前に録音されたものを総本部会館のみで流している特別なものなの。

それに、総本部では会館入口でスマホを預けてからでないと中には入れないのよ。ボイレコなんかを内緒で持ち込もうとしても入口の金属探知機でバレて、スマホと一緒に保管されるのがオチ。それを淳史さんや麻友さんが掻い潜れるとも思えないし、だいたいその時期はまだ一般の信者は総本部会館への入館が制限されていたから」

「つまり、麻友さんは誰かが録音したものを預かっていたか、もしくは譲り受けたか

――」

篠原はそう呟いて、総本部には本当に誰もスマホを持ち込むことはできないのね、と念を押す。

「愛甲家の人たちは？」

「どなたも人前でスマホを弄《いじ》っているお姿は見たことないかな」

七歩の言い方だと、愛甲家の人間であれば持ち込めないことはないのだろうが、あの音声を録音しても自分たちの首を絞めるだけとしか思えない。

「七歩は生誕会には行ってないんだよね？」

出席者の名簿に七歩の名はなかった。

「抽選に外れたからね」

「生誕会の前日、澤田さん親子は松本駅で野宿して翌朝御魂の会が用意したマイクロバスで総本部へ向かったことがわかってるんだけど、どうして久々に陸斗くんと会えたのに、ホテルに泊まったりしなかったんだろう？」

土屋が抱いていた疑問を篠原が代わりに聞く。

「親たちから無駄なお金は使うなって言われたみたいよ。緊急事態宣言のときも、ホテルに泊まったりするのはもったいないからテントで寝ろって言うくらいの親たちだからね。それに、屋外のほうがコロナに罹患するリスクも少ないでしょって」

それでテントや野宿。篠原は小さく溜息を漏らした。

「しおりん」

七歩が改めて呼びかける。

「勘違いしないでほしいんだけど、御魂の会そのものが悪《あく》なんじゃないのよ？　腐るほど存在する新興宗教の中には教団そのものが詐欺まがいのことをしていたりする悪どい団体もあるけど、御魂の会はそうじゃない。少なくとも開祖様は信者を救済するためだけに全ての活動を始められ、洗脳的なことも一切していない。信仰は自由なんだから、自分の信念に従って御魂の会を信仰しているだけの信者たちも悪じゃない」

一気にそこまで言うと、一度深呼吸をした。

「悪なのは、信仰を盾に、自分以外の人間に自分の意見を押しつけるような信者。信仰の自由を掲げて、自分以外の人間の自由を阻害する信者。自分の信仰のためのお金を自分以外の人間の努力や我慢で捻出する信者。そういう奴らは、信者とか信者じゃないとか以前に、人間として悪だから」

七歩は篠原に訴えかけるように鋭い視線を向けて言った。

「ワクチンのことだってそう。大前提として明師様はワクチン接種を禁じたわけじゃない。遺伝子組み換え技術が使われたワクチンを体内に入れることを不安視され、接種しないことを推奨しただけ。薬の服用と同じ。それを聞いても打つという信者に干渉したり、止めたりもしないわ。薬を飲むなワクチンを打つなと強要するのは、やっぱり明師様の御言葉を曲解した一部の信者なのよ。

外部の人は御魂の会やその信者を一括りで見て悪だと判断しがちだけど、悪いのはそういった一部の信者であって、いい人も悪い人もいるのは御魂の会に限ったことじゃない。警察には、そのことをわかった上で今回の事件の捜査をしてほしい」

気迫に圧倒されている篠原に、七歩がスッとUSBメモリを差し出す。

「麻友さんから受け取った原本よ。芽吹きの曲も入ってるから確認して」

篠原が頷いて受け取ると、七歩はそれまで向けていた視線を下に逸らした。

「うちの母親も悪。母親は自分のアトピーを治したくて、大学生のときに親の反対を押し切って自然療法自然農法を謳っている御魂の会に入信した。おかげで綺麗な肌になったわけだけど、そもそも思考が極端だから御魂の会と自分のことしか信じなくなった。結婚も、敢えて信者ではなく、自分の言いなりになって御魂の会へのお布施を搾り取れそうな男を相手に選んだ」

七歩はふっと呆れたように笑う。

「もちろん、自分の娘のことも信用してない。好きでもない男の子どもを産んだのは、御魂の会に貢献させるため。女子大に進学することも、バイオサイエンスを学ぶことも、シティーテレビの子会社に就職することも、母親に御魂の会のためにそうしろと言われたことだけど、別に嫌じゃなかったから私なりに受験勉強も就職活動も努力したんだよ。

　でも母親は、推薦が取れるように高校の担任に賄賂を渡してて、就職も、御魂の会の信者でシティーテレビで権力のある人に賄賂を渡してて、それをあとから知った私の気持ちなんてどうでもいいの。私の頑張りなんてあの人にとっては信用に値しないし、合格とか内定が出たのは全て自分の手柄。そんな自分に都合がいいように御魂の会の信者までも利用している人間が、自分こそが敬虔な信者だなんて言ってるんだから烏滸《おこ》がましいよね」

　同意を求められてもどう反応していいのかわからない。

「私は私で、そんな母親に育てられても自己肯定感を保てたのは、開祖様が私を家族だと言ってくださるおかげだった。でも、大好きな開祖様が、私が中学に入った頃から体調を崩されることが増えて、中二のときには行事も冒頭だけしかご参加されないようになってね。心配で、少しでも開祖様のお傍にいたくて私が長野に引っ越したいって言ったの。母親は父親を神奈川に残してノリノリで引っ越したよ。

　それからは、学校へ行く以外は総本部に入り浸って開祖様について回ったり、書庫に保管されてる開祖様のご著書を読んで過ごすようになった。成仏することや来世で幸せになることが信仰の目的である宗教が多いけど、開祖様は、信者が生きているうちに幸せになるために御魂の会は存在するんだって〝御魂の書〟に書かれててね、その実現のために懸命に取り組まれていることに感銘を受けた。

高校を卒業したら大学なんて行かずに総本部の清魂荘に入寮したいと思っていたけど、開祖様が亡くなって。新しく明師様に就任された成様は、離婚して再婚して後の奥様ともお子様を作られていて、なんだか不信感のようなものがあったから、私は自分の生きる目的の方向転換をしたの」

「方向転換――」

「そう。死期が迫っていることを悟っていらした開祖様は、三人の御令孫の中で明師様のご長男である晴《てる》様を唯一お傍に置いて、いずれ明師様となられるための全てをご伝授されていた。もちろん、秀様や君華様はまだお小さかったということもあるだろうけど、開祖様は晴様の聡明さにいつも感心していらしたし、晴様はご自分に似ていらっしゃるって嬉しそうに仰られてたわ」

――人間は考える葦であると言われていますが、その考えることを放棄させるように導いて差し上げればよいと思います。

世界で四十秒に一人が自ら命を絶っている中、若者の自殺率の高さは日本が先進国で第一位。そんな由々しき事態を解決に導くにはどうしたらいいと思うかという開祖様の質問への晴の答えだという。

「それを聞いていた私は、考える葦が考えることを放棄したら、それってもう人間じゃなくただの輩だから、人間をやめさせるってことですかって聞いちゃったの。そうしたら、そもそも現代の人間はなんでも深く考えすぎで、その考え過ぎによって苦しんでいるんだよって教えてくださって、考え過ぎが心身の不調を招き、最悪の事態へ向かわせるって。だから、その過ぎた部分を取り除いて、楽に生きていけるようにして差し上げるということを言っているんだって説明されて、開祖様も満足気に頷かれていた。

私もね、過ぎた部分を取り除くってすごく素敵な響きだなって感動したのよ。だから、晴様がいずれ明師様になられたときに御魂の会の役に立てる人間でありたいと思って、大学へ進学することにしたの」

「それが、七歩の生きる目的になったってこと？」

七歩は頬を紅潮させ頷いた。

「高校のとき、そんな話一度も聞いたことなかった」

篠原が言うと、「そりゃそうよ」とふき出した。

「神奈川に住んでいるとき、学校で相当嫌な思いをしてきたからね。長野では学校の友だちに御魂の会の信者だと知られないように気をつけてたもん。しおりんだって、知ってたらきっと普通に接してはくれなかったでしょ」

そんなこと――とまで言って、ないよとは続けられなかった。代わりに頭の中に浮かんだ疑問を口にする。

「だとすると、成氏が跡継ぎとして秀氏を指名したことは、七歩にとって不満だったってことよね？」

「不満というか、マズいなって思った。開祖様が亡くなってから、二代目明師様が儲け主義的な改革をされたせいで、御魂水や愛甲健康苑への好ましくない噂が立つようにもなっていたし」

『御魂水の汲み上げが追いつかなくなり、幹部の自宅の水道水から入れている』『愛甲健康苑は、一部屋に大人数押し込んでも文句の言えない認知症が進行した人しか入れなくなった』、その二つがよく言われている噂だという。

「事実なの？」

篠原が聞くと、七歩は鼻から息を出し、

「御魂水に関しては私はなにも知らない。でも、愛甲健康苑のことは、麻友さんの御主人が勤めていたから内情を聞いたことがあって、事実……みたいよ」

と、躊躇いがちに答えた。椅子にもたれかかり、話を続ける。

「愛甲健康苑は特定施設の指定を受けていないから、本来は認知症が進行した人には向いていない。だけど、二代目明師様がより多くの利益を求めたことで、少ない職員で一部屋に入れる人数を増やして稼働率を上げるには、自分の置かれた状況を理解できない認知症の人を受け入れるのがいいだろうって話が幹部会で上がっていたらしい。普通に考えたら、むしろ認知症の人は手がかかる。でも、愛甲健康苑では、重度の認知症で理解できない人なら拘束できるという認識だった。

そんなときコロナ禍で職員の人員不足が一気に加速して、早急にその案を取り入れることになったんだって。認知症じゃない入所者はコロナの流行を理由に自宅へ帰して、倍以上の認知症患者を入所させた。信者なら入所者を拘束しても家族から文句は出ないし、そのことが外に漏れることもない。それに、何より愛甲健康苑にいること自体が入所者の幸せだと思っているしね」

木下芽衣の母親も認知症だったが、長い間信者としての活動をしていなかった芽衣を御魂の会が信用しているわけがない。その芽衣に万が一母親を拘束していることを知られて外に漏らされたら面倒なことになると危惧し退所させたのか、と思った。

「高齢者の身体拘束が許可される三原則と環境が揃っていることを利用して、通常とは逆の順序で入所者を選んでいるってことね」

篠原が表情を強張らせて言う。

身体拘束が許可される三原則とは、転倒や徘徊など入所者の命に関わる切迫性、拘束する以外に方法がない非代替性、一時的な措置である一時性をいう。それらを全て満たした上で、職員全員で検討し、家族の許可を得ることが必要となる。

つまり、通常は入所者の身体拘束がどうしても必要になってはじめて、職員で検討し家族の許可を得るという順序だ。しかし、家族の許可を得るのは想像以上に難しく、医療系の施設でもない限り身体拘束をしたくてもできない介護施設が多いのが現状だった。愛甲健康苑はその点、入所者も入所者の家族も職員も信者であり、見解が一致させやすい環境だったことで、そもそも拘束条件を満たす高齢者を選んでわざと多く入所させることができているということ。

「成様が明師様になられてから、愛甲健康苑をはじめ、開祖様が創られた御魂の会がどんどん崩壊しているような危機感を覚えていて、秀様が次期明師様にご指名されたことで、それが決定的になった」

「だから、今回の生誕会で秀氏が次期明師として信者たちにお披露目されたことが、澤田麻友さんから預っていた音声を公開する後押しになった？」

「あの音声を聞いたとき、鳥肌が立ったわ。秀様が信者を増やすために本当にあんな行為をすれば、御魂の会は極悪カルト組織に成り下がる。そうなる前に、まだ信者内にしか犠牲者が出ていないうちにあの音声を公開して秀様が失脚すれば、開祖様が望んだ通り跡継ぎは晴様になり、御魂の会は崩壊を免れる。麻友さんもそれを望んでいて、自分たちが犠牲になることを覚悟の上で私に託したんだと思った。だから、警察から殺人事件だと正式に発表されたのを見てすぐに動こうとしたんだけど、犯人だと名乗る信者が自首したって情報が入ってきて、やむを得ず様子を見ることにしたの」

「自首した信者について知っていることは？」

「木下芽衣……だったわよね」

　逮捕と同時に実名も発表されている。

「正直、名前を聞いても誰？　って感じだった」

「今日になって公開することにしたのはどうして？」

「その木下って信者は毒殺事件の犯人としての逮捕じゃないと知ったからよ。警察は、毒殺事件の犯人は他にいると見ているってことでしょ。だとしたら、犯人はやっぱりあの人たちしかいないじゃない。だから、確実に番組で全国放送しなきゃと思って、誰にも阻止されないようにシティーテレビの中でも反御魂の会で一番頼りになる下之園CPに渡した」

　七歩の目は使命感で輝いていた。

「反御魂の会なんてあるの？」

「多いっていっても、局内にいる信者はたかだか二割。それでも、十人のうち二人なら目立たないけど、百人のうち二十人いれば結構な存在感になる。これだけ御魂の会の信者が局内にいれば、自然と嫌悪する人も出てくるものよ」

「七歩は、愛甲秀と飯尾翼が犯人だという確信があるの？」

篠原の言葉に一瞬、七歩が押し黙る。

「それ以外に考えられないでしょ」

低い声で言った。

組織が大きくなれば方向性の違う者が必ず現れ、それが組織の崩壊に繋がるケースがある。篠原の中で、御魂の会も、開祖と晴を支持する信者と、現明師と秀を支持する信者で二分されていて、今回の毒殺事件に繋がった内紛だった可能性が高まった。

「七歩は、よほど晴氏を慕っているのね」

篠原がそう言うと、七歩の頰にインディアンえくぼが現れた。

「うん。だから、しおりんに会わせたかったんだよね」

「えっ?」

思いもよらぬセリフに声が裏返る。

「高校の剣道部の後輩にプロテスタントのキリスト教信者がいたの、覚えてる?」

少し考えて、なんとなく、と答えた。

「礼拝があるから日曜日の練習や試合には毎回不参加だった彼女に、しおりん、うちの高校じゃなくてミッションスクールに行けば良かったじゃないって言ったんだよね。もちろん、間違ったことは言ってない。だけど、そういうことじゃないんだよなって思ったの」

でもね、しおりんを入信させようとか、そういうのじゃないの、と弁解する。

「まぁ、子どもだったからさ、正直しおりんが御魂の会に嵌ったら面白いなっていう気持ちもあったけど、ともかくしおりんの宗教への嫌悪感をなんとかしたいなって」

啞然としている篠原を尻目に、七歩は話を続けた。

「晴様なら、それができるんじゃないかって思ったの。それで、あのときわざと道を間違えた」

篠原の血の気が引いていく。

「とんだ邪魔が入っておじゃんになっちゃったけど。しかも信者の一人に邪魔されるとはね」

ははっと軽く笑った。

「最初からそのつもりでキャンプに一緒に行きたいって言ってきたってこと？」

篠原は、自分の頰が引き攣っているのがわかった。

「そうよ。でなきゃそこまで仲がいいわけでもなかったのに、私も入れてなんて言わないよ。そもそも、私、御珠があるからみんなとお風呂に入りたくなくて修学旅行も行ってないんだから」

「でも、道着に着替えるときもブレスレット嵌めてるのなんて一度も見たことなかった」

「ああ、それは——腕に嵌めてたわけじゃないから」

七歩の躊躇いのある表情を見てハッとする。篠原は、思わず左手を自分のブラジャーのカップがある部分に充ててた。

「そこまで調べてるんだ。やっぱりすごいね、日本の警察は。いつも晴様が褒めてるもの」

またインディアンえくぼが出た。

「とんだ邪魔が入ったってことは、私たちがキャンプに行ったときに自殺した男性信者は想定外だったのよね？」

「もちろんよ。仕込みなわけないでしょ。だから、あのことをきっかけに信者以外の人たちがうろつくようになったことに責任を感じてて、そういう人たちを追い払ってくださったことに関しては秀様に感謝してる」

「さっき、自殺率の高さを解決するためにはどうしたらいいかみたいなことを言ってたけど、それこそハングマンズツリーでの自殺者は未だに御魂の会の信者が多いよね？」

「知らない人からしてみたら御魂の会に自殺の原因があるように思われてたりするんだろうけど、それは違う」

七歩の口調が真剣なものに変わる。そもそも御魂の会に入信する時点で何かしら深刻な悩みがあった信者も多いのだと、安藤と同じことを言った。

「それにね、総本部から近いこともあって、総本部が建って間もない頃からハングマンズヅリーで首を吊って亡くなる信者がいたから、その方たちの供養のために開祖様が年に一度、わざわざハングマンズヅリーまで出向いて清魂されるようになったのよ。そうしたら、逆に信者たちが自殺するときにあそこを選ぶようになっちゃって、更に増えたってだけのこと」

「ハングマンズヅリーに清魂って、木に清魂をするってこと？」

「木にも魂が宿るっていうでしょ」

「それをやめれば信者たちが自殺しなくなるんじゃない？」

「ハングマンズヅリーではしなくなるだけで、他で自殺する人が増えるだけでしょ。開祖様はね、本当に信者たちの自殺に心を痛めてらして、なんとか防げないかって、〝死にたくならない時間をつくる生活のススメ〟っていう冊子を作られて信者たちに配ってくださったり、希死念慮を抱えている信者が相談できる場として毎月収穫祭も開いてらしたんだよ」

「死にたくならないって、要は生きたくなるってこと？」

　独特な言い回しに眉を顰めて尋ねると、七歩は軽く首を横に振った。

「死にたい人にとって、生きたいって思えるようになるのはハードルが高すぎるんですって。だから、死にたいって考えないでいられる時間を少しずつ増やしていくことが大切なんだそうよ。開祖様は、そうやって常に信者たちに寄り添ってくださってたの」

「で、収穫祭？」

「そうよ。農園では毎月何かしら収穫できるものがあるものでね。最近は収穫が激減する端境期《はざかいき》対策として、晴様が果樹園の増設を考えていらっしゃって、医者いらずって言われているリンゴには特に興味をもたれているみたい。開祖様が始められた収穫祭を、成様も晴様も大事にしていらっしゃるのよ」

「いや、ごめん。収穫祭自体がどうとかじゃなくて、希死念慮を抱えた信者の相談の場がどうして収穫祭？」

本当に不思議そうに聞く篠原に、七歩は〝死にたくならない時間をつくる生活のススメ〟には葉酸や抗酸化ビタミンを多く含む食材や、太陽光を浴びながら土いじりをするといった、自殺リスクを低下させる食べ物や行動が書かれているのだと説明した。

「葉酸や抗酸化ビタミンを多く含む野菜は総本部の農園でたくさん育てられている。太陽光を浴びればビタミンDが摂取できるし、脳内にセロトニンが分泌される。土いじりをすれば免疫力が上がって適度な運動で健康促進にも繫がる。収穫祭はそれを実践する場なのよ。少しでも希死念慮を感じる方は、開祖様と一緒に太陽光が降り注ぐ総本部の農場で野菜を収穫しながらお喋りしましょうって。その活動は今も、二代目明師様である成様が続けてらっしゃるわ」

「つまり、世氏だけでなく、成氏や晴氏も信者たちの自殺を止めたいと思ってるってことね」

「そりゃそうよ。家族だもん」

「儲け主義的な改革をしていた成氏も？」

篠原の指摘に七歩が口籠る。

「……成様は信者が自殺すればお布施が減るから収穫祭の活動を続けてるんじゃないかってこと？」

癇に障ったようで、少し怒った口調で言った。

「明師様だよ？　さすがにそこは家族を生きて幸せにするためだと信じてるよ。ハングマンズツリーの清魂も十年以上やってらしたしね。ただ、晴様が明師様になられて信者たちの過ぎた部分を取り除いてくだされば、もっと信者の自殺者が減ると思う」

七歩はそう信じて疑わないというように、うんうんと頷いた。そして、そろそろ仕事に戻らないとと言って立ち上がり、窓のブラインドを上げた。

「二年前に秀様が次期明師様としてご指名を受けたときに、ハングマンズツリーに清魂をするお役目を晴様が引き継がれたのよ。晴様はご自分も希死念慮のある信者を救いたいと仰って、明師様が年に一度ハングマンズツリーに行かれていたところを、週に一度行かれるようになったの。年に一回だったのが約五十回よ？　それで、実際自殺をしに来た信者を見かけると、時間をかけて説得して思い留まらせてるんですって」

そう言って振り返った七歩は、意味ありげな視線を篠原に向ける。

「私は、その話を聞いて、あのとき轢きそうになった男の人を追いかけて自殺を思い留まらせたかったたって悔やんでたしおりんを思い浮かべたよ」

その言葉に篠原は苦笑いを浮かべ立ち上がろうとして、動きを止めた。

「そういえば、晴氏の名前は生誕会の出席者名簿に載ってなかったし、事件当時総本部にもいなかったようだけど、三年ぶりの開祖生誕会の開催だったのに現明師の長男が出席していなかったってこと？」

そう尋ねながら七歩の表情を窺う。

「秀様が次期明師様としてお披露目される場に同席するなんて屈辱だったんでしょ」

嘘ではなさそうだ。篠原は頷くと、

「最後に、他の被害者の方たちのことで何か知ってることある？　澤田さんご夫妻との関係とか」

と聞き、

「私は顔を見たことがある人がいるくらいで、話をしたことや麻友さんとの話題に名前が出たことがある人はいないかな」

という答えを受けてようやく立ち上がる。

「仮眠室と医務室を見せていただいてもよろしいですか？」

土屋も腰を上げ、七歩に聞いた。どちらも亡くなる直前まで麻友が使っていた場所だ。

「医務室はもう閉まっていますので、仮眠室だけでしたら」

ブラインドが閉まっているときは気がつかなかったが、目の前に東京タワーがあり、日が暮れてライトアップされていた。

「ゴールデンウィーク中は七色バージョンでもっと綺麗だったのよ。私は今の赤いほうが落ち着くけどね。赤は愛の色だから」

会議室から土屋と篠原を出し、電気を消しながら言う。

仮眠室は一つ上の十一階だからと、エレベーターは使わずに階段を上った。

仮眠室というプレートが掛かっているドアを開けると、寝台列車のように中央の通路を隔てて二段ベッドがずらりと並んでいた。利用者がいるようで、いくつかカーテンが閉まっている箇所がある。

「綺麗なもんですね。警察の雑魚寝部屋と同じような感じかと思っていました」

エレベーターまで移動しながら土屋が言った。

「その辺の床とかソファーで寝泊まりしているＡＤもよくいますけどね」

七歩が答える。ねぇしおりん、と呼ばれ、篠原は七歩の顔を見た。

「本当の悪人を捕まえてね。御魂の会を守るためなら私なんでも協力する。携帯の番号変わってないから、いつでも連絡ちょうだい」

真剣な眼差しだった。

「しおりんは？　携帯の番号変わってない？」

七歩が自分のスマホを見せて聞いてきたが、篠原は敢えてプライベート用のスマホは取り出さず、変わってると答えて電話番号を口頭で教えた。

エレベーターに乗ると、扉が閉まり切るまで七歩は手を振っていた。


「大丈夫か」

シティーテレビを出ると、土屋が心配顔を向けて言った。

「はい」

と答えたが、あれほど嫌悪してきた新興宗教が思わぬ方向から自分に忍び寄っていたことを知り、軽くショックを受けたのは確かだった。

自分のプライベート用のスマホをポケットから取り出し、電源を入れアドレス帳の高校の同級生のリストを確認すると、やはり七歩の連絡先は登録されていなかった。

プライベート用の番号やＬＩＮＥのＩＤ、メールアドレスは、よほど親しい人にしか教えておらず、その〝よほど親しい人〟に七歩は入らない。でも、あの場で、用があったら松本署に電話してと言うのもどうかと思い、仕方なく番号だけ伝えたのだ。

二人は、その足で愛甲健康苑東京へと向かう。

職員たちから話を聞きたかったのだが、アポを取ったときに、急に言われても時間が取れないと断られ、澤田淳史の勤務表のコピーだけもらうことになっている。

地下鉄を乗り継いで新御徒町駅で降りると、土屋がトイレに行っている間に先に地上に出て電話をかける。相手は、今日総本部内の捜査を行っている高階班所属の後輩だった。さっき七歩が言っていた芽吹きの曲についての情報と、愛甲晴が二年間毎週ハングマンズツリーに通っているという話の真偽を、複数人の信者をとっ捕まえて確かめてほしいと頼んだ。

愛甲健康苑東京は駅から歩いて五分ほどの場所にあり、老人ホームだと言われなければわからない外観で通り過ぎそうになる。周囲に建ち並んだビルとまるで変わらない七階建てのビルだ。半地下の駐車場に停まっている送迎用の車のボディーと入口の看板に〝愛甲健康苑東京〟という印字がなければ宗教施設だということも気づかないだろう。

中に入り守衛に手帳を見せると、あらかじめ準備していたと思われる館内地図を渡されて、二階のスタッフステーションに行くようにと言われた。夜間はスタッフが最少人数になるため案内できる人がいないのだと、迷惑そうな口ぶりで、階段はデイサービススペースとリラックススペースの先にあるからと説明される。

篠原は、生前祖父がショートステイを利用していた介護施設に行ったことがあったが、夜は中に入ったことはない。

スリッパに履き替えると、闇に包まれた館内へと足を踏み入れた。薄っすらとした視界でも、ことさら大きな御神体と御尊影が確認できる。それ以外は一般的な介護施設に思えた。

「外観からはそうとはわからない宗教施設が、こうやって日本中にあるんですかね」

篠原が小声で言った。

「嫁さんの実家の近くのビルにはモスクが入ってるぞ」

土屋の変化球並みの返事に一瞬啞然とする。

視覚が奪われたことで嗅覚が鋭くなっているせいか、マスクをしているにもかかわらず、老人施設特有の臭いがより濃く感じられ、奥に進めば進むほど、そこかしこから奇声も聞こえてきた。たいていは何を言っているのかわからず、怪鳥の鳴き声のような声にならないものまであちらこちらに飛び交っていて、未知の世界に足を踏み入れたようだった。

昇降機が取り付けられた階段を上り二階に到着すると、蛍光灯が光っているスタッフステーションを認めた。そこへ向かう途中、木下律子というネームプレートが掛かっている部屋を見かけ、篠原は思わずドアに手をかけた。

「勝手に開けないでください」

いつからそこにいたのか、三十代か四十代くらいのポロシャツとチノパンといった服装の女性が真後ろに立っていて、肩をビクッとさせる。胸のスタッフ証に目をやると、電話で話したスタッフの名前が書かれていた。

「すみません。このお部屋は静かだなぁと思いまして」

もしかしたら、木下律子が拘束されているのではないかと思ったことは悟られないようにする。

「そこは、比較的手がかからない方のお部屋ですから」

素っ気なく言うと、篠原と土屋を抜かしてスタッフステーションに入っていき、デスクの上に用意してあったクリアケースを持ってきて押しつけるように渡してきた。

「こちらが澤田主任の勤務表のコピーです」

土屋が礼を言いながら中を確認する。

スタッフステーションには他のスタッフの姿はなかった。

「お一人ですか？」

篠原が聞いた。

「入所者の方たちの就寝準備の対応で、ここにいないだけです」

早口で答える。

土屋の手元の紙に篠原も目を通した。二〇二一年の三月から二〇二二年の五月までの澤田淳史の勤務表だ。五月八日に亡くなっているので、五月のその後のシフトはペンで塗りつぶして消されている。

七歩の話通り連日夜勤に入っていて、数えると週に六日、それが一年以上続いていた。

「澤田さんはずっと夜勤だったんですか？」

土屋が確認する。

「ご覧の通りです。労働基準法に違反してはいませんよ」

女性スタッフは威嚇するようにキッと土屋を睨んだ。

「ご本人の希望ですか？」

土屋は全く気にせず続ける。

「そうです」

「いつからですか？」

「コロナが流行りだしてからです。それまでは夜勤も交代制でやっていました。でも、緊急事態宣言が出されたあと辺りから澤田主任が多めに入ってくださるようになって、夏頃にはしばらく自分が夜勤専従になるからと言ってくださったんです。夜勤は二名必要なので、残りの一名を交代制で回してくれればいいからって。もちろん、週に一回は休んでいただかないといけないので、そのときは他のスタッフが入るようにしていました」

「理由は仰っていましたか？」

「はっきりとは聞いていませんが、お優しい方だったので、恐らく入所者の方たちのことが心配だったんだと思います。突然得体の知れないウイルスが流行して、高齢者の感染率や死亡率が高いということで、スタッフの間でも不安が広がっていました。都内では、万が一夜間に体調が急変する入所者の方がいても受け入れてくれる病院がないといわれていて、そんな状態で集団感染なんてしたら地獄絵図でしょう？　だから、夜勤への懸念を口にするスタッフも多くて、そんなときに澤田主任のその申し出は本当にありがたかったんですよ」

でも——と、急に口籠る。視線で続きを促すと、

「夜勤が明けてもお帰りにならず、仮眠室で次の夜勤の時間まで休まれてって感じだったので、主任のお体が心配でした。ご自宅に帰られてお休みになられるように言ったんですが、自分が仮眠室にいれば、日中に感染者が出たりしても対応できるからと仰って」

と、続けた。これも七歩の話と一致する。本当に入所者のことが心配だったのかはわからないが、人員不足の解消と、テントではない自分の寝床の確保を図ったのだろう。

しかし、毎晩この臭いと奇声の中で、しかも集団感染なんてしたら地獄絵図――のこの場所だ。篠原は、入ったときからできるだけ早く外に出たいと思っていた。

「こちらの施設では、毎日清魂を行っていらっしゃるのですか？」

篠原が聞いた。

「それが何か？」

警戒したのか、今度は篠原のことを睨んで喧嘩腰に言う。

「澤田さんがこちらのスタッフの方や入所者の方と日に何度も清魂をしていたと伺ったので」

女性スタッフは目つきを緩めてから少し考えて、昨年にそんな時期がありましたね、と答えた。

「清魂は毎日決まった時間に行っているのですが、その時間以外にも複数の方にお声をかけては清魂をしていらっしゃったことがありました。それもコロナ感染者を出さないためにしてくださっていたんだと思います。でも、感染力が治まってきたからか、最近は決まった時間にしかやられていませんでしたよ」

木下律子のことも尋ねてみようとすると、

「私も就寝準備の対応に戻らなければなりませんので、そろそろお引き取りください」

という言葉に遮られ、お礼も言う前に追い出されるように出入口へと向かった。


施設から出ると、一度マスクを外して外気を吸い込む。

土屋が捜査本部に電話を入れている間に、篠原の携帯に高階班の後輩から着信があり、七歩の話の裏付けが取れたという報告を受けた。

「ホシが挙がったぞ」

不意に後ろから言われ、マスクを外したまま、

「はい？」

と、素っ頓狂な声を出す。マスクをつけながら、改めて越渡美希《こえとみき》という信者が逮捕されたことを聞いた。

五月八日に総本部から救急要請をした信者として、消防の通信指令課の履歴に名前が残っていた人物だ。

美希は、一九九四年生まれの二十八歳で、写真を見る限りかなりの美人だった。その上、薬学部の博士課程を修了し、東京都港区の万丈《ばんじょう》製薬に勤務する才女だ。

万丈製薬では局所麻酔薬の開発研究のため、マフグの卵巣から抽出し、精製・結晶

化したテトロドトキシンの試薬を宇治純薬から大量に購入していた。その万丈製薬の研究員ということで、マーク対象の四人のうちの一人でもあったのだが、美希自身はテトロドトキシンの研究には携わっておらず、一週間前に科捜研の化学係が試薬の在庫確認の依頼をしたところ、責任者が在庫は合っていると答えていた。

ところが一転逮捕となった経緯は、今日の正午過ぎ、万丈製薬の警備課から五月五日の防犯カメラの映像が故意的に削除されたようだと取締役に報告が入ったことがきっかけだった。昼休み、万丈製薬の食堂はワイドショーの話題で持ちきりで、自社にも警察から問い合わせがあったことを耳にしていた警備課の上長が、念のために防犯カメラの保存データを確認して判明したのだ。

そして、該当の防犯カメラの設置場所が施錠管理されている薬品保管庫前だったため、取締役が不審に思って調べたところ、テトロドトキシン一ミリグラム入りの小瓶二十本を紛失していることに気がついた。早急に研究所の主任に問い合わせようとしたが実験中だったので副主任に話を聞くと、一週間前に警察から在庫確認の依頼があって主任が対応したという。

通常、月に一回、毎月末日に主任と副主任とで薬品保管庫の在庫確認を行っており、四月三十日は過不足なかった旨が記録されていて、その後持ち出しの届けは出されていない。人間の致死量が一ミリから二ミリグラムだから、およそ十人から二十人を殺傷できる量になる。御魂の会の事件が脳裏を過ぎり、午後二時十一分に取締役が直々に警察に通報した。

通報を受けた警察が防犯カメラのデータを回収し映像を復元すると、主任が、薬品保管庫から保冷バッグを持って出てきたところと、それを薬品保管庫の前で見張りをしていた美希に手渡しているところが映っていた。

万丈製薬では実験中のバイオハザード対策により、実験室の入退室が禁止されているため、越渡美希の行動確認班の捜査員が主任と越渡を実験室の前で張った。その間に大至急で令状を取り、午後七時十六分に主任が、午後七時五十二分に越渡が、それぞれ実験室から出てきたところを窃盗容疑で逮捕し、現在取り調べが行われているという。

「主任研究員は御魂の会の信者ではないそうだ」

土屋の言葉に頷く。

「秀と飯尾の事情聴取はどうなっているんでしょう?」

篠原が聞くと、

「二人とも否認してるらしい」

と、土屋はしかめっ面をして答えた。

夕食を済ませるために新宿駅の立ち食い蕎麦屋に立ち寄り、篠原は高階班の後輩から報告を受けた内容を土屋に伝えた。

「ワイドショーで流された秀と飯尾の会話にも、自主規制音で消されてはいましたが、晴のことを言っているんだろうと思われる内容が含まれていましたし、七歩の口からも名前が出ていたのでちょっと気になったんですが、生誕会のとき現場にいなかったということは、事件とは無関係なんですかね」

篠原がそう言って蕎麦を啜る。土屋は軽く頷いて、

「愛甲晴は秀と違って表に出てこないから情報が少ないんだよな。本人が出たくないのか、御魂の会が出さないのか。どちらにしても、秀が逮捕なんてことになれば任意で話を聞く機会もあるだろうから、出てきてもらわなくちゃならねぇけどな」

と、言った。

最終一本前の特急あずさに乗ると、混んでいたわけではなかったが乗った車両で隣同士が空いている席がなかったため、車両を移ることはせず通路を挟んだ席に座った。

篠原は、財布から変色した十円玉二枚を取り出し握りしめる。

信仰とはなんだろう。

七歩との会話を思い出し、そんなことを考えた。

神仏を信じて心の拠りどころとすることなのであれば、こうして祖父と叔祖母の形見のような十円玉を心の拠りどころとしている自分も、ある意味信仰しているという

ことになるのだろうか。

七歩は、自分の都合がいいように御魂の会の信者までも利用している人間が、自分こそが敬虔な信者だなんて言ってるんだから烏滸がましいと言っていたが、結局のところ、篠原からしてみれば信仰とはそういうもののような気がしていた。

そして、澤田麻友がどうやってあの音声を手に入れたのかはわからないが、なぜ自分たちが死んだら公開するように言ったのかを推測する。

愛甲秀の次期明師就任を阻止したかったのであれば、命を狙われる危険があると感じていた生誕会へ行く前に麻友自身でシティーテレビの報道に持ち込んでも良かっただろうし、もっと簡単にSNSで晒すという方法もある。

そこまで考えて、七歩が言うように親たちが事件に関わっていたとすれば、あの音声を公開することで親たちにもダメージを与えるためにSNSではなくテレビで流したかったのではないかと思った。

では、麻友自身で報道に持ち込まなかったのはなぜか。しかも、死を覚悟して生誕会に出席したのであれば、そこに最愛の息子を、ようやく会えた息子を連れていく意図がわからない。

精神状態が普通じゃなかったから？

麻友は生誕会に出席する直前まで医務室で睡眠導入剤を処方してもらっており、その睡眠導入剤を四歳の陸斗に少量だが服用させていた。確かに正常な思考だったとはいえない。

でも、夫の淳史は？　淳史も正常な状態じゃなかった？

七歩は、愛甲健康苑は職員が全員御魂の会の信者だからシティーテレビよりも寝泊まりしやすいと言っていたが、いやいや、一晩中あの臭いを嗅ぎ、奇声を聞き続けるより、シティーテレビの仮眠室のほうがずっとマシだろう。

そう思うと、一度は胸に納めた疑問が一気に湧き上がる。

コロナ禍で息子と引き離され隔離状態になった淳史と麻友は、愛甲成に救いを求めるため総本部へ向かった。そこで、成に自分たちの考え方を変えるように導かれ楽になったと言っていたが、二人はその後も正常な精神状態に戻ってはいなかったのではないか。なぜか？　成の言葉に本当は納得できていなかった？　そんな中であのUSBを手に入れ、御魂の会への不信感を募らせたことでマトモな判断ができなくなり、息子も道連れにするような行動に出た。そう考えると合点がいく。

しかし、だとすると今度は別の疑問が湧いてくる。捜査会議で、計画を実行する前に信者で毒の効果を試したんじゃないかという意見があったが、澤田夫妻の親たちがあのUSBに入った音声を公開させないために我が子や孫を実験台に差し出したのだとして、他の被害者たちの親もそうだったのか？　澤田親子や他の被害者たちがその標的として選ばれたのは、やはりあの音声になんらかの関わりがあったからなのだろうか。

篠原は、土屋の意見を聞きたくて通路を挟んだ席に目を向けた。土屋は、スマホの画面を近づけたり離したりして睨みつけている。恐らくメールで送られてきた越渡美希の資料を読んでいるのだろうと思った。老眼が始まったようで、最近はいつもこんな調子なのだ。

通路を挟んでいるから他の人に聞かれたらマズいと思い、声はかけずに手の中の十円玉二枚をもう一度ギュッと握ってから財布にしまった。

スマホを開いて、土屋と同じ資料に目を通す。

東京都世田谷区に本社を構える越渡セレモニーは、御魂の会の資金源の一つだといわれている。宗教と葬儀は切っても切れない間柄。互助会は経済産業省の許可がないと行えないため、愛互会《あいごかい》という独自の葬儀費用積み立て制度を設けていて、そこに集まったお金も御魂の会の運用資金となっている。

美希の祖母である越渡文江《ふみえ》の両親が御魂の会の信者で、文江の母親と愛甲悦子が親しかったことから、御魂の会独自の葬儀である清魂葬を、越渡セレモニーで引き受けるようになり、幹部へ昇進した。

越渡セレモニーでは、受付や誘導、霊柩車と送迎車のドライバーも社員がやっているが、その社員は全て御魂の会の信者にすることで、人件費がかなり抑えられているという話だ。清魂葬で使われる花祭壇の設営も、信者が営んでいる花屋が請け負っている。

そして、医師をしている信者の口利きで病院に出入りし、亡くなった患者の一般的な葬儀も請け負っていた。急に葬儀の手配が必要になった遺族は、御魂の会の息がかかった葬儀社だなんて知らずに依頼するため、仕事は途切れることがない。その際の通夜振る舞いや精進落としの発注先も全て信者の店を使う。そういう意味で、発注元の越渡家の立場は相当強く、信者たちの間でもよく知られた存在だ。

現在、越渡セレモニーの社長は文江であり、同じく御魂の会の信者だった夫は既に他界している。一人娘の光《ひかり》は、美希が生後五か月のときにハングマンズツリーで首を吊って自殺した。光は未婚で美希を産んだため、光が亡くなったあとは文江が美希を引き取って育てたという。

美希は都内の大学の六年制薬学部から成績優秀者として教授推薦で万丈製薬の研究部門に就職し、同時に御魂の会関東支部の青年部部長に就任した。関東支部とは、一都三県の清魂センターを纏めた呼び名で、信者の半数以上が所属する最大の支部だ。そして、何より今回の開祖生誕会は出席者を青年部に絞る背景から、応募者の抽選も関東支部の青年部が取り仕切っていたという情報がある。つまり、美希には被害者たちを故意的に生誕会に出席させることが可能だったということだ。

美希は、万丈製薬でグリマススケールという齧歯類《げっしるい》を使った動物実験がメインの研究を進めている。毒物としては殺鼠剤《さっそざい》の開発に携わっているが、今回の事件に殺鼠剤は使われていない。だから、研究部門の責任者である主任研究員に何らかの方法を使って協力させ、テトロドトキシンを手に入れた。そういった状況証拠に防犯カメラの映像という物的証拠も加わって、逮捕状の発行が迅速に行われたのだった。

4

五月二十八日

土屋と篠原が五階の捜査本部に着くと、既に日付けが変わっているとは思えない騒々しさだった。

万丈製薬の主任研究員は取り調べで、一年前から不倫関係にあった美希に脅され、テトロドトキシン十本入りのケースを二つ持ち出して美希に渡し、その日のうちに防犯カメラの映像を削除したことと、警察からの問い合わせに嘘をついたことを自供したという。

ゴールデンウィーク中は出勤する研究員はかなり少なく、その中でも創立記念日でもある五日は休むことを社長が奨励していた。だから、美希は最小限の研究員しかいないその日にテトロドトキシンを盗むよう指定してきたということも取り調べ担当の捜査員に話し、美希はそれにより脅迫の容疑で再逮捕されていた。

「越渡は？」

篠原は、それらの情報を伝えてきた羽田に聞く。

「完黙だ。ほんとにテロでも起こされたらうちのメンツは丸潰れだって、上が躍起になって残りの毒物がどこにあるのか吐かせようとしてるみたいなんだが、それでもすました顔で黙秘を続けられる鋼《はがね》のメンタルだって乾一課長が嘆いてるよ」

「愛甲秀と飯尾翼はどうなりました？」

「御魂の会の弁護士が迎えにきて連れて帰ったよ」

二人を迎えにきたのは、木下の話にも出ていた粕谷という弁護士だったという。

「二人は音声のことをなんて？」

「冗談ですよって、二人でふざけて話していただけだって言って、ワインやウイスキーをちゃんぽんして酔っ払い、悪ふざけが過ぎましたってしおらしく謝って帰ったみたいだ」

「つまり、あの音声が本物だってことは認めたわけですね」

「そういうことだな。二人の声と声紋が一致したことと音声に手が加えられた痕跡がないことを警察に指摘されたら、自分じゃないとか偽物だとか言って逃げられるとも思えなかったんだろ」

そこに大河内がやって来て、あの会話は昨年十二月二日の幹部会で話した内容だったと言っていたことを伝える。

「二〇二二年の生誕会の開催を決定する会議だったそうです。いい加減行事をやらないと信者が増えないどころか離れていきかねないからって」

やはり成は御魂の会の利益が最優先か。

篠原は、お疲れ、と労いの言葉をかけてから、

「じゃあ、あの場に他の人間もいたってこと？」

と尋ねた。

「いえ、御魂の会の幹部には高齢者も多く、コロナ禍になってから幹部会後の食事会もなくなっていたため、解散後に二人で応接間で飲んでいたときの会話だったそうです。幹部会の参加者は三十人。そのほとんどが帰ったあとで、残っていた数人も飲んでいる二人に近寄ってくることはなかったと言っていた、と。秀が成人してからは、幹部会のあと二人で飲むのが恒例だったそうですから」

「幹部会には越渡も出席していたの？」

大河内はかぶりを振る。

「越渡の祖母は出席していましたが、関東支部の青年部部長という立場は、幹部候補ではあってもまだ幹部ではないということで、越渡美希本人は出席していません」

「だとすると——越渡の祖母が録音して美希に渡した？」

その問いかけに答えたのは、パイプ椅子の背を使って腰のストレッチをしていた土屋だった。

「信者たちは例外なく玄関で金属探知機に精査され、電子機器類は全て預けてじゃな

きゃ中には入れないって池田七歩が言っていただろ。高性能の金属探知機で、スマホどころかICレコーダーとか微小金属にも反応するって高階も言っていたよ。それに、あんなもの録音して幹部の中でも権力を持ってる越渡の祖母に何の得があるんだよ」

　確かに。篠原は溜息を吐きながら頷いた。

「逮捕状と一緒にガサ状も取って越渡の家を捜索したが、テトロドトキシンもその他怪しいものも見つかっていない」

　羽田が言う。

「別の場所に隠したんでしょうか」

「だろうな。越渡の祖母は何かの間違いだと言って、孫は無実だからよく調べろと、ある意味協力的だったようだし」

　音声が公開されたあとの御魂の会と同じ反応だ。

　万丈製薬の主任研究員は、美希が御魂の会の信者だったことも、テトロドトキシンの使い道も、何も聞かされていなかった。ただ、会社と家族に不倫をバラされたくない一心で美希に従っていたという。

「越渡は今どこに？」

「留置場だよ」

　別々にではあるが、芽衣も美希も、この松本署の留置場にいるわけだ。

天地と丹野は、捜査協力の一環として御魂の会が提供した総本部の防犯カメラの生誕会前日と当日の映像解析を手伝っていると聞き、篠原は、

「私も映像を見てきます」

と言って捜査本部から廊下に出た。「俺も行くよ」と、後ろから土屋もやって来て横に並ぶ。

「老眼じゃ役に立ちませんよ」

「画面から離れれば見えるから大丈夫だ」

二人で苦笑した。

「お疲れ様です」

扉を開けて声をかけても、映像を凝視している捜査員たちは、防犯カメラの映像が倍速で流れているパソコンの画面から目を逸らさない。

一つの画面に複数のカメラの映像が流れているから独特の光景だ。

部屋の中に入っていくと、画面を見ながら軽く会釈らしき仕草をする人、口で「お疲れ様です」と言う人、一切反応しない人たちに出迎えられる。

篠原はいくつかのパソコンを通り過ぎ、総本部の駐車場の映像の前で立ち止まって、捜査員の肩越しにパソコンの画面を覗き込んだ。

総本部からは十か所全ての防犯カメラの映像が提出されていた。駐車場に六か所、

総本部会館入口と玄関内側にそれぞれ一か所ずつ、神殿の入口に一か所、そして、ご墓所に一か所。玄関内側のもの以外は全て外の映像だった。

駐車場の防犯カメラの数は暴力団の事務所や組長の自宅レベルの多さだ。外部の人間の侵入を防ぐためという目的も同じ。そのことからも、閉鎖的な性質が窺えた。

既にチェックを終えたデータの、被害者七人と美希、飯尾、秀が映っていた箇所の時間がメモ書きされていた。

壮年部所属の飯尾だが、秀の後見人として生誕会に出席するため、娘の絢と自家用車で前日入りし、総本部会館内に宿泊していた。五月七日の駐車場に停められたブロンズ色のアルファードがひと際存在感を放っている。

生誕会当日、飯尾は午前十時三分に秀と二人で総本部会館から神殿に向かう姿が捉えられており、秀の所信表明と清魂の儀が終わると、いなり寿司と甘茶は総本部会館で成と食べることになっていたため、午後零時十八分にまた二人で総本部会館へと戻っていった。

絢は、午前十時九分に一人で総本部会館から出て神殿へと向かった。そして、飯尾が秀と神殿から出てきたあとも生誕会に残っていたという証言通り、神殿から生きて出てくることはなかった。

生誕会の準備で一週間前から戻ってきていたという秀は、清魂荘の隣に建つ愛甲家の住まいである母屋に宿泊していた。母屋周辺に防犯カメラは設置されていなかったが、当日飯尾と一緒に映っていた以外に防犯カメラで確認できた秀は、次期明師という立場上、常に誰かと一緒で、一人でいる姿や怪しい動きをしているものはなかった。

美希は、祖母の文江をはじめ多くの幹部が壮年部所属のため、青年部が取り仕切らなければならなくなったことで総指揮として前日入りし、飯尾と同じく総本部会館内の一室に宿泊していた。

愛車はGT‐R NISMOで、ボディーカラーが白という国内で最もポピュラーな色にもかかわらず、駐車場内でどうにも派手さが隠しきれないデザインだった。

当日は自分が当選させた出席者たちを出迎えるため、午前八時四十五分から開会式直前まで受付にいた。そこで被害者たち全員と接触している姿が確認されたが、映像で見る限り、他の信者たちへの対応となんら変わらずで、怪しい動きもない。飯尾や秀との接触も挨拶を交わした程度しか映っていなかった。

篠原は、芽衣が亜実の手を引いてバスを降りている姿が映った映像を見つけ、二人の姿を目で追った。

「これ、氷見《ひみ》晃《あきら》ですよ！」

画面に映る男を指差して叫ぶと、捜査員たちの視線が篠原の前のパソコンに集中した。

「誰ですか？」

天地が聞いたのと同じタイミングで、

「落ち武者か」

と、丹野が右手でコンプレッションシャツの上から盛り上がった胸部を叩いた。屈んだ耳元でパシッといい音がする。

「落ち武者って、御魂の会の信者だったのか？」

土屋が篠原に聞くが、篠原も寝耳に水で、ここに映っているということはそうなんでしょうね、と曖昧に答える。

氷見は、秀がＲＥＩとして活動した最後の動画に映った、犬の死骸を遺棄して逮捕された男だ。五年前の逮捕時三十四歳だったから、今は三十九歳ということになる。

映像をアップにすると五年前と変わらず長髪で、頭頂部が独特の禿げ上がり方をしているのがわかる。それでも他の捜査員たちが誰も気がつかなかったのは、白い服に白い手袋という出で立ちと、髪を後ろに束ねていたことで、粗い映像で遠目だとスキンヘッドに見えたからだ。

受付で甘茶係の説明を受ける芽衣と別れ、神殿へ向かう亜実に氷見が近寄り並んで歩いている。口元がマスクで隠れていて防犯カメラの映像では会話をしているかどうかまでは判断がつかない。

氷見の行動を遡ると、澤田親子、芽衣、亜実と同じく八日の七時半発のマイクロバスから降りてくる姿が映っていた。

同じバスに乗ってきた信者たちも一様に神殿へ向かっていたから、亜実の隣を歩いていること自体は特別不自然なことではないが、杖をついている亜実の歩調に合わせていること、神殿へ入る前に氷見だけ駐車場方面へ引き返したことが気になった。

「そいつならこっちにも映ってたぞ」

丹野に言われ目を向けると、神殿へ向かう澤田麻友の隣を歩いている。

映像を解析していた捜査員たちにも氷見を探してもらうと、他の被害者三人の隣を歩く姿も確認された。

「怪しいな」

土屋が映像の中の氷見を睨みつけながら言う。

いくら解像度を上げたところで、マスクの中や周囲に歩く信者たちの陰に入った手元まで透けては見えない。それでも、氷見が亡くなった五組の信者の隣を歩いていたのは事実だった。

「氷見が今回の事件にも関わっているとなると、あのとき犬の死骸を遺棄したのも今回も、秀の指示で動いている可能性が高くなるな」

土屋の顔がより一層険しくなった。

「氷見を引っ張って、秀のことも吐かせられればいいんですが」

丹野の言葉に天地が頷き、乾一課長に報告してきますと、急いで部屋を出ていった。

篠原は、事件発生後現場で行われた信者たちへの事情聴取の資料から氷見のページを開き、指でなぞりながら確認していく。特に不審な点はないように思えるが、所持品の中に防犯カメラに映っているときには嵌めていた手袋がないことに気がついた。

季節外れとはいえ、コロナ禍ということで受付や給仕に携わる信者たちも手袋を嵌めていたため、そのこと自体は気にならなかったが、なくなっていることが引っ掛かる。もう一度防犯カメラの映像を見返すと、氷見が手袋を嵌めているのが確認できるのは生誕会が始まる前だけだった。神殿内で外したのだとしたら所持品リストに含まれているはずだが、一体どこへやったのか。

考えていると、電源を切るのを忘れていたプライベート用のスマホが震えた。見ると、電話番号宛てにメッセージが送られてきていた。知らない番号からのものだったが、待ち受けに通知されたメッセージの冒頭部分に、「七歩です」と書かれているのが見えた。開くと、今日は会えて嬉しかったという他愛もない内容と、「美希さん、逮捕されたんだってね。気をつけて。あの人サイコパスだから」という文面が続いている。

シティーテレビ関係者からの情報なのか、御魂の会関係者からの情報なのか、その両方か。何にせよ、予想以上に耳が早い。

――越渡美希のことを知ってるの？

メッセージを送ると、驚くほどすぐに返事がきた。

――よく知ってるよ。私が世様の腰巾着だったときから、あの人はずっと晴様の腰巾着だから。

――秀氏じゃなくて晴氏の？

――そう、晴様のよ。

篠原は急いで一階に降り、外に出た。警杖を持って入口に立っている警察官が敬礼したので、走りながら敬礼を返す。

そのまま目の前の駐車場を横目に、庁舎沿いに進んで喫煙所に着くと、ベンチに座って七歩に電話をかけた。

喫煙所というものの、三人掛けのベンチとスタンドタイプの小汚い灰皿が置かれているだけの簡素なものだ。土屋をはじめ、ひと昔前の警察官は喫煙者ばかりだったが、最近は吸う人のほうが少なくなり、コロナ禍になってからはこの喫煙所もすっかりお飾りになっていた。

『明日の朝にでも見てくれたらいいなと思って仕事終わりにメッセージ送っちゃったけど、すぐに見るなんて思わなくて。遅い時間に送ってごめん』

開口一番に七歩が謝罪した。昼夜の感覚がおかしくなっているのは仕事柄お互い様だ。

「大丈夫。それより越渡が晴氏の腰巾着ってどういうこと？」

『言葉の通りよ。美希さんを逮捕したってことは、何か証拠が見つかったってことよね？』

「申し訳ないけど、詳しくは話せない」

そう答えると、七歩は、そうだよね、と物わかりのいい感じで言う。

「サイコパスっていうのは？」

篠原が聞くと、七歩は電話口からも聞こえるくらいの深い溜息をついた。

『昔、総本部会館で神殿の参拝や清魂をしている信者のお子さんたちのお世話を一緒にしていたことがあるんだけど、そのとき美希さんが幼稚園児たちの飲み物にボタン電池を入れてたのよ』

「ボタン電池？」

『そう。通常、御魂の会で飲み物を出すとすれば御魂水か御魂水で淹れたお茶なんだけど、子どもたちが喜ぶからって美希さん、自腹で乳酸菌飲料の原液を買ってきてたのよ。で、御魂水にそれを入れて中を見えなくするわけ。氷に紛らわせてボタン電池を飲み込ませるためにね』

「なんで？　危ないじゃない」

『危ないからよ。子どもが嫌いだって言ってたことがあるから、それでそんなことしてるのかと思ったけど、ボタン電池って食道や腸内に留まると化学熱傷を起こしたり潰瘍ができたりするらしいの。しかも、そんなに時間がかからずに症状が出るみたいで、それを見たかったみたい。いつでもやれるように小っちゃいビニール袋に入れてボタン電池を持ち歩いてたんだから』

「何それ」

頬が引き攣った。

『相手が幼児なら、もしバレても落ちていたものを飲み込んだって思われるでしょ。実際、飲み込まなかったり口に入った時点で気づいて吐き出したりしたときは、親にバレないように片づけられてたし、飲み込んでも何も起こらなかった子は便で排出されてバレずに終わっていたみたい。

私が知っている限りでは、時間が経って変な咳をしながら喉を掻き毟り始めて救急車で運ばれた子が一人。その子が救急車で搬送されるとき、美希さんも心配そうに付き添って……どうなるのか見届けたかったんだろうね。その子だって結局助かったし、美希さんの計画通り、間違って飲み込んだってことで終わったわ。だけど、あれから私、ジュースとか牛乳とか、中が見えないものはとてもじゃないけど飲めなくなった』

「越渡本人が七歩にそう言ってたの？」

『美希さんがボタン電池を飲み込んだ子に付き添って病院に行っている間に、晴様のもう一人の腰巾着に聞いたのよ』

「もう一人の腰巾着って誰？」

『氷見晃さんって人』

――氷見晃！

思わず声に出して言いそうになる。

『私が総本部に入り浸っていたとき、その二人が晴様に纏わりついてるのをよく見かけてた。晃さんは美希さんにも懐いてて、美希さんがボタン電池を子どもたちの飲み物に入れる理由を、なぜか晃さんが自慢げに話してきたわ』

その頃からということは、やはり氷見は五年前に逮捕されたとき、既に信者だったということだ。

「懐いてたって、氷見は越渡より一回り近く年上よね？」

『晃さんのこと知ってるの？』

「逮捕歴があるからね」

もっともらしい理由に、七歩は納得して話を続ける。

『晃さんはそういう人なのよ。駄菓子屋で売ってるようなおもちゃが好きで、美希さんによくそれで釣られてた』

「七歩は、止めたり警察に通報したりしなかったの？」

『その頃、私はまだ高校生だったんだよ？　美希さんのことが怖くてそんなことできなかった。歳は二つ下だけど、でも、逆に中学生なのにそんなことができる恐ろしさ。しかも幹部の孫で、立場の差は歴然だった。それに、美希さんが入れた証拠はどこにもないのに、私の言うことなんて誰も信じないわよ。下手したら、私も何かされるかもってビクビクしてたくらいだもん』

七歩の声色から怯えが感じられた。

「だいたい御魂の会は薬の服用も禁止してるのに、薬学部を出て製薬会社勤務っていうのもおかしくない？」

篠原が聞く。

『禁止じゃなくて、服用しないことを推奨ね。でも、言わんとしてることはわかる。晴様が薬学部に行きたいっていう美希さんの希望が通るように、大反対している文江さんを説得したってことだから、たぶん……美希さんの性格を知った上で、動物実験で欲求を抑え込ませるためだったんじゃないかって、私は思ってる。晴様は美希さんの猟奇的なところを鎮めようとされていたんだよ、きっと』

七歩の話に表情を強張らせ、

「欲求って、残虐な行為をしたいっていう？」

と確認する。

『もっとキツいことかも。殺人欲求とか。もし、美希さんが今回の事件に関わっていたとすれば、晴様の願いは届かなかったってことよね。ショックだろうな晴様』

「氷見は、ユーチューバーだった秀氏が公開した、ハングマンズツリーの動画に映った犬の死骸を遺棄して捕まったときも、既に信者だったたってことよね？」

『そうだね』

「そのときは、秀氏の指示で逮捕までされたってこと？」

今度は七歩の呆れたような溜息が聞こえた。

『だから、秀様のためになんて動かないって、美希さんも晃さんも。あれは、明師様のご指示だったんじゃないかと思うよ』

「成氏の？」

『うん。あの頃はまだ成様が三代目明師様に秀様をご指名されるなんて思ってもいなかったからね』

電話を切ると、篠原はベンチに座ったまま、たった今七歩から聞いたことを頭の中で反芻し、思考を巡らせた。

第三章　腐朽《ふきゅう》

1

五月二十九日

午前七時四十四分。松本市内のアパートに、土屋班六名に松本署の刑事四名を加えた十名が配置された。松本駅と西松本駅のどちらからも歩いて三十分ほどかかる場所で、家賃二万円１Ｋの物件だ。

氷見は、中学に入学してから体調が優れないことが増え、起立性調節障害と診断されるが、中学二年生に進級する頃には不登校になっていた。その後、体調は改善したが高校へは行きたくないと言い、祖母の代から信仰している御魂の会の清魂荘に入寮した。

現在三十九歳のため、誕生月の十月で退寮することになっている。

実に、二十年以上もの間、清魂荘に住んでいたわけだが、住民票はずっと実家にあり、五年前に逮捕されたときは実家に一時帰宅していたため、御魂の会の信者だということや御魂の会の代表の次男である秀《しゅう》との接点まで捜査されることはなかった。

今回改めて調べると、秀がＲＥＩとして活動し始めたのと同時に氷見は実家に戻り、合宿で車の免許を取って犬の死骸の処分を請け負う仕事を始めていた。そして、釈放されると犬を処分する仕事も辞め、しれっと清魂荘に戻ったわけだが、当時の警察はそこまで足取りを追うこともなかった。

捜査本部では五年前の氷見の行動は計画的なものだったと見て、今回も事件直前に被害者たち全員と防犯カメラの映像に収まっていた事実を鑑みれば、関わりがないとは到底思えないと判断した。

しかし、ただ被害者たちの隣を歩いていただけでは逮捕令状は取れない。

そこで、篠原から七歩の話の報告により浮上したのが越渡美希主犯説。

捜査本部では、美希が齧歯類を殺すだけでは飽き足らなくなり、自社で保管されているテトロドトキシンを使用して事件を起こしたのではないかと仮説を立てた。

自分が実験で使っている殺鼠剤ではなくテトロドトキシンを使ったのは、より殺傷力が高いからか、もしくは自分では扱う立場にない毒物を使ってみたかったからか。

しかし、逮捕後完黙を貫いている美希が自白するとは思えない。事件の解決を急ぐ警察としては、共犯の可能性が高い氷見の証言がどうしても欲しかった。七歩にボタン電池の件を自慢げに話した氷見であれば、揺さぶりを掛ければ口を割るんじゃないかと踏んだのだ。

真っ先に動いたのは総本部に待機している高階班だった。

五月二十八日午前六時、今すぐに任意で氷見に話を聞きたいと御魂の会に掛け合った。早朝であれば逃げられることがないだろうと考えたのだが、警察に伝えた当面の連絡先を清魂荘にしていたものの、九日の朝解放された直後から誰も姿を見ていないという。

他の信者たちに話を聞くと、氷見は五月に入ってからずっと外泊していたようで、だからこそ八日の生誕会もマイクロバスでやって来ていたのだ。清魂荘の信者たちには、その理由を退寮後の仕事や住まいを探すためだと話していて、疑っている者もいなかった。

捜査に協力しつつも、遺族をはじめ信者のことを一貫して護る姿勢を取ってきた御魂の会のことだから、氷見のことも匿っているかもしれないとも思ったが、成《あき》が自ら捜査員たちを引き連れ、二十七日の捜査では入らなかった清魂荘内を案内し、居室だけでなくトイレや風呂場にも氷見がいないことを確認させた。

実家に戻った形跡もなく、総力を挙げて氷見の行方を追っている中、美希が五月から借りている松本市内のアパートがあることを突き止め、土屋班がその物件に向かった。

まずは、アパートの前にある二十四時間営業のコンビニの防犯カメラの映像を入手した。一週間で上書きされるタイプだったため、確認できたのは五月二十二日からのもの。そこには美希名義で借りた二階の一室から出入りする氷見の姿が何度か映っていた。

事件前後のことを聞くと、コンビニの複数の店員が五月初旬から氷見が買い物に来ていたことを覚えていた。独特な風貌なので印象に残っていたのだ。美希の写真も見せると、大学生の店員が、五月五日の午後十時頃に来店したと証言した。

「どうして日時まで覚えているんですか？」

と聞くと、

「子どもの日向けの商品と宣材類を撤去してたら、俺が一度撤去のカゴに入れた商品をその女性が買いたいんだけどって言ってきたんですよ」

と、答えた。その商品は、風車のついた棒に鯉のぼりとラムネ菓子がついたものだという。

「ラムネ菓子は外して捨ててくれって言われたのと……美人だったたんで」

店員は少し照れながらそう言った。

美希の車や実家からは見つからなかったテトロドトキシンの容器などがそこにあるのではないかと考え、夜間の令状当番の裁判官に被疑者の借家のガサ状を申請した。五日に美希がこのアパートにテトロドトキシンを運び、八日の朝氷見がここから会場内に持ち込んだ線が濃く、美希を脅迫や窃盗ではなく殺人で送致するためにも悠長に構えてはいられなかった。

そして翌二十九日の午前七時にガサ状が出ると、すぐに十名の捜査員が向かった。部屋はエレベーターのない四階建てアパートの二〇二号室。玄関前に大河内と羽田が待機。二階の廊下に左右に分かれて天地と丹野、土屋と篠原は警戒員として裏手の窓側に回った。松本署の刑事四名は、階段に二名、一階の表に二名。コンビニの防犯カメラで、氷見が室内にいることは確認済みだ。恐らくまだ寝ている。

午前八時、無線でドアをノックする合図が出されると、全員に緊張が走った。

篠原が、ベランダのない落下防止の柵がついているだけの窓を見上げていると、閉まっているカーテンの隙間から明かりが漏れた。電気を点けたのだなと思った瞬間、乱暴にカーテンが開けられ、二階の窓が開いた。

柵に足を掛けたジャージ姿の氷見と目が合う。

裏手にも捜査員がいたのか、という表情を浮かべたときには既に柵から身を乗り出していて、バランスを崩した氷見が土屋と篠原の目の前に落ちてきた。

「痛ぇ」

足を挫いたようで、その場でのたうち回っている。

午前八時十一分、公務執行妨害で氷見晃を現行犯逮捕した。

今回出たのはガサ状のみで、氷見の逮捕状は出ていなかったため、証拠品が見つかりその所持で逮捕するか、逃げて公務執行妨害で逮捕するかが狙いだった。

その後、鑑識も加わり家宅捜索が開始される。部屋には、所狭しとレトロなおもちゃが飾られていて、その中に安っぽい鯉のぼりもあった。それらを並べる台の一つとして、万丈製薬の保冷バッグが使われていた。蓋を開けると、テトロドトキシンの容器と業務用ゼラチンカプセル一袋、一・五センチ四方の極小のチャック付きクリアパックが入っていた。

ゼラチンカプセルは一つに四ミリグラムまで詰められる百個入りのもので、九十三個残っていた。万丈製薬の製品で、水や乾燥には強いが耐酸性タイプではなく、一般的なタイプで胃で速やかに溶けるものだ。極小のチャック付きクリアパックも、万丈製薬で試薬を小分けにするときに使用されているものだった。

全て科捜研に持ち込まれ、テトロドトキシンが事件に使われたものと同一であることが判明した。容器は二十本全て揃っていたが、中身はどれも空だった。被害者たちの司法解剖の結果と照らし合わせ、およそ二・八五七ミリグラムずつゼラチンカプセルに入れて七人の被害者たちに配ったと推定された。そんな細かい作業も、試薬の扱いに慣れている越渡であれば可能だろう。

松本署に戻ると、乾が土屋と丹野に氷見の取り調べを行うよう指示した。氷見のようなタイプは同性の刑事のほうがいいという判断だ。

篠原は、芽衣がポリグラフ検査を受けている取調室の隣の部屋に入り、マジックミラー越しに様子を見る。

芽衣は、科捜研の心理係の専門家にパソコンで映像を見せられていた。秀と飯尾の音声が公開されたワイドショーを二人の名前が出る直前で止めて、誰の声かわかるか？　と質問されると「いいえ」と答えた。

全ての質問に「いいえ」と答えるように言われているから当たり前なのだが、篠原は芽衣の表情を見て、本当に知らないのだと思った。氷見と美希についても同様で、篠原は、芽衣はシロだなと考えて部屋を出ると、今度は氷見の取調室の隣の部屋に入り、マジックミラーの前に立った。

氷見は「何も喋らねぇ」と言って、ずっと爪を齧り続けている。マスクをしていなかった氷見に丹野が不織布マスクを渡すと、爪が齧れなくなった代わりに右足で貧乏ゆすりを始めた。

事件の日、氷見が被害者たち全員の隣を歩いている画像を印刷したものを机に並べ、彼らに何をしたのかと土屋が問うが、氷見は無視をする。

「越渡が毒物を盗んだ証拠は挙がってるんだよ。そして、その毒物が越渡名義で借りられた部屋から見つかり、その部屋には番犬代わりのお前がいた。越渡の指示で、お前が被害者たちに毒物の入ったカプセルを何らかの方法で飲ませたんだろ？」

そう聞くと、喋らないと言っていたくせに、

「何らかってなんだよ。そんな方法があるなら俺が教えてほしいね」

と、小馬鹿にしたように鼻で笑った。

「もうすぐ清魂荘を出なきゃならないから、住処をムショに鞍替えするために片棒を担いだのか？　でもな、お前がやったことによっちゃ、無期じゃなく死刑になって、憧れのムショ暮らしもそう長くできないであの世逝きかもしれねぇぞ。それとも、清魂荘を出るくらいなら死んだほうがマシってか？」

氷見は土屋の煽りに、

「俺は無期にも死刑にもならねぇし、なんなら清魂荘を出ることにもならねぇよ」

と、得意げに笑って返した。

「どういうことだ？」

氷見は一瞬目を泳がせ、

「これ以上はマジで喋らねぇ」

と言って、そっぽを向き、再び激しい貧乏ゆすりを始めた。

「この人物を知ってるか？」

丹野が芽衣の写真を差し出す。芽衣の拘留満期が迫っているので、念のために氷見の反応を窺っておこうという趣旨だ。最初はチラッと見ただけだったが、すぐに目の色が変わって顔を写真に近づけたその態度に、もしやと思う。

「知ってるのか？」

もう一度丹野が聞くと、

「名前は覚えてねぇけど、昔、ちょっとだけ清魂荘にいて脱走した女だろ？」

と、言った。

「それだけか？」

「何が？」

「この人物のことで知っていることだよ」

「ああ」

そう答える氷見の顔には、なんでこの女のことを聞かれるのかという戸惑いの表情が浮かぶ。氷見が潜伏していたアパートの部屋にはテレビがなかったし、他の清魂荘の入寮者たちと同じくスマホは所持しておらず、美希に連絡用として渡されていた携帯電話も通話機能のみのガラケーだったため、氷見は芽衣が自首したというニュース

を見ていないのかもしれない。篠原がそう考えていると、恐らく同じ考えの土屋が、

「そのときだけしか会ってないのに、よく覚えてるな」

と、突っ込んで聞いた。

「いや、だって、翠さんと同室で、翠さんが脱走を手助けしたんじゃないかってあらぬ疑いを掛けられててムカついたからさ」

「翠さん？」

思わぬ名前が出て、土屋が片眉を上げ声を荒らげた。

「幹部の娘さんだったっていう？」

「飯尾の娘ね。っていっても血の繋がりはないけどな。飯尾は嫌いだけど、翠さんは可愛くて優しくて、ほんとにいい人だった」

「飯尾？　飯尾翼の娘なのか？　妻の連れ子が翠だったのか？」

土屋が思わず身を乗り出した。

「そうだよ」

事件とは無関係の昔の話だからか、氷見は軽快な口ぶりで答える。

篠原は捜査本部に戻って飯尾翠の資料を探し、速読して愕然とした。出生や御魂の会に入信した経緯は捜査会議で絢の担当の捜査員から報告された通りだったし、死因もハングマンズツリーで首を吊っての自殺で間違いない。

芽衣が清魂荘にいたのが高校三年生のときだから、時期を計算すると、翠が亡くなった年と同じ十三年前。つまり二人は同じ年齢だったわけだが、妊婦だったから年上だと思い込んだのだろう。

しかし、問題はそこじゃない。芽衣の証言にあった彼女が妊婦だったという記録がどこにもないのだ。もちろん、出生届も出されていない。

篠原は手の空いている捜査員たちに声をかけ、二十七日に高階班が押収した門外不出となっていた御魂の会のファイルを手分けして漁る。

全身が泡立った。

十三年前、確かに飯尾家から出生届が出されていた。御魂の会の総本部会館で、信者の助産師が美園の子ども、絢を取り上げている。

篠原はそのことを取り調べ中の土屋たちに知らせてから、再び隣の部屋に戻った。

思い切り顔を顰めていた土屋が、深い溜息をついてから口を開く。

「その頃、飯尾翠は妊婦だったらしいな。どうして妊婦が清魂荘にいたんだ？」

氷見はふざけたように首を傾げ、答えなかった。

「妊娠を隠すためか？　絢を産んだのは翠なんだな？」

氷見は顎を突き出して頷いた。

十代で出産した娘の子どもを両親が養子として育てるというケースはあるが、実子にしてしまうという話は聞いたことがない。それも、閉鎖的な御魂の会という団体の中だから為せた業。

「翠が若すぎるから、両親が実子として引き取ったのか？　そのことに、飯尾が幹部だから御魂の会が協力した？」

　氷見がフンッと鼻を鳴らした。

「そんな美談じゃねぇし」

「高齢の母親に代わって代理出産をさせたのか？」

　土屋の質問に、聞いている篠原がギョッとする。

　しかし、それも氷見は否定した。

「翠さんは、変態の餌食になったんだよ」

　変態――ワイドショーで流れた飯尾の元同僚たちの証言を思い出した篠原は、ゴクリと唾を飲み込んだ。

「まさか、翠は飯尾の子を妊娠していたのか？」

　土屋が低い声で聞くと、氷見は、飯尾はそもそも翠目当てで美園と結婚したこと、そのために成から美園に飯尾との結婚を勧めさせたこと、飯尾が未成年である翠を妊娠させたことがバレないように美園が産んだことにしたこと、そのことにも成を通して御魂の会に協力させたことを語った。

篠原の背筋に悪寒が走る。

「美園が飯尾と再婚したのは二〇〇七年だから、まだ愛甲世《とき》が存命だったはずだ。世も認めていたということか？」

氷見は首を横に振る。

「その頃には、開祖様はもう入退院を繰り返していたから、実質トップは明師様代理を務めていた成様だった。悦子様は開祖様の看病や愛甲健康苑の経営で忙しくて、特に総本部のことは成様に任せきりだったんだよ。だから、悦子様も知らないこと」

「そうはいっても、美園は翠の実の母親だぞ。いくらなんでもそんなことに加担しないだろ」

「あの人はさ、子どものときは親から虐待を受けていて、大人になってからは元旦那にDVを受けていたってことだから、その影響が色々とある感じなんだよね」

「それで、子どもを飯尾と美園の子とされたショックで翠は自殺を？」

「違うよ」

氷見が大袈裟に仰け反った。

「家に帰れば、またあの野郎に犯される日々が続くからだよ。母親は助けてくれないどころかあの野郎側の人間だ。そりゃ絶望するでしょ。だから、翠さんは実家に帰る前日に首を吊って死んだんだ」

篠原は息を呑んだ。

「誰も助けようとしなかったのか？　みんな知ってて知らない振りか？」

「知ってて言うけど、俺は寮長みたいなもんだから知ってただけで、信者がみんな詳細を知らされるわけねぇじゃん。それに、知ってたって助けたくても助けられなかったんだよ」

目を伏せた氷見に、土屋は、

「ＵＳＢを澤田麻友に渡したのはお前か？」

と、鋭い目を向けながら聞く。氷見は黙ったままおどけたように両肩を窄め、さぁねという仕草をした。

結局、事件については何も話さなかったが、この男が飯尾のために動くことはないということはよくわかった。

五月三十日

『御魂の会の弁護団の代表だと名乗る人物が窓口に来ていて、越渡美希と氷見晃への接見を求めています』

午前九時から始まる捜査会議に出席するため、捜査員たちが集まってきていた会議室に受付から連絡が入った。

「何？」

穏やかではない乾の口調に、捜査員たちの視線が集まる。

現れた弁護士は、愛甲家の長男である愛甲晴《てる》。彼は、生誕会で亡くなった七人のうち、陸斗を抜いた六人の遺書を持参したと言っているのだという。

遺書のない陸斗は、両親の淳史と麻友が遺書の中で一緒に連れて逝くと明記していると言い放ち、六人の死はあくまで自殺、美希や氷見はその手助けをしただけで殺人を犯してはいないと主張し、保釈を求めると宣言した。

殺人や放火など重大な犯罪だと保釈は認められないが、窃盗罪や自殺幇助罪となると、高額な保釈金さえ支払えば認められることになる。

慌てて会議室を出た乾とともに土屋班も一階に降りていくと、松本署の刑事が晴の対応をしているところだった。

目を引くオフホワイトのダブルのスーツにグレーのネクタイを締め、不織布の白いマスクをした小柄な男性。

その姿を見て、篠原は叫び声を上げそうになった。

乾が声をかけると、晴は名刺を差し出し、柔和な表情で丁寧に挨拶をした。

「あなたは、その遺書をどのように入手されたんですか？」

遺書が入れられた角二の茶封筒を見ながら乾が聞いた。

「一昨日、私が籍を置いている法律事務所に越渡さんから私宛に郵便が届いていると連絡をもらい、昨日引き取りに行ってきたんです。消印が二十七日になっていましたから、ご自分が逮捕されることを見越して発送されたんでしょう。中を改めると、亡くなられた皆さんの遺書と一緒に越渡さんの手紙も入っており、皆さんの話を聞き、同情して自殺を手助けしてしまった旨が書かれておりました。氷見さんには、そのお手伝いをしていただいた、と」

「すぐに筆跡鑑定を行いますが、それだけで自殺と断定するのは難しいですよ」

乾にギロリとした目で睨まれても、晴は余裕の表情を浮かべている。

「存じています。ですから、優秀な日本の警察官たちが冤罪を生まないように自殺の証拠を見つけてくださると信じています」

乾は面食らい、思わず咽《む》せた。越渡には接見禁止命令が出されているが、弁護士の接見は阻めない。

篠原は留置管理課への案内を買って出て、晴を先導した。

「どういうこと?」

周囲に聞かれないように押し殺した声で聞く。顔は真っ青で、声は震えていた。

「どういうことなの、蒼井くん」

後ろから何の答えも返ってこないことに業を煮やし、振り返った。

「あなたが愛甲成の長男、愛甲晴なの？」

晴が神妙な顔つきで頷く。

「だって、名前は？　蒼井君晴《きみはる》っていうのは偽名だったの？　でも、小学校でもその名前だったよね？」

感情が抑えきれない。

「偽名じゃないよ」

晴は穏やかな口調でそう言うと、

「蒼井は実の母の苗字で、君晴が俺の本名だ。晴は魂名《ソウルネーム》だよ」

と、説明した。

「魂名？」

「愛甲家の男には、御魂の会で活動するときに使う名前が与えられるんだ」

愕然としている篠原に近づき、左手を取って何かを握らせる。

「お世話になりました」

そう言って丁寧に頭を下げると、篠原の横を通り過ぎ、歩を進めた。

「ちょっと待って」

呼び止める声に応じることはなく、晴は目の前に見えている留置管理課の受付へと向かっていく。

篠原は震える左手を開き、掌の中の自宅の鍵を見て強く目を閉じた。

2

弁護士の容疑者への接見は警察官であっても同席できないので、面会室で何を話しているのかは全くわからない。

——愛甲君晴。

篠原は、理解が追いつかないまま警察のデータベースでその名前を検索した。前科はないからヒットしたのは運転免許証の交付記録で、そこに載っている顔写真は蒼井で間違いなかった。

秀の補導歴は二十歳になった時点で破棄されているため、成とともに、やはり運転免許証の交付記録がヒットした。君成《きみなり》、君秀《きみひで》と、二人とも晴同様、見事に篠原が本名だと思っていた名前に〝君〟が付いていた。十年以上前に死亡している世のデータは残っていなかった。

篠原は頭を抱えた。それでも、必死に思考を巡らせる。

蒼井が言っていたことで真実だと言えるのは、彼が整形をしたということ。顔を見れば一目瞭然だからだ。それ以外は、何が本当で何が嘘なのか。

——もしかしたら、本当のことなんて何一つないのかもしれない。

あまりのショックに、ついマイナスの方向にばかり考えが及んでしまう。

プライベート用のスマホの電源を入れ、蒼井に『話がしたい』とメールを送ったが、アドレスが不明で送信エラーという表示が出て溜息を吐く。

一体いつからこの状態だったのか。最後にメールのやり取りをしたのは二十七日だ。晴が二年間毎週ハングマンズツリーに通っていたという裏付けを取ってくれた高階班の後輩に電話をかけるが、出なかった。

悶々としながら捜査本部に戻ると、捜査員たちが一か所に群がっていた。覗き込むと、長机の上に晴が持ってきた六人の遺書が置かれている。

「ご丁寧に、全部手書きだよ」

篠原に気がつき土屋が言う。筆跡鑑定ができるように、ということだ。

篠原も、鈍く痛む鳩尾を右手で押さえながら遺書を手に取る。

最初に目に入った山口亜実の遺書からは、実母への憎悪が溢れていた。

車の事故に遭う前に、幼い娘たちを御魂の会に入信させようとしていた母親と口論になったこと、運転中も母親からの電話とＬＩＮＥ攻撃に急き立てられていたことが書かれていた。そして、事故後昏睡状態から目覚めたときの絶望は耐えがたいものがあった、と。

愛する娘たちは亡くなっていて、誰よりも信頼していた夫は自分の母親から事故の原因はお前の電話の着信に気を取られたせいだと責め立てられ、責任を感じ離婚に応じていた。

慰謝料や治療費の送金先から夫の居場所を突き止めようかとも思ったが、娘たちを死なせてしまった自分が、今さらどの面を下げて会えるのか。自分が夫に関われば、自分の母親とも関わらせることになる。そう思ってやめた。夫からの送金を断るように母親に頼んだが、治療にかかる分以外は御魂の会に納めているからないと困るのだと言われた。

もう、娘たちの元に逝きたい。そうすれば、夫は慰謝料や治療費を払う必要がなくなる。母親とも縁を切れる。だから、自分で自分の命を絶つために、ただそれだけを目標に必死にリハビリをした。開祖様生誕会で死んで騒ぎを起こせば、母親への復讐にもなる。

三浦聖の遺書には、お布施のために両親に死ぬまで身体を張らされる恐怖が書かれていた。

小学五年生のときに、近所で外飼いされていた犬に噛まれ入院と手術をした際に、親戚の付き合いで小学生の間だけのつもりで加入していた共済金が支払われ、両親は味を占めた。受け取った共済金は全て御魂の会のお布施に充てられ、ほとぼりが冷めた頃になると、また犬に噛まれておいでと言ってきた。嫌だと言うと、じゃあお父さんかお母さんが車に轢かれるしかないねと言われ、それはもっと嫌だからやるしかなかった。

でも、一度噛まれたことで犬が怖くなり近づけなかったので、ジャングルジムからわざと落ちて怪我をした。翌年は、自転車で坂道を下っているときにギュッと目を閉じた。その翌年は、高鉄棒の上に立ち上がった。毎回恐怖に襲われ、生きた心地がしなかった。

そしてコロナ禍となり、みなし入院制度を知った両親は、コロナに罹れと言ってきて、近くの総合病院の外で診察を待つコロナ患者たちの周りをマスクなしでうろつかされた。

一度目に罹ったときはまだ得体の知れないウイルスだったから、高熱と喉の激痛と激しい咳、心臓の痛みに死が脳裏を過った。二回目は、一回目より症状は軽かったが、脱毛症になった。髪の毛がどんどん抜けていくショックは大きく、今まで経験した恐怖が一気に押し寄せたような衝撃で涙が止まらなかった。当然、ウィッグもお金がもったいない、どうせいつか伸びてくると言って買ってもらえない。

開祖様に出会ってなければ、私たちは一家心中していた。だから、全身全霊で御魂の会を信仰することは当然のこと。

そう考える両親にとって、娘が怪我を負ったり病に侵されたりすることはお布施を生む喜ばしいことに他ならない。怪我や病に伴う苦しみや痛みを気遣ってくれることはなく、それどころか御魂の会のためになれていることを娘自身も喜んでいると信じて疑わない。万が一喜んでいないと言えば、頭がおかしいと思うだろう。頭がおかしいのは両親なのに。

頭のおかしい両親に利用され続けないために死ぬ。どうせ死ぬなら、両親にとって一番大切な御魂の会の開祖様生誕会で、死んで会をめちゃくちゃにしてやりたい。


新村武は、本当は教員になりたくなかったが、両親の期待に応えるのに必死だったことを綴っていた。

そもそも学生時代にいい思い出がなく、学校そのものに嫌悪感があったから、塾の講師のような勉強だけを教える仕事がしたいと両親に話したが、猛反対をされた。両親が御魂の会に入信したのは、自分が五体満足に生まれてこなかったから。そう思うと反抗なんてできなかった。

母親は、自分の担任クラスだけでなく全校の保護者の相談に親身に乗り、的確なアドバイスをして信頼を得ると、その保護者を御魂の会へと勧誘してきた。教員になった自分が保護者に配ったプリントは、その母親が準備したものだった。

母親は、このプリントを使って、まずは保護者と児童を自分の信者にしなさいと言った。そして、自分の信者になれば御魂の会の信者にも誘導しやすいから、と。

しかし、母とは年齢も性別も違う、時代のニーズにも合っていない。だいたい、まだ新米で、性格的にも保護者どころか児童とも上手くコミュニケーションが取れない教員がそんなプリントを配れば、反感を買うのは火を見るより明らかだった。

保護者たちから嫌われ、児童たちには指の欠損をからかわれ、学級崩壊を招き、心身が悲鳴を上げ、児童に手を上げて謹慎処分を喰らった。

どんなに逃げたくても自分に逃げ場があったことはないのに、精神科医に鬱だと診断された自分を両親は逃げだと罵った。自分たちが甘やかして育てたのもいけなかったと、お門違いも甚だしい反省を口にした。

鬱なんて気持ちの問題だから、甘えを捨てれば治る。そう言って、医師に出された抗うつ剤を毒だと言って捨てられた。

もう死ぬこと以外に自分を守る術が見つからない。


そして、飯尾絢。

パパにされてきたことでどうしてもいやなことが二つあった。口の中にパパの舌や指を入れられることと、柔らかいゴム素材や硬いプラスチック素材のマウスピースを何種類も作らされて、それをつけてパパの色々なところを噛まされることだ。劣化したり成長してサイズが変わったりするから、頻繁に歯型を取られるのもいやだった。

家族なんだから、絢の成長を把握しておかないと――。

そう言われる度に吐き気と息苦しさに襲われる。

ママは御魂の会の教えに背いたら不幸になるといつもいつも言っていて、御魂の会の偉い人であるパパに逆らうことは御魂の会に逆らうこと、だから絶対にパパに逆らっちゃいけないんだと言って助けてはくれない。

今年になって、パパから、本当のママに似てきて可愛くなったよって言われるようになって、本当のママは亡くなったお姉ちゃんだということを知った。本当のママじゃないから、これからもママが助けてくれることはないんだとよくわかった。

だから、中学校でちょっといいなと思っていた同じクラスの男子に付き合おうって言われたときに、パパとのことを自分で何とかしなきゃと思って、私に彼氏ができたら今まで私にしてきたことをやめてほしいとパパに伝えた。

でも――パパは、絢に彼氏ができたら、お前の歯を全部抜くよと言った。歯が一本もない人の写真を見せてきて、永久歯だから抜いたら永遠に生えてこなくて、こんなよぼよぼのおばあさんみたいな口元になった絢でも、その彼氏は好きだと言ってくれるかな？　って聞いてきた。私が答えられなかったら、たぶん無理だろうねって笑って、そんな絢でも愛するのはパパだけだから、そうすればもうパパから離れようなんて考えないだろって。

怖くて震えが止まらなくなって、彼氏なんて作らないから、パパから離れないから、歯を抜かないでってお願いしたら、それが嘘じゃない証拠を見せてって言われて、今までされてきたことよりももっといやなことをされた。

そのあとにお風呂に入ったら体中にパパの歯型がついていて、その赤い点々が御珠みたいで、私はパパからも御魂の会からも逃げられないんだと思った。

それに、たとえパパから逃げられたとしても、パパにいやなことをされる前の自分には二度と戻れないんだと気づいたら、死にたくなった。

氷見が語った、翠が死を選択した理由と重なる。ある程度は予想していた通りだったが、それでも、飯尾の所業の悍《おぞ》ましさに、そこにいる捜査員たち全員が表情を歪ませた。そして、飯尾だけでなく、母親の歪んだ信仰心も絢を追い詰めていたことに絶句する。

澤田夫妻の遺書は、淳史のものと麻友のものがそれぞれあった。

共通していた内容は、自分たちは今までほとんど疑問も持たずに御魂の会を信仰してきたということ。多少疑問を持っても、そういうものだと自分を納得させてきた。

明師様を愛し、御魂の会の信者たち家族を愛し、親たちを愛することが当然だと思って生きてきた。淳史の父親が亡くなり、残った家族をお護りいただくために、淳史の実家を売却してそのお金をお布施として納めることも、そのために母親が家賃の掛からない麻友の実家に同居することも納得していた。

だけど、陸斗が生まれたことで、親たちの言動に許容できないことが一つ、また一つと増えていく。

愛さなければと思わなくても自然と愛情が溢れてしまう、そんな存在を得たことは自分たちにとって最高の幸せだった。だからこそ、自分たちに向けてきたものを陸斗に向けるのはやめてほしいと感じるようになっていった。

陸斗に対する自分たちの愛を思うと、親たちのそれは果たして愛なのだろうか、と、つい思ってしまう。

親たちに対する不満の思いが、真っ白い紙に落ちる墨のように心の中に広がっていく。そんな不満を抱いてはいけないと振り払っていたが、コロナ禍の親たちの言動に不満は一気に募っていった。

それでも、明師様にお力をお借りすれば元の生活に戻ると信じて、必死に清魂をし、気が触れる寸前の麻友を連れて総本部を訪れた。

しかし、明師様からは、親たちの言動は愛ゆえのものであり、陸斗を守ってくれている親たちに感謝こそすれ悪く言うのは間違っていると諭された。何があっても親たちの愛を疑ってはいけない、と。

――いや、違う。少なくともコロナ禍になってからの親たちの言動は、決して愛ゆえのものじゃない。愛とは、そういうものじゃない。それなのに、なぜ明師様はそんなことを仰るのだ。

二人は生まれて初めて明師様に対し反発感情を抱き、それは許されないことだと錯乱し、帰り道で衝動的に死のうとした。でも、陸斗を置いては逝けなかった。

淳史は、コロナ禍でほとんどの時間を過ごすことになった職場もストレスの増幅を助長したと書いていた。

緊急事態宣言を機に訪問介護を休止したことで、入所者たちのケアに集中できるようにはなったが、家族との面会ができず、感染防止のため会話も制限された入所者たちは日を追うごとに精神が不安定になっていった。認知症だった方は症状が悪化し、認知症ではなかった方も認知症状を示すようになり、拘束者ばかりになっていく。更に、幹部の方針で、コロナの感染拡大を防ぐという理由で認知症でない入所者は退所させ、そのぶん認知症の入所者を増やしていくことに矛盾も感じていた。

介護施設での入所者たちの入浴が週に二回なのは刑務所の規定に倣ったものなのだ

が、コロナ禍の対策や制限は愛甲健康苑をより一層刑務所化させた。入所者の安全を守るためとはいえ罪悪感が募り、退職や休職を申し出るスタッフも急増した。

職場でも自宅でも、御魂の会への信仰心が揺らいでいくことばかりだった。でも、それは御魂の会が人生そのものである自分を否定することになる。

麻友は、ただひたすら息子への懺悔を綴っていた。

陸斗を妊娠したときに、自分が両親にやってもらいたかったけど叶わなかったことを全部やろうと心に決めたのだが、親たちによってことごとく阻まれた。コロナ禍になってからは、こんな家で育てるくらいなら産まなければよかったと、愛おしい陸斗を産んだことを後悔する日々だった。

家族三人が揃うのは開祖様の生誕会しかなく、その日を逃したらまたいつ陸斗に会えるかわからないから、その日に三人で死にます。

親たちから、生誕会に参加するとしても宿泊にお金は出さないと言われたが、反論すれば陸斗を連れていくこと自体をやめろと言われ兼ねず、従うしかない。時期的に駅で野宿する人たちが多いと夫から聞いていたから、陸斗が騒いで迷惑をかけないように睡眠薬を飲ませます。そうすれば、次の日の大切なお薬も、朦朧としていて飲ませやすいでしょうから。

ずっと抱っこしていてあげるからね。もうずっと一緒だからね。

最後の家族旅行なのに野宿でごめんなさい、お薬なんて飲ませてごめんなさい。

何度も出てくる申し訳ない、ごめんなさいの文字に、篠原は自分の母親を思い浮かべ、余計に鳩尾がキリキリと痛んだ。

澤田夫妻の遺書には、USBや音声について書かれているものと期待していたが、それらについては何一つ触れられておらず、捜査員たちは肩を落とした。

そして、誰の遺書にも美希や氷見の名前はおろか、秀や飯尾の名前も出てこない。

六人の悲痛な叫びは、捜査員たちの胸を抉った。書かれていることが事実であれば、死を選ぶには充分だと思える。遺書は大至急で科捜研の文書係へと回された。

「土屋さんは、愛甲成や秀という名前が本名じゃないと知っていましたか？　魂名だそうなんですが、私、全然知りませんでした」

捜査員たちがバラけたのを見計らって聞いた。

「あぁ。まぁ、キリスト教なら洗礼名とかクリスチャンネーム、仏教なら法名《ほうみょう》といった類のものを新興宗教が独自で設けているケースは多いし、マスコミ相手や普段の生活でもその名前で通していて、犯罪者にでもならない限り本名は公にならなかったりするからな」

確かに以前テロ事件を起こした新興宗教団体の教祖も、逮捕後に本名が公表されたことで、今まで報道されていたのは本名ではなかったのだと知った。警察関係者や当時の首相ですら、テロ事件を受けて記者会見を行った場で、その教祖のことを本名ではなく教団での名前で呼んでいた。

「愛甲家では本名には、みんな〝君《きみ》〟が付くんだったよな」

「成や晴、秀はそのようですが、世もですか？」

「そう。愛甲君世《きみよ》だ」

土屋が頷きながら言う。

「そうなんですね」

「俺も今回の事件があるまで忘れていたが、捜査資料で長女の名前を見て、そういえばそうだったなと思い出したんだよ」

捜査資料に記載されていた長女の名前は――君華だ。篠原はマスクの中であんぐりと口を開けた。せめて愛甲君晴という本名を認識していれば同じ君晴だと気づき、もっと早い段階で調べていたかもしれない。

篠原は、土屋に蒼井のことを話そうかと思ったが、ポケットで震えるスマホの画面を見て、その場を離れた。

高階班の後輩から折り返しの着信で、篠原は、愛甲晴が本当に二年間毎週欠かさずハングマンズツリーに通っていたのかを確認する。

『はい。ちゃんと裏取りましたよ』

「誰かが同行していたわけじゃないんだろうから、本当に行っていたかなんてわからないんじゃない？」

『確かに同行者はいなかったようですが、ハングマンズツリーで清魂をする際は、行きと帰りに総本部に寄って着替えていたそうで、行く前には必ず清魂荘の入寮者とも清魂をしていたと、何十人もの信者が言っていたんですよね。みんな愛甲晴と清魂をしたいから、公平に順番が回るように、晴と清魂を行った信者の名前と日付を記入した表が清魂荘に貼ってあるというので、自分がその表を確認しました』

篠原は顔を強張らせ、礼を言って電話を切った。七歩も他の信者たちも、嘘をついていないという保証はないが、そんな表まで作って嘘をついて何になる。今の話が事実だとすると、事件後に蒼井君晴から愛甲晴に戻ったのではなく、篠原の家では蒼井君晴として、御魂の会では愛甲晴として、彼は自らの意思で二重生活を送っていたということだ。

もしかしたら、毒殺事件で窮地に陥った御魂の会を立て直すために愛甲成に捜し出されて無理やり連れ戻されたのではないかという考えもあったのだが、その可能性は呆気なく消え失せた。

篠原は、学生時代に友だちの恋バナを聞いたり、結婚して子どもができる篠原の将来を両親が当たり前のように語るのを聞いたりしても全く興味が持てず、自分には恋愛感情が欠如しているのだと気がついた。それも叔祖母の事件が影響しているのかもしれないと思ったが、困ったことは一度もなく、圧倒的な男社会の警察組織で働く上ではむしろ好都合だった。なんなら、女扱いされるほうが不愉快に感じるくらいだった。

だから、蒼井であれば男女の関係を求めてくることはないという根拠のない信頼があったことと、彼の体格を見て、万が一彼が男を出してきたとしても、逮捕術や一人暮らしを始めてから防犯のためにベッドの横に置いてある竹刀で制圧できる自信があったことも、家に住まわせてもいいと思った一因だった。

それに、籍を置いている東京の法律事務所の名前も聞いていたし、家にいさせるのは落ち着くまでの数日、長くても数週間だと思っていた。

でも、果然《かぜん》一切男を出してこない蒼井との距離感が心地良いとさえ思えてきて、コロナ禍が収束するまでいていいよと自分から言い、長引くコロナ禍と同様、同居生活も続けてしまった。挙句には、蒼井がいること前提で亀を迎え入れたのだ。

コロナ禍でリモートワークという新しい働き方が日本全体に浸透していたから、弁護士もそういう形で収入を得られるようになったと言われて納得していた。彼のノートパソコンを盗み見たことも、彼が使っている部屋に入ったこともない。

つまり、この一年の間、蒼井を疑ったことは一度もなかったのだ。

ハングマンズツリーへ通っていたのは週一、という頻度から、蒼井が週一でウォーキングに出かけていると話していたことを思い出す。脳の活性化のためというのが蒼井らしいな、と思っていたが、それも、いつも篠原が仕事で留守の間に行ったという話を聞いていただけで、実際に出かけるところを見たことはない。

篠原の中で彼への信頼が覆される。

じゃあ、自殺しようとしていたのは？

そう考えてハッとする。

――ハングマンズツリーで再会したとき、蒼井は自殺しようとしていたのではなく、週に一度のハングマンズツリーに通う日だったのではないだろうか。自分が勝手に自殺志願者だと思い込んで話しかけただけで、蒼井はただそれに乗っただけ。

何のために？

蒼井と出会う前、篠原は何度か御魂の会の総本部へ警察官として行っていた。篠原が県警の刑事になったことを七歩が知っていたのも御魂の会情報だとすれば、蒼井も篠原の立場を知っていて話に乗った可能性は充分にある。

篠原は自殺志願者を止めたくて非番の日にハングマンズツリーに行くようになったのだが、長野県警本部に異動になってからは非番もあってないようなものでほとんど行けていなかった。コロナ禍もあり、蒼井と遭遇した日は久しぶりにハングマンズツリーに行けた日で、その日以降は同居していたのだから、蒼井は篠原が非番の日を把握していた。

そして、美希と氷見が晴の腰巾着だという証言を重ね合わせると、恐ろしい疑念が頭を擡《もた》げる。

――首謀者は秀でも美希でもなく愛甲晴で、次期明師に指名されなかったときから事件の計画を企て、たまたま声をかけてきた私から警察内部の情報を得るために近づいたのではないか。

乾は、美希が黙秘を貫いていたのは弁護士が来るとわかっていたからだろうと言っていた。さっきの晴の余裕のある態度から、遺書は恐らく本物。

美希には、遺書があるから殺人願望を満たしても軽い罪で済むとでも言って協力させ、その約束を守るためにここへ手書きの遺書を届けた。

盗聴器も、晴なら幹部会にも出席していて総本部内のどこにいても誰にも咎められず怪しまれない。応接間で秀と飯尾が酒を酌み交わすであろうことを見越して盗聴器を仕掛け、二人がいなくなってから回収することなど造作もないこと。

そして、亡くなった六人が遺書に書いていたように本当に自殺したがっていたのだとしたら、彼らは今回の事件よりもっと前にハングマンズツリーで自殺しようとして、そこで毎週通っていた晴と鉢合わせしたのではないか。

御魂の会の信者でハングマンズツリーを知らない者はいない。

晴がハングマンズツリーに通い始めたのが二年前、二年間で五組。

自殺の名所と言われる場所に行ったところで、実際に自殺する人間と遭遇することはそうそうないことは身をもって知っている。二年間とはいえ毎日ではないし、行ったときに何時間も滞在するわけじゃないのだから、五組という数字は現実的だ。

ハングマンズツリーで自殺をしようとしていた五組、彼らは晴に声をかけられたからといって自殺を思い留まらなかったのではないだろうか。

一般的に、自殺未遂者が再度自殺を試みる確率はかなり高い。その人たちが簡単に自殺を選択する人だということではなく、一度目に自殺を試みるまでに既に生き地獄を味わっていて、自殺に踏み切ったときには、もう死ぬことしか考えられなくなっているのだ。だから、一度未遂に終わっても生きようとは思えない。それが、自殺を止めたい篠原の悩みの種でもあった。

晴は、そんな信者たちに本懐を遂げさせる計画を立てた。

本懐という言葉に軽く吐き気を覚えた。

あの音声が公開されたことで、秀は次期明師の座を追われることになるだろう。そうして次期明師の座に就くのは——晴。それが、晴自身の本懐。

被害者たち六人に協力したのではなく、自分の本懐を遂げるために利用した？

篠原は、一気に自分の血の気が引いていくのがわかった。

次期明師の力をもってすれば、氷見が壮年部所属になっても清魂荘に居続けられるように取り計らうことも難しくはない。

計画を成功させるために、自分に忠実な美希と氷見もまた、それぞれに効果的な餌をチラつかせ利用したのか。

――だとしたら、音声が入ったＵＳＢを麻友を通じて七歩に託したのも、私から多くの捜査情報を得る手段だったのかもしれない。

眩暈を覚えた篠原は、近くの椅子に倒れ込むように座った。

晴に声をかけたのは自分だ。嫌悪してきた対象が忍び寄っていたどころか、がっつり自分から招き入れてしまっていた。

3

その後行われた捜査会議では、篠原は心ここに在らずの状態だった。自分の筋読みが正しければ、なんとしても美希を殺人罪で送検し、晴も弁護する側ではなく罪を償う側に立たせなければならない。その思いで頭の中がいっぱいだった。

美希を保釈するなんて以《もっ》ての外《ほか》だ。篠原は、自分であれば美希が雑談に応じるかもしれないからすぐにでも事情聴取をさせてほしいと、乾に願い出た。完黙している容疑者を雑談に持ち込めれば、口を割らせられる可能性がぐっと上がる。

乾に許可された事情聴取の開始時間は三十分後で、土屋も同席することになった。しかし、内容が内容なだけに、触りだけ話せるような簡単な話ではなく、土屋に晴のことを伝えている暇はない。それに、まだどこかで蒼井を信じたい自分がいて、美希に真偽を確かめてから伝えたいという思いもあった。

篠原は、とりあえず晴と自分の関係は伏せて美希を問い詰めることにして、美希の事情聴取が終わったら土屋に全て話し、晴のことをどうすればいいか相談しようと考えた。

取調室にあとから入室してきた美希は、三日も留置場にいたとは思えないほど疲れが見えず、ノーメイクでも美しさが際立っている。

土屋と篠原が名乗ると、初めて対面した篠原に全身を舐め回すような視線を向けてきた。そして、黙秘権の説明をする前に、

「やっとお会いできましたね、篠原汐里さん」

と、満面の笑みを浮かべ、ここへ来てから初めて声を発した。

この女は自分のことを知っている？　篠原が訝しげに見ると、美希は愉快そうに目を細めた。苗字しか伝えていないのに、フルネームで呼ばれたことも引っ掛かる。かといって、私のこと知っているの？　と聞くわけにもいかず、予定通り自分と晴の関係は伏せたまま、美希に筋読みした内容をぶつけた。雑談するものと思っていた土屋の怪訝な顔が視界の端に入ったが、篠原は美希の事情聴取に意識を全振りすることに集中する。

「全ては愛甲晴を次期明師にするためだったのよね？　なんなら愛甲晴が黒幕だったんじゃない？」

篠原の言葉に美希はふき出して、ケタケタと笑い声を上げた。

「なにがそんなにおかしいの？　図星だから笑うしかない？」

篠原が強い口調で言う。

「あなたは、愛甲晴に自分の殺人願望を叶えてもらったんでしょ。テトロドトキシン

を使ってみたかったのよね？　テトロドトキシンで死んでいく人を目の前で見てみたかった。それは自殺幇助ではなく立派な殺人」

美希のこめかみがピクリと動き、笑うのをやめた。

「彼らがどれほど死にたがっていたか、遺書を読んだならわかるでしょ？　私は、できるだけ彼らが苦しまずに即死できるように協力しただけ。それだけよ。渡したのは晃さんだし、渡したときに飲むのも飲まないのも本人たちの自由だということも晃さんが伝えているわ。それに、逮捕されそうになったから、私が亡くなった方たちから預かった遺書を晴様に送らせてもらっただけ」

太々《ふてぶて》しさに頬が引き攣る。

「殺人を自殺幇助にするために、接見したときに口裏を合わせる段取りでも立ててたんでしょ」

篠原が言うと、美希はわざとらしく溜息をついて同情するような目を向けた。

「晴様は私の白馬の王子様なのよ」

「は？」

「だから、婚約者である私を救いに来てくださったのであって、そんな、口裏合わせだなんて低俗なことをするために来てくださったわけじゃないの」

篠原が鼻で笑うと、美希が、

「自分は晴様と特別な関係にあるとでも思ってた？　一年も一緒に住んでいて手も出されてないくせに」

と、嘲笑い返した。目を見開いた篠原の首筋に嫌な汗が伝う。

「どうして……」

思わず口にした。

「どうして？　どうして私が、晴様と篠原さんが一緒に住んでいることを知っているかってこと？」

美希のペースに呑み込まれる。必死に動揺を抑えようとするが、どうにも視点が定まらない。

「そんなの、晴様から全部聞いているに決まってるでしょ。婚約者なんだから」

美希は肩を揺すって更に笑った。

「篠原さんが刑事ってこと以外で晴様の役に立つとすれば、御魂の会の農園に果樹園を取り入れようって話が出てるから、実家がリンゴ農園ってことくらいよね。そりゃ手を出す価値もないわ」

晴から全部聞いているというのは本当かもしれない——そう思うと尋常じゃない量の汗があらゆるところから噴き出した。もはや隣にいる土屋の顔を見ることもできない。

調子に乗った美希は、

「白雪姫の継母《ままはは》みたいに、私に毒リンゴを食べさせたりしないでよ」

と、声を弾ませる。

「それに何？　あの陰気なアパート。あれじゃまるで墓地の中に住んでるみたい。あんなところに晴様を住まわせるなんて罰当たりも甚だしいわ。飼ってるのが亀っていうのも陰気よね」

想定外の言葉が次々と浴びせられ、篠原は反論することもできなかった。

「ねぇ、グリマススケールって知ってる？」

身を乗り出して尋ねられ、

「あなたが万丈製薬でやっている研究よね」

と、覚束ない声で答えると、嬉々として「正解」と言う。

「学生の頃、カナダに留学したときに知って興味を持ったんだけど、そのまま訳すと〝しかめっ面指数〟っていって、要はラットを実験に使ったときの表情から苦痛度を読み取って可視化するものなの。篠原さんちの亀を見ていたら研究者の血が騒いじゃって、亀のグリマススケールも測定したくなっちゃった」

こいつ、何言ってんだ――。

不快感を露わにしている篠原の顔を覗き込み、美希は満足気な視線を向けた。

「生きたまま甲羅を剝がしたらどんな顔をするのかとか、考えただけでもワクワクするじゃない？　爬虫類だから無表情かと思ったら、そんなことないのよね」

バンッ。

我慢しきれずに思い切り机を叩いた篠原の前に、土屋がスッと腕を出して間に入った。

捜査本部が立ってから自宅を空けていたのは事実だ。晴がいつ家を出たのかはわからないが、この女ならやり兼ねないという思いが不安を掻きたてる。ぶん殴りたい衝動が込み上げ、自分の髪に手をやり、グッと引っ張った。

そんな篠原を見て、土屋が事情聴取の終了を告げ、留置場の出し入れ担当の所轄の刑事に美希の身柄を委ねた。

「なんなんだ、今のは」

土屋の表情は怒鳴りたいのを堪えている。

「お前、愛甲晴と一緒に暮らしてるのか？」

篠原はバツが悪そうな顔で頷いた。

「なんでそうなるんだよ」

土屋の苦悶している姿を見て、すみませんと頭を下げることしかできなかった。

「今からお前の家に行くぞ。詳しい話は車内で聞く」

そう言うが早いか、大股で歩いていき、取調室の扉を開けた。

「えっ？　うちに？」

困惑している篠原に、

「鑑識にも同行してもらって、お前の部屋を調べるんだよ」

と言う。

あぁ、と情けない声を出すと、

「亀の様子も見たいだろ」

と、付け加える土屋の優しさに悔しさが増す。

助手席に座った篠原がシートベルトを締めたのを確認して、土屋が車を発進させた。

しかし、ほんの数メートルしか進んでいないところで篠原が土屋の名を叫んだ。

「なんなんだよ」

怒っている土屋に、

「あの車を追ってください」

と、窓の外を指差した。

その先には、まさに駐車場から出ようと動き出した黒のセンチュリーが見えた。

「なんだよ、あの車」

「恐らく愛甲晴の送迎車です。後部座席に乗り込む晴と木下が見えました」

「木下？　木下芽衣か？」

土屋が目を剝いた。時刻を見ると、午後二時四十三分。

「勾留満期だから微罪処分で釈放になるとは聞いていたが、時間は把握してなかったな」

土屋は独り言のように言って顎を鳴らした。

「晴は木下が出てくることをわかっていて、接見後、車の中で待っていたんじゃないですか？」

「木下が、本当は共犯だったってことを隠して平然とポリグラフをパスするようなタチだとは思えねぇけどな」

「私も、木下はシロだと思います」

じゃあどうして——その答えを考えた。

「亀のことはいいのか？」

土屋に言われ、いいわけじゃないですけど、と返しながら篠原の中で嫌な予感が湧き上がる。

「わざとかもしれませんね」

「何が？」

「わざと私と晴の関係を土屋さんに聞かせ、亀の話を出すことで越渡が私のアパートに入ったように匂わせて、警察の注意をそっちに向けている間に木下を連れ去ろうとしたんじゃないですかね。さっきは感情的になりましたが、それこそ、越渡が嫉妬やただのバカで私を煽ったとは思えないんです」

「だとすると……口封じか」

土屋は血相を変えてすぐに無線で捜査本部に状況を説明し、応援を要請した。

そして、もし総本部に晴と木下が到着したら、駐車場で二人を足止めするよう高階班に指示を出してほしいと頼んだ。

総本部内に連れ込まれたら警察は簡単には救い出せないかもしれない。

篠原は、鑑識に自分のアパートに向かって晴や美希が滞在していた痕跡を調べてくれと言い、大家に頼んで鍵を開けてもらって構わないと伝えた。

「晴とは、いつからなんだ」

センチュリーを追いながら土屋が聞く。

「いつからって……ルームシェアをしていただけで、付き合ってるとか、そういう関係ではありません」

篠原は土屋に全てを打ち明けた。

「つまり晴は、お前を刑事だと知っていて、元同級生だったことを利用してわざと近づいたってことか?」

「越渡が言うように、総本部内に果樹園を作るつもりなら、リンゴ農園の娘だってこともあったのかもしれません」

「一年以上も前から、そこまで計画が練られていたってことか？」

「越渡があそこまで把握しているのであれば……恐らく」

「松本署にいた頃から御魂の会の総本部には何度か行ったことがあったんだろ？　奴だと気づかなかったのか？」

篠原は首を横に振った。

「話すことはおろか、顔を合わせた記憶もないんです。すれ違っていたとしても、私と同じ小学校に通っていたときとは、名前も顔も変わっていましたから」

土屋は鼻から盛大に息を吐き出した。

「捜査情報は？　漏らしたのか？」

まさか、とかぶりを振る。

「ただ、捜査本部が立ったからしばらく帰れないと伝えたあと、いつもだったら連絡してくることとなんてないのに捜査について聞いてくることがありました。詳細は教えられないと返事しつつ、弁護士として力になろうとしてくれているんだと捉えていました」

「全く疑っていなかった――と？」

篠原が頷くと、土屋は舌打ちをした。

「秀と飯尾の取り調べを私が担当するのであれば、自分にも協力できることがあるかもしれないと言われて、私は東京に行くから取り調べをするのは違う捜査官だとだけ答えました」

申し訳なさそうに言い、だから七歩は自分が来ることを知っていたのかと考えた。

土屋の顔を見ると、同じことを考えているようだった。

「お前は晴が主犯だと思うのか?」

土屋の声に力が入る。

「はい。でも、越渡に言ったことは全て私の勘でしかありません。その証拠を、木下が握っているから拉致されたんじゃないかと思っています」

「山口亜実とのバス内での筆談か」

土屋はセンチュリーから目を離さず二度、納得するように小さく頷いた。

あれだけベラベラと喋りまくった木下芽衣が、亜実との筆談の内容は最後まで口を割らなかったことを考えると、それしかないと思えてくる。

晴と芽衣を乗せたセンチュリーは確実に総本部がある山へと向かっていた。

途中、無線で鑑識からの報告が入り、亀たちが無事だったと知らされ、ひとまず胸を撫でおろす。

センチュリーを追って山道を登り、例の分岐から総本部へ続く未舗装の林道へと入っていく。総本部の駐車場では、高階班が待機しているはずだ。

「だが、警察が取り囲んだところで、今の段階では任意で署に来てくれとしか言いようがない。拒否されたら総本部の中に入ることを阻止することはできないぞ」

「私が説得します。ケジメをつけさせてください」

土屋は何も言わなかった。

総本部まで数百メートルという場所でセンチュリーが止まった。

進行方向右手に崖、左手の山林に入っていけばハングマンズツリーがある、あの場所だった。

「なんでこんなところで止まった?」

両手でハンドルを握りしめ前方を凝視しながら、そろそろと車を近づける。もはや追跡している車両があることに気づかれているかもしれないが、それが芽衣の身を守る抑止力になるのではないかとも考えていた。

運転手を残し、後部座席から晴と芽衣が降りてきた。

崖に近づいていく。

「木下を突き落とす気じゃないですよね」

シートベルトを外そうとする篠原を、土屋が「ちょっと待て」と止めた。

「花、持ってるぞ」

その言葉に篠原もフロントガラスに顔を押しつけて二人を見ると、晴が抱えていた真っ白な花束を芽衣に渡しているところだった。

「木下を父親と兄が亡くなった場所に案内したのか」

芽衣がガードレールに花を供えて手を合わせると、晴も後ろで合掌する。

その姿を見ていて、篠原は、出会ったときも晴が白いスーツを着ていたことを思い出した。アオザイ風ではなく普通のスーツだが、ハングマンズツリーを訪れるときは、喪に服す意図でそうしていたのかもしれない。そして、この一年の彼との同居生活を思い浮かべる。

必要以上に接触をしてこないことはコロナ禍だから不自然に感じなかったし、それが信頼にも繋がっていたわけだが、今考えてみると、美希が言っていたように、一年も一緒に暮らしていて晴が性的行為を望んでくることがなかったのは、彼にとって自分がそういった対象ではなかったからだと考えるのが妥当なのだと思う。そう思うと、途端に自分が救いようのない馬鹿に思えてくる。

「親子でもわからないことだらけなのに、他人のことなんてわかるわけないですよね」

悔しそうにぼやいた。

「それは違うぞ。親子だからこそ、親子という関係に甘んじてお互いをわかろうとす相手をわかろうとする努力がいる」

　土屋は、篠原が芽衣のことを言ったのだと捉えたようだった。土屋の言葉を聞き、篠原は視線の先にいる晴の親子関係について考えた。

　晴が話していたことが事実なら、彼を無理やり整形させたのは父親の愛甲成ということになる。しかも、言われる通りに整形をしても、また整形をしろと言われるのだと言っていた。何度も整形をさせられ、それでも次期明師に選ばれたのは弟の秀。なぜ？　晴が前妻の子どもだから？　それとも、晴が言っていたように成は晴の見た目が気に入らないから？　どちらにしても酷い話だ。

　そんな酷い親の元を離れられなかったのは、愛甲家という事情があったのかもしれない。そう考えると、彼もまた、御魂の会の被害者に思えてくる。

「木下の話を聞いたり六人の遺書を読んだりして、親の歪んだ信仰心や信仰の強要によって子どもの人生が壊されてしまう可能性があるのだと、虐待に繋がることもあるのだと、初めて知りました。

　今までは親子で新興宗教に入信している人たちは全員子どもも親と同じ考えで、そうしたくてしているんだと思っていたんです。だって、自分の親が何かの宗教に入信したとして、私は絶対に入信しませんから。でも、親子だからこそ拒めない状況があるのだと、よくわかりました。そして、それは教祖側にも言えることなのかもしれません」

篠原と土屋の間に重たい空気が流れた。

「親子でもいい関係を築くためには努力が必要だといっても、子どもが未成年の場合、親子関係において子どもは庇護されるべき対象で、そのぶん圧倒的に立場が弱いのは事実だ。その状況下で親が子どもの意思を蔑《ないがし》ろにした場合、そこに親なりの愛情があろうがなかろうが虐待が生まれてしまうんだよ」

土屋がいつになく真剣な口調で言った。

「宗教がクソだという気持ちに変わりはないんですが、でも、私のそんな言動や態度が誰かを傷つけていたのだとしたら、申し訳ないと思いますし、そのバチがあたったんだと思います」

助手席で額に手をやり落胆する篠原を見て、土屋が静かに息を吐く。

「お前なぁ、バチがあたるっていうのも宗教的な考えなんだぞ。悪いと思うなら、これからそうじゃないようにすればいいだろ」

いつもの調子に戻り、まずはクソって言うのをやめろ、と言った。

午後四時二分、応援で来た三台の覆面パトカーが到着した。乗っているのはそれぞれ土屋班の残りの二人ずつと所轄の刑事二人だった。

　無線で乾から晴と芽衣への接触の許可が出る。

　車を降りると木々が風に揺れ、ざわざわという音が頭上から降り注いだ。山の匂いが鼻腔を抜ける。じゃりじゃりという足音に気づいた晴がこちらを見て篠原と目が合った。晴は無表情のまま視線を逸らす。

　篠原は、ゆっくりと芽衣に近づいた。

「木下さん、愛甲晴氏とはどのようなご関係なんですか？」

「えっと、ご関係と言われましても……さっき初めてお会いしたばかりで」

　芽衣は集まってきた捜査員たちを見て動揺し、しどろもどろに答えた。

「初めて会ったばかりの人の車に乗ったんですか？」

「兄の……遺骨を返してくださるというので」

「お父様とお兄様のご遺骨ですか？」

「いえ、兄のだけです。父の遺骨も総本部の納骨堂にありますが、そこにいることを嫌がっているのは兄だけですから」

「木下さんから、お兄様のご遺骨を返してほしいと頼んだんですか？」

「いいえ、返してもらえるなんて思ってもいませんでしたので、さっき釈放されたときに、お兄さんのご遺骨を引き取りにいらっしゃいませんかってお声をかけていただいて、晴様だと伺ってびっくりしました」

――木下圭太が御魂の会を信仰することを嫌がっていたことを、晴は知っていた？

疑問を抱き視線を晴に向けたが、顔色一つ変えずに佇んでいる。

「山口亜実さんと筆談した内容を黙っていてもらう代わりに圭太さんのご遺骨を渡す、とでも言われましたか？」

「えっ」

芽衣が口籠った。

「木下さん、亜実さんとの筆談の内容を教えてください」

篠原が更に迫ると、芽衣は呼吸を荒らげ肩を上下させた。

「生誕会で亡くなられた七人の中には、翠さんの娘さんも含まれていたんです」

篠原の言葉に、芽衣の肩の動きが止まる。

「翠さん？」

「あなたが清魂荘から脱走するのを手助けしてくれた翠さんです。当時、翠さんは妊娠されていましたよね？　出産後、翠さんは亡くなられ、残された娘さんが生誕会で亡くなられたお一人だったんです」

芽衣の表情は驚愕に満ち、視線が右往左往する。

「だけど、それって、翠さんの娘さんも御魂の会の信者でいることが死ぬほど嫌だったってことですよね。だから、死んで救われたってことですよね」

「救われたんじゃありません」

思わず声を荒らげた篠原の顔を、芽衣はじっと見た。

「死は救いじゃありません。七人を死に導いた人物は、死なせなくても彼らを苦しみから救うことができたはずです。だけどその人物が七人を死なせたのは、恐らく彼らの死を自分の願いを叶える手段として利用するため。自分勝手で卑劣な殺人だったと、私は思っています」

チラリと晴を見て、すぐに視線を芽衣に戻す。

「あなたが自首したのは、恩人の娘さんを殺した犯人になりたかったからじゃないでしょ？　亡くなった方たちが御魂の会の信者でいることが死ぬほど嫌だったということを知っていたのは、亜実さんから聞いていたからじゃありませんか？」

再び芽衣の呼吸が荒くなった。

「どうか、亜実さんと筆談した内容を教えてください。七人の方たちがどうして死ななくてはならなかったのか、我々は全てを明らかにする義務があるんです」

芽衣の目から涙が溢れた。

ハンカチを差し出そうとした晴の手を篠原が止める。ハンカチに毒が仕込まれているかもしれないと懸念したのだ。そして、コロナ禍であることを考え、篠原はハンカチではなくポケットティッシュを、「お使いください」と言って、丸ごと渡した。

落ち着くと、芽衣はぽつりぽつりと話し始めた。

筆談に使ったのは亜実の手帳だが、使ったページは亜実が小さくちぎってネットカフェのトイレに流してしまったはずだから残っていないだろうと前置きした。

4

――あなたも一緒に死にませんか？

筆談は、そんな衝撃的な言葉から始まった。

「ちょっ、なんなんですか？」

不快感を露わにそう言った芽衣を、亜実は自分のマスクの前に人差し指を立てて制止する。

――人に聞かれたくないですし、私語は厳禁ですから筆談で。

初対面の人間で、しかもあの山口の娘で、全く信用ならない。

憮然としている芽衣に向け、亜実は更にペンを走らせる。

――木下さんご家族を御魂の会に入信させたのが私の母だと聞きました。でも、あなたはそんな生活がいやで家出をしてお母様と決別した。それを、また私の母が連れ戻したんですよね。今は、お母様の介護をして御魂の会の活動も再開されているとか。

芽衣はそれを読むなり手帳とペンを乱暴に受け取ると、

――だからなんなんですか？

と書いた。

——娘として、本当に申し訳なく思います。謝っても謝りきれません。だから、私にできることはさせていただきたいんです。

そして、怪訝な顔を向けている芽衣にこう書いて見せた。

——私は、明日の生誕会で死にます。私を含め、七人が死ぬ予定です。みんな、私やあなたと同じ、親に御魂の会に入信させられて活動を強要され、絶望させられた人たちです。だから、生誕会でみんなで死んで、親が何よりも大切に思っている御魂の会を窮地に追い込み、御魂の会に不義理を働いた人間の親として信者たちに責められ除斥されれば、それが親への一番の復讐になります。あなたも加わりませんか？

内容と裏腹に亜実の明るい表情を見て芽衣は腹が立った。

——なにバカなことを言ってるんですか。その歳で中二病ですか？　あなたが事故に遭って昏睡状態から目覚めたことを、あなたのお母さんがどれだけ喜んでいたか知っていますか？　歩けるようになったあなたの動画を、嬉しそうに私にも見せてきましたよ。あなただって、歩けるようになりたくてリハビリを頑張っていたんですよね？　せっかく助かった命をなんだと思っているんですか。

と、殴り書きをする。

でも、亜実が書いて寄こした答えは、予想外のものだった。

——私がリハビリを頑張ったのは、死ぬためです。最愛の娘たちの元へ行くためです。目覚めたとき、死ぬことすらできない身体だったから。だから、必死に頑張ったんです。娘たちを死に追いやり、夫を傷つけ私から遠ざけた母に復讐するために。私から大事なものを全て奪ってきた母を、地獄に落とすために。

一瞬、時間が止まったような錯覚に陥った。それまで聞こえていたバスの走行音が遮断され、無音状態になった。すぐに我に返り瞬きをし、もう一度読み返す。

その間にも、亜実は書き続けた。

――私が十四歳のときに父が悪性脳腫瘍と診断されました。入院先の病院で同室になった患者さんから御魂水を飲んで腫瘍が小さくなったという話を聞き、家族揃って御魂の会に入信しました。一年ほどで父は亡くなってしまいましたが、父の壮絶な闘病と死を目の当たりにしたことで生への執着を強くした母は、御魂の会を脱会するどころか、ますます傾倒していきました。母は自分が長生きできるように、私にも御魂の会の活動に励み清魂を毎日するよう強要し、少しでも拒めば「ママが死んでもいいの？」「ママが長生きしたいのは亜実のためでしょ」と脅迫しました。大学で栄養学を学んだのも、栄養士として就職したのも、全て母の健康維持を担うため。そうやって一生母の世話をして生きていくのだと思っていた私を救ってくれたのが夫でした。

亜実は一瞬手を止めた。芽衣は、亜実が浮かべる優しく、そして哀しい表情を見て、夫のことを思い出しているのだと思った。

――ご両親が海外で仕事をしていて、自身も海外で暮らしたことのある夫の建設的な考え方に感化され、結婚して夫の籍に入ったことを理由に御魂の会を脱会することに成功しました。その頃には母はフラワーアレンジメントの教室が軌道に乗って忙しくなっていて、別世帯となった私の動向を逐一監視している余裕がなかったことが功を奏したんです。当然、私が脱会したことを知った母は私の家に乗り込んできて再入信を迫りましたが、普段温厚な夫が初めて声を荒らげ、『亜実は私の妻だから私が幸せにしますので、御魂の会は必要ありません』と言い切ってくれて、母が私に御魂の会の話をすることはなくなりました。それきり母とは距離を置く感じになっていたのですが、長女を出産後、里帰りしなかった私を気遣って、毎日玄関の外に料理を届けてくれたりするようになって。それが何か月も続いたので申し訳なくなってきて、孫に会わせてあげてもいいかなって思い、結婚して初めて家に上げました。すごく喜んで、娘を抱っこしている母を見たら、もう一回信じてもいいかなって思いました。普通の母娘関係になれることを、私自身、ずっと望んでいましたから。

そこまでで紙が文字で埋まり、一息つく。

芽衣は、亜実の気持ちに自分の気持ちを重ね、放心していた。

亜実は、手帳のページを捲り、またペンを走らせる。

――それからは、少しずつまた親子付き合いをするようになって。でも、やっぱり御神体や御尊影が置かれている実家には行きたくなくて、うちや外で会うようになりました。母は私に清魂をしてきたり御魂の会の話をしたりすることはなく、本当に別人のようでした。夫にも良かったねって言われて、もう大丈夫だと思ったんです。三年後、次女を出産したときも里帰りはしませんでしたが、母にうちに通って家事を手伝ってもらっていました。一週間ほど経った頃、次女と昼寝をしていた途中で目が覚めた私は、トイレに行き、リビングから聞こえてくる母と長女の声に耳をそばだてました。ゾッとしましたよ。長女が芽吹きの曲を口遊《くちずさ》んでいたんですから。

芽衣は思わず悲鳴をあげそうになって、マスクの上から両手で口を覆った。その光景を想像すると、どんなホラー映画よりも恐ろしかった。

――母は長女に、明師様に会いに今度総本部へ行こうねと言っていました。そっとリビングにいる二人の姿を覗き見ると、長女の手首に御珠が嵌められていた。母の御珠だったんですが、キレイキレイと喜ぶ長女に、母は満面の笑みを向けていました。私は、憤慨しながら乗り込んで長女の手首から御珠を外し、母に投げつけてふざけんなと怒鳴ってやった。そうしたら、自分は孫を救うためにずっと我慢していたんだと言い出したんです。もうあんたのことは諦めたけど、孫まで不幸にするわけにはいかない、と。二度と娘たちには会わせないし、うちにも来ないでと言ったら、この家の合鍵を作ったから、これからは長女に頻繁に会いに来て清魂もするからねって。勝手に合鍵を作るのは犯罪だと言っても、親子なんだから犯罪になんかならないと聞く耳を持たず、むしろ親を犯罪者呼ばわりするなんて狂っていると言い出して、孫たちは自分が育てるから精神科に入院しろとまで言われたんです。

亜実の手が小刻みに震え、文字が乱れる。

――私の怒りは頂点に達し、娘たちを連れて寝間着のままスマホと車のキーだけ持って家から飛び出しました。夫に、あなたの会社に向かうから仕事が終わったら連絡がほしいとLINEをして、子どもたちをチャイルドシートとベビーシートに乗せ、車を発進させました。確かに、運転をする手が怒りに震えていたのは事実です。でも、私の運転を一番邪魔したのは、母からの何十回という着信でした。母に後ろから追い駆けられているようで苛立った。そして、そのとき長女が、「ママ、セイコンやってあげる」と言ったんです。ばばが、しんどいときにやるんだよって、そうしたら明師様が助けてくれるって教えてくれたって、今、ママがしんどそうだからって。

ポツポツと亜実の手元に水滴が垂れた。亜実は、鞄からタオルを出し、頬を拭うと続きを書いた。

――私、中学生のときに清魂をしていて男性信者に胸を揉まれたことがあって、それを母に打ち明け、知らない男の人と清魂したくないって言ったんです。そうしたら、信者の人たちに知らない人なんていない、みんな家族でしょって。しかも、家族に多少触られたからって騒ぐんじゃない大袈裟なって、頬を引っ叩《ぱた》かれました。それがフラッシュバックして、でも頭の中に浮かんだのは長女が男性信者に触られている光景で、やめてって大声で怒鳴ってしまったら長女が泣き出し、驚いて目を覚ました次女も泣き出し、そこに夫から電話がかかってきて。

亜実はまたタオルを手に取り、目元を押さえる。

――助手席に置いておいたスマホに目がいった瞬間、大きな衝撃に襲われ、目の前がぐるりと回転し、気がついたら四年後でした。娘二人を死なせてしまったことを夫に謝りたいと思いましたが、夫は、私に電話をしたことを母から責められ、離婚させられ、慰謝料と治療費を払わされていた。もちろん、その慰謝料は全て御魂の会のお布施に使われていた。

そこで深呼吸をした亜実は、

――これでも生きろと言いますか？　死んで娘たちのところへ行ってはダメだと、母のいる地獄で生きろと言いますか？

と書いて、芽衣に手帳とペンを渡した。

芽衣は、山口幸を思い浮かべる。あの女は、御魂の会のため、あなたのため、と言いながら、悍ましいほどの〝私のため〟が溢れている人間だ。今、目の前にいる山口亜実は、あの女の一番の被害者なのだろう。

そう思うと、死ぬなとはとても言えなかった。

死ぬことよりも生きることのほうが難しいと言う人が多いが、死ぬことも想像以上に難しいことを芽衣は知っていて、亜実の覚悟を感じ取った。

——一緒に死ぬ他の方たちも同じような目に遭ってきたんですか？

そう書くと、亜実はペンを取らずに頷く形で答えた。

——生誕会で集団自殺なんて、成功するとは思えません。どんな方法をとるのかわかりませんが、荷物検査も厳しいと聞いていますし、万が一成功したとしても、信者が七人自殺したからといって御魂の会は窮地に追いやられることになんてならないと思います。

芽衣は亜実を気の毒に思った。

自分は一度は抜け出すことができたが、亜実をはじめ、集団自殺をすると言っている人たちは、きっと御魂の会を出たことがないから世間をわかっていないのだ、と。

でも、違った。亜実は芽衣から手帳とペンを受け取る。

——大丈夫です。私たちは死ぬだけでいいんです。死ぬのも、飲めば即死できる薬を用意していただけます。カプセルで渡されるので、あなたには私のものを半分お分けします。それでも充分効果がある薬だと聞いていますから、安心してください。そのあとは、御魂の会と親たちを地獄に叩き落としてくださる方がいるので、お任せすればいいんです。

芽衣は途端に不安が込み上げた。

――誰が薬を用意してくれるんですか？　信頼できる人なんですか？　騙されてませんか？

ペンだけ受け取り、亜実の膝の上で書く。

――とても信頼できる方たちですから、ご心配には及びません。

――御魂の会の人ですか？

――この計画を成功に導いてくださるのは、晴様ですよ。明師様のご長男、正統な後継者です。薬は、関東支部の青年部部長をされていて製薬会社にお勤めの越渡美希さんが用意してくださいます。

亜実は、ねっ、だから安心でしょと言わんばかりの顔を向ける。

そんな人たちがどうしてこんな計画に加担するのか。芽衣は呆気に取られた。

――皆さんハングマンズツリーで首を吊って死のうとしていたところを晴様にお声がけいただいたんです。晴様は私たちの話を親身になって聞いてくださり、心を痛め、今回の計画を立ててくださった。そして、私たちを追い詰めた原因は私たちの親だけでなく御魂の会にもあり、その責任は明師様の親族である自分にもあると仰られて、だからこそ責任を持って計画を成功させるとお約束してくださったんです。晴様なら、私たちが死んだあと必ず御魂の会を窮地に追い込み、私たちの親を除斥し、地獄に落としてくれます。

亜実の真剣な眼差しを見ても、芽衣は半信半疑だった。

亜実は信用できる。でも、名前しか知らない晴様と越渡美希さんのことは果たして信用できるのか。

計画の実行まで僅か半日。悩んだ挙句、

——ごめんなさい。私は参加できません。

と、返した。御魂の会を窮地に追い込むことも、親へ復讐することも、満更ではない。だけど、今の今、この状況で死ぬという決断はできなかった。

——まだ時間はありますから、気が変わったら言ってください。ただ、もし計画に加わるのであれば、薬を用意してくださった越渡さんが殺人罪に問われないように、直筆の遺書を書いていただく必要がありますから、その時間も考慮してくださいね。

それが亜実との筆談の全てだと、芽衣は言った。

「結局、私は参加する決心ができず、計画のことは誰にも喋らない約束をしました。でも、本当に亜実さんと他の方たちが亡くなって、すぐに後悔しました」

「後悔？」

篠原が聞く。

「私も母に復讐したかった、と。事件後、ニュースで亡くなった方たちの死因がテトロドトキシンによるものだと知って、自宅の冷凍庫に保管してあるクサフグの肝を思い出しました」

実際に釣ってきて肝を冷凍していたのは、家宅捜索で見つかったクサフグ一匹分のみだったという。芽衣は、篠原の顔を見て続ける。

「薬を用意してくださる越渡さんが殺人罪に問われないように遺書を残したと亜実さんから聞いていたので、自分が犯人として逮捕されれば越渡さんが疑われることもなく、何より、私が生誕会で信者の方たちを殺したことで母が御魂の会から除斥され、愛甲健康苑を追い出されて一人になればいいと思いました。私は、ずっと一人でしたから。だから……自分の身の上を包み隠さず話すこと以外、警察の方に犯人だと信じてもらえる方法が思いつかなくて……必死でした」

芽衣が話し終えても晴は無表情のままで、感情が全く読めなかった。

芽衣にはもう一度松本署に戻って事情聴取を受けてもらうことになった。

天地と丹野の車に芽衣が乗ったことを確認してから、供えられた花を見て篠原も手を合わせる。可愛らしい真っ白なピンポンマムの花束だった。篠原の家のベランダからお墓に供えられた花々を見ていて、珍しい菊だねと二人で話したことがある。

その花束に二つ折りの紙が添えられていることに気づき、手に取った。それは晴が、蒼井が宝物だと言っていた、子どものときに親友が描いてくれたという似顔絵だった。

5

「署までご同行願います」

篠原は、晴の目の前に仁王立ちをして言った。

気のせいか、目を伏せて溜息をつく晴がホッとしているように見えた。今の今まであまりにも真顔だったから、少しの変化でもそう感じたのかもしれない。晴は任意同行に応じ、土屋と篠原が乗ってきた車に乗り込んだ。

逃亡の危険性を鑑みて、運転は大河内が担い、後部座席の真ん中に座る晴の両隣に篠原と土屋が座った。

「あの似顔絵は、木下圭太くんが描いたものだったんですね」

松本署で晴を取り調べるのは土屋班の別の刑事か、はたまた土屋班以外の刑事か。どちらにしても、篠原は捜査から外される。その前に晴に話を聞いておきたかった。

土屋も大河内も、晴に話しかける篠原を黙認した。

「寂しいのには慣れていたはずだったんですが、小学一年から三年まで愛甲家から離れていた間に友だちと一緒に遊ぶ楽しさを知り、孤独耐性が低くなってしまったようで——。四年生から再び愛甲家に戻って寂しくてたまらないときに、唯一友だちになってくれたのが圭太くんでした。後にも先にも、俺を親友と言ってくれたのは彼一人です」

「そもそも、どうして愛甲家から三年の間離れて暮らしていたんですか？」

篠原の質問に、晴は素直に語り始めた。

祖父母と父親と一緒に御魂の会の総本部に移り住んだのは五歳のときだったという。母親は、夫と義両親が御魂の会を創設し、自分よりも信者たちと家族として団結していく異様な盛り上がりに狂気を感じ、長野へ行く前に自ら離婚を申し出た。そして、息子の親権を渡せば離婚を認める上に慰謝料も払うという愛甲家の提示した条件を呑んだ。

息子に愛情がなかったわけではないが、生まれる前から息子は愛甲家の子どもだと義母の悦子に再三言われ続け、生まれてからも乳母のような扱いを受けていたので、息子を愛甲家に置いていくことにさほど迷いはなかった。

間もなく父親の成が信者の一人だった和歌菜と交際を始め、妊娠した。しかし、再婚する前にもかかわらず、まるで成の妻のように振る舞う和歌菜のことが嫌いだった晴は、執拗に自分にスキンシップを図ってくる和歌菜を突き飛ばし、その弾みで転ばせ流産させてしまった。

激怒した成は晴を破門処分とし、実の母親である元妻に引き取らせて籍を移すことを決めた。知らせていなかった居場所をいとも簡単に突き止められた晴の母親は、拒否すれば何をされるかわからないと憂慮したことと、法外な養育費を支払うと言われたことで、成に従い晴を引き取った。ところが、晴を破門することを納得していない世から、義務教育のうちは監視下に置くようにと言われ、晴と母親は成が用意した長野県内の家に住むことになった。そこで小学校に入学し、篠原と出会ったのだ。

「それだけでも随分勝手な親だなと思うんですが、三年後、あなたは再び愛甲家に連れ戻されますよね？」

篠原は、努めて冷静に聞く。

「はい」

正式に後妻の座に就いた和歌菜が秀を出産し一歳の誕生日を迎えると、世の説得で晴の破門は解かれ再び愛甲家に引き取られた。ようやく自由の身となった母親は、御魂の会との関係を断つべく、早急に海外へ渡ったという。

愛甲家に連れ戻されてから通った転校先の学校では、教祖一家の子どもとして好奇の目で見られ、誰も近寄ってこなかったので、常に孤立していた。学校でだけでなく信者の子どもたちとも、晴に対して我が子が失礼なことをしないようにと親が目を光らせていたため、とても仲良くできる状況ではなかった。

そんなとき、開祖様の生誕会に両親と妹とやって来た同じ年齢くらいの少年と出会った。それが木下圭太だった。妹は両親と一緒にいたが、圭太は一人離れたところで絵を描いていた。

——俺は晴。天気の晴れって書くんだよ。君の名前は？

晴が思い切って話しかけてみると、天気の晴れってめっちゃいいね、と晴相手に全く物怖じしないし敬語も使わない。それが晴には嬉しかった。年齢が一歳しか違わないこともあり、たちまち仲良くなって似顔絵を描いてくれた。似顔絵の横には〝親友〟と書かれていて、晴は照れ隠しで、会ったばかりじゃないかと言うと、会ったばかりでも親友は親友だと圭太は言った。

——親友になるために必要なのは、時間じゃなくパッションだ。

しかし、その後圭太は総本部へ来なくなり、会えなくなってしまった。

翌年、晴に友だちがいないことを危惧した成が、友だちはいいものだから作りなさいと言ってきた。事情も考えずにそんなことを言われ、ムキになった晴は東京清魂センター所属の木下圭太という親友がいるのだと話した。すると、成は総本部を訪れた生方に圭太について探りを入れ、ちょうど両親から相談を受けているのだと耳にした。そして、それならば、息子も喜ぶから春休みの間ここで過ごしたらいいんじゃないかと提案したのだ。そのことを成から聞いた晴は、思いがけずも圭太としばらく一緒に過ごせることに胸躍らせた。初めて友だちが家に泊まりにくる気分だった。

　圭太が来る予定だった日は、夜中に到着すると聞いていたから、一睡もせずに待っていた。しかし、待てど暮らせど来ず、心配になった晴は信者たちの目を盗みヘッドライトを点け、小雨の中一人で林道を歩いて迎えに出た。

「林道を出てすぐ、ガードレールが大きく破損した場所があって、崖の下を覗いたら車がひっくり返っていました。圭太くんが死んじゃうって、崖を下りる怖さより親友を失う怖さのほうが勝って、無我夢中で濡れた斜面を滑り下りました。なんとか車まで辿りついて中を見たら、圭太くんの両手が手錠で拘束されていて、その手錠が運転席の生方さんの首に掛かっていました」

　晴はそのときの光景を思い浮かべるように、右手で自分の首を撫でた。

「生方さんは死んでいるようでしたが、圭太くんは辛うじて息があったんです。でも、下半身がシートに挟まれて引っ張り出せないから、助けが来るまでとにかく名前を呼びかけました。そうしているうちに少しだけ意識を取り戻したので手を握ったら……その手をはじかれ、息も絶え絶えに、『死んでも総本部には行かない』と言われたんです。凄まじい拒絶でした」

　淡々と語っているが、声色には心痛が滲んでいる。

　あとから信者たちも来て、危ないからと連れ帰されるときに、足元に転がる圭太の父親を見かけたという。その後、晴が事故現場に行ったことは警察には伝えられなかったので、事情聴取も受けなかった。

結局、警察が駆けつけたときには既に圭太は亡くなっていたと聞き、崖を下りるときに負った怪我とショックで二か月ほど寝込み、晴は心を閉ざした。そんな晴が心を開いたのは、病気がちになり外出をしなくなった祖父の世に対してだけだった。

「圭太くんの最期の言葉と死期が迫ったときの祖父の言葉が、俺の心の中に太い根を張ったんです」

太い根という言葉が樹林の中に聳えるハングマンズツリーを連想させる。

「愛甲世氏の言葉とは何ですか？」

やはり晴が明師になれということか。篠原はそう思いながら聞いた。

「御魂の会が信者ファーストでなくなったら、解散させろと――」

「解散？　御魂の会を？」

思わず大きな声が出る。土屋も片眉を上げた。

「祖父は父が明師代理に就任してからの状況を憂いていたんだと思います。父には信者の方たちを導く才がないことに気づいていたんでしょう」

と、静かに言った。篠原はゴクリと唾を飲み込む。

「あなたに整形手術を受けさせたのも父親の成氏ですよね？」

「正確には、父と和歌菜さんです」

晴の目つきが怖いと言う和歌菜が、

『あの目を見ると流産させられたことを思い出してしまうから、こっちに戻すなら二重にさせてからにして』

と、そうでなければ自分が出ていくと言わんばかりに成に要求したのだった。

成は、ちょうど世が全国に支部を設け布教して回っていて不在の間に手術を受けさせられるし、実の母親の元から三年振りに戻ってきた孫の目元が多少変わっていても、世は成長による変化だと思うだろうと考え、手術を決行した。

世が亡くなると、

『弟妹《きょうだい》とあまりに顔が違って可哀想だわ』

と言う和歌菜に感化された成により、まだ未成年のうちに二度の整形手術を受けさせられた。御魂の会しか居場所がなかった晴は、嫌だと言うことができなかった。

「あの人が可哀想だと言ったのは、不細工な兄がいると弟妹が可哀想ってことだったんですよ」

晴は力なくそう言った。そして二年前、成に、お前の容姿では信者数を増やせないから弟に継がせると、お前は御魂の会の顧問弁護団を束ね、一生弟をサポートしていくようにと告げられた。

「しかも、これからの御魂の会を背負っていく三兄弟が並んだときに一人だけ背が低いと見栄えが悪いからって、骨延長手術を受けることを勧めてきたんです」

「それで世氏に言われたように御魂の会を解散させようと考えた？」

篠原が険しい表情で言うと、晴は、それは違いますと、首を横に振った。

「そのときにハングマンズツリーに清魂を行うお役目も担い、週に一回通っているうちに自殺しようとしている信者たちと遭遇し、二世、三世信者の方たちが受けてきた想像を絶する苦しみを聞いたからですよ。それぞれ形は違えど、彼らは自分の親たちが御魂の会に入信していることで追い詰められたわけですから、御魂の会に救いを求めたりはしない。現に、死のうとする前に誰一人として収穫祭に参加した人はいなかった。ハングマンズツリーで死のうとしたのも、御魂の会への忠誠心からではなく、そこに自殺の名所があったから」

死んでも総本部には行かない――御魂の会の信者でい続けるよりも死を選択した主太くんと彼らが重なって見えました、と続け目を伏せた。

「祖父母や親が信者の場合、強制的に信者にさせられる子どもたちはかなり多い。両親が信者だった場合は、ほぼ百パーセントです。その中で自らも信仰を受け入れられる子どもがどれほどいるのか。幼くてわけもわからないうちに入信し、成長してから脱会をしたいと思う子どもがどれほどいるのか。そして、信仰したくないとか脱会したいと親に打ち明けられる子どもがどれほどいるのか。俺は考えたこともありませんでした。受け入れがたい信仰を強要された彼らにとって、拒否できない信者としての生活は地獄だと知り、ようやく圭太くんの気持ちが理解できたんです」

晴の握られた拳に力が入っているようで小刻みに震えている。

「世間を知ってから自ら入信を決めた親たちと異なり、強制的に入信させられた子どもは、乳幼児なら義務教育で学校に通うようになって初めて世間を知るし、小中学生ならそれまで自分を取り巻いてきた世間と異なる思想を、ある日突然最も身近な存在から押しつけられる形になるわけです。そりゃ戸惑うのは当然ですし、御魂の会に拒絶感を抱くこともあるでしょう。だけど、親たちは信者でいることが子ども自身の幸せでもあるからという信念を免罪符に、子どもの気持ちに目を向けることはない」

生粋の信者、家族揃って信者、信者歴が長い。捜査員たちが挙げた被害者たちの共通点は大間違いだったと、篠原は思った。親から強制的に御魂の会の信仰を続けさせられていた期間が長かった、いや、七歩の言うところの、信仰を盾に自分以外の人間に自分の意見を押しつけるような信者、信仰の自由を掲げて自分以外の人間の自由を阻害する信者、自分の信仰のためのお金を自分以外の人間の努力や我慢で捻出する信者、我が子は自分と一心同体だからその〃自分以外〃には当て嵌まらないと考える親をもった子どもたち――それが共通点だったのだ。

「会を創設した祖父が求めていたのは、全ての信者ファーストであること。特に弱い存在の子どもたちが我慢を強いられているなんて、嘆かわしいにもほどがある」

晴の憤りを、車内にいる全員が感じ取った。

「祖父は、御魂の会の信仰を幸せの一つとして考えてほしいと常々言っていました。心身が健康になれば幸せを感じやすくなる。だから、幸せが全く感じられない人は御魂の会の信仰で幸せがゼロやマイナスではなくなるように。幸せを感じられている人は、つらいときに拠りどころとなる一つとして思ってくれればいい。活動の全てがその一環であるはずだった。選挙もそうです。御魂の会を必要としているより多くの人たちに救いの手が届くようにしたかった。ですが、祖父が晩年危惧していた状況は、祖父が亡くなったのち悪化するばかりで」

だから、今回の事件の計画を立てたのだと沈痛な面持ちで語った。

「救いの手――ですか」

そう呟いた篠原のほうへ顔を向けた晴は、

「無宗教国家だと言われる日本で、あなたが大嫌いな新興宗教がこれほど蔓延《はびこ》っているのはどうしてだと思います？」

と、問う。そして、篠原の答えを待たずに話を続けた。

「この国の人が生存バイアスに囚われ過ぎて、失敗した人や挫けた人をなかったことにしたい人たちばかりだからですよ。確かに、困難な環境下でも挫けず前を向いて生きていける立派な人もいる。そういう人が称賛に値するのは当然ですが、挫けた人間は自己責任、努力が足りない、甘えるなと、手を差し伸べられないどころか、見たくないものとして蓋をされる。そうやって蓋をされた人たちの苦しみに手を差し伸べる存在が必要なんです」

「そうですね。だから、そういう人たちを喰いものにするような新興宗教が湧いてくる」

「そんな蛆みたいに」

晴は、哀しそうに苦笑いをした。

「だってそうでしょ。御魂の会もそうなりつつあるから、あなたが明師の座に就いて解散に導くために事件を起こしたってことなんじゃないんですか？」

篠原のその言葉を聞いて、晴が小さく溜息を漏らした。

「俺が明師の座に就いたところで、ここまで大きくなった組織を解散させることは不可能ですよ」

怪訝な顔を浮かべる篠原を見て説明をする。

「亡くなった七人が別々に自殺をしても、どこかで集団自殺をしても、御魂の会の信者だということも報道されずにスルーされるのが関の山。世間にとって蓋をした人間なんてゴミ同然ですから、自分たちの関係のないところでそいつらが生きようが死のうが知ったこっちゃあない。せいぜい子どもや未成年も亡くなったということで、一過性の同情が集まるくらいでしょう。残された遺書で、御魂の会の信者が親のせいで自殺したとわかっても、巷に溢れる様々なニュースに埋もれて大事《おおごと》にはならない。でも、殺人なら話は別です」

篠原は、晴の口から殺人というセリフが発せられたことに軽いショックを覚えた。

「しかも七人も同時に殺されたとなれば、警察は本腰を入れて捜査をせざるを得なくなる。その上、あの音声の中で挙がったテトロドトキシンが使われたことで容疑者として浮上した秀が、一般家庭の水道水にもその猛毒を入れたかもしれないと知ったら、世間はたちまち大騒ぎになります。蓋をしたゴミに自分たちの生活が脅かされるなんてたまったもんじゃありませんからね」

晴はフンッと鼻を鳴らす。

「世間からしてみれば、御魂の会本体も信者個人も同じ穴のムジナ。バッシングの矛先は身近に暮らしている信者個人にも向けられ、信者たちは疑心暗鬼になり、御魂の会は外から内から崩壊が始まる。多くの信者たちにとっては御魂の会だけが自分の居場所ですから、内から崩壊させるのは外からよりも難しいんですよ。そして秀に対する失望と俺の逮捕がトドメとなって、最終的に七人が自殺だったとわかっても、そのときには信者離れが止まらなくなっていて御魂の会は崩壊——そして解散」

そういう筋書きです。と、晴は呆れるほど清々しく言った。

「じゃあ、あなたが逮捕されるのも計画のうちだったたってことですか？」

晴は、その質問に答えるのではなく、

「七歩さんが高校生のとき、同じ高校に篠原さんが通っていて、しかも同じ部活だと聞き、そのご縁に驚きました。小学生の頃は宗教の話なんてしませんでしたから知りませんでしたが、筋金入りの宗教嫌いだと聞いて興味が湧き、再会を願いました」

と言う。篠原は興味という言葉に棘を感じ、顔を顰めた。

「残念ながらあのときは再会は叶いませんでしたが、その後、東京の大学を出られてから再び長野に戻り、長野県警に入られたと聞きました。秀が補導されたときや自殺した信者の身元を調べに何度か総本部にいらっしゃったのを見かけましたが、篠原さんは俺に全く気がつかなかった」

晴の話の意図が汲み取れず、篠原の鼓動が速くなる。

「そんな篠原さんが、俺が自殺しようとしていると勘違いをして声をかけてくださったので、利用させていただいたんです。申し訳ないとは思っていますが、あのとき俺を拒否したことと、おあいこってことにしてください」

「拒否した？　私がいつあなたを拒否したんですか？」

「キモいって——言ったじゃないですか。子どもの頃のトラウマもまた、人の心に深く根を張るものだということは、篠原さんもよくご存じでしょう」

すぐに小学生の頃のことを思い浮かべた。

「あれは、びっくりして……それに、まさか親に無理やりやらされただなんて思いもしなくて……」

言葉が喉に張り付いたように出てこない。

「整形をさせられることを拒んだのは最初だけですよ。二度目と三度目は拒めば居場所がなくなることがわかっていましたから。父はね、俺に整形をさせてやっていると思っているので、自分が無理やりやらせたという自覚はないんです。だから、俺が大人になっても平然と勧めてくる」

「ごめんなさい」

言い訳をするのはやめて、一番言わなければならない言葉を絞り出した。少しの間沈黙が流れ、改めて、

「私を利用したのは、警察の捜査状況を知るためですか？」

と、尋ねる。晴は首を横に振った。

「計画を知る人たちにはそのように伝えてありましたが、警察内部の情報は別ルートで入手できましたから、本当のところは、筋金入りの宗教嫌いである篠原さんに俺を確実に逮捕していただくために――です」

「確実に逮捕、ですか？」

「美希さんや晃さんからの協力は、二人にも利はあれど、あくまで俺がこれからの御魂の会を率いていくと思っているから得られるのであって、御魂の会を解散させるなんて言おうものなら協力を得られないどころか、むしろ全力で阻止してくるでしょう。だから俺は、本当の目的を誰にも悟られずに二人との約束を守る行動を取らなければならず、自首ではなく逮捕してくれるあなたが必要でした」

だから、ハングマンズツリーで偶然会わなかったとしても、どこかの段階で七歩を通じて再会できるように考えていて、実家のことも一人暮らしをしていることも、篠原について色々と調べていたのだという。

「飛んで火に入る夏の虫だったってわけですね」

自分で言って胸が痛んだ。

「一緒に暮らしはじめて、篠原さんの宗教嫌いは俺の想像を遥かに超えているとわかって安心しました」

「安心？　利用し甲斐があるって？」

「すみません」

晴は、今度はおあいこだとは言わずに謝罪を口にした。

「七歩はどこまで知っていたんですか？」

「何も。計画は絶対に外に漏れないように、陸斗くんを除いた亡くなった方たちと、美希さん、晃さん、俺の九人だけで共有するように徹底していました。それに、むしろUSBを託す人物は計画を知らないほうが望ましいと考え、七歩さんは生誕会に出席できないようにも計らいました。彼女ならきっとあれを公開してくれると信じていましたし、もし公開しなければ俺が公開するように誘導することもできるでしょう。想定外のことが起こり、かなり遅れはしましたが、結果的に彼女は自分の意思で全国に公開してくれました。彼女と話をしたのはあの放送のあとで、向こうから連絡が来たんです」

同居生活を送る中で、自分の新興宗教に対する偏見に満ちた発言が晴のことも傷つけていたかもしれない、と思った。でも、晴が自分や信者たちを思い通りに操ってきたように感じ、篠原の中で急激に怒りが込み上げた。

どんな理由があれ、人を思い通りに動かす、或いは動かそうとするのは傲慢の極みだ。

「俺が関わっているなんて微塵も思っていない様子で、勝手に公開したことを陳謝されましたよ。俺は、そんな七歩さんに、篠原さんが話を聞きに来るだろうから知っていることを全てお話しし、御魂の会を守るためにできる限り捜査に協力するようにと言っただけです。そうでもしないと、なかなか逮捕していただけそうにありませんでしたから」

篠原は腹が立ち歯を食いしばった。

「あの音声は、あなたが録音したものなんですね？」

「ええ。あの二人は、いつも下品な話をしていましたから簡単でした。翼さんがああいった話を振って、秀が乗っかる。ガキのくせに翼さんの話に乗ることで大人になった気でいるんです」

そうそう、と、晴は思い出したように少しだけ大きな声を出す。

「歯科医師がコロナワクチンを打てるようになったので、父も秀も今回の生誕会前に翼さんに打ってもらっているんですよ。正直、コロナワクチンの有効性や安全性を判断する知識は俺にはありません。だけど、人に打たないほうがいいと言っておいて自分は打つ父も、あの二人とそう変わらない人間で、そういう意味でも祖父とは違い、信者の方たちを導ける存在ではないことは明白です」

晴は憮然として鼻を鳴らした。

「先ほど想定外のことが起こったと言いましたが、それは木下芽衣さんが自首したことですか？」

「はい。俺は、彼女が自首するまで、九人以外に計画が漏れているなんて思ってもいませんでしたから。それが圭太くんの妹さんだなんてね――なんの因果か」

因果という言葉に篠原の堪忍袋の緒が切れた。

「因果なんかじゃない。あなたが犯した殺人に木下さんを巻き込んだんでしょ」

「死を選択したのは彼ら自身です」

美希と同じことを言うので更に頭に血がのぼり、

「澤田陸斗くんは違いますよね？」

と、責め立てた。

「ハングマンズツリーで首を吊ろうとしていた淳史さんと麻友さんは、陸斗くんを残して逝くことを躊躇い苦悩していました。そりゃそうでしょ、あの祖父母たちの元に残された陸斗くんの前途を考えたら不安しかありませんよね」

「だからって陸斗くんを道連れにしたら、それもまた親の意思に強制的に従わせることになり、澤田さんご夫婦が親たちにされてきたことと同じじゃないですか」

「全然同じじゃない。俺は、信者ファーストを貫いたんです」

「同じです」

篠原は、晴の目を真っ直ぐに見て言った。

「私は、神とは人間が都合よく作り出した存在だと思っているので、世氏が神の声を聞いたというのも信じていません。信じていないと言うと語弊があるかもしれませんが、嘘というわけではなく、過度の疲労による幻聴の類だったと思っています。それにより苦しんでいる人たちを救いたい一心で御魂の会の布教に努め、信者が集まった。だけど、後を継いだ息子や愛甲家の人たちをはじめ、増えすぎた信者たちの管理も行き届かなくなり、挙句自分が作った御魂の会の後始末を孫であるあなたに背負わせた。私は、そんな無責任な世氏が許せない」

そこまで一気に言うと、自分の気持ちを落ち着かせるように一度息を吐いてから続ける。

「だとしても、世氏は、信者が生きているうちに幸せになるために御魂の会は存在すると言っていたんですよね？　つまり、信者の方たちの死にたいという願いを叶えることは、まかり間違っても世氏の言うところの信者ファーストではないということです。あなたが世氏に託されたのは、信者の方たちが生きて幸せになるように導くこと。御魂の会の解散も、そのためでなくてはならなかったんだと、私は思います」

晴の顔から目に見えて色が失われていく。

篠原は悔しさに唇を震わせながら畳みかける。

「それなのに、あなたは自分の目的を果たすために越渡まで利用した。それは、御魂の会を大きくするために下衆と知りながらも飯尾翼を利用した成氏と何も変わらない。もっと言えば、越渡は今回の計画遂行のために万丈製薬の主任研究員に色仕掛けで迫り協力させた。それだって、信者の数を増やすために成氏が秀氏の外見を利用しようとしたのと同じこと。あなた方親子はそうやって狂った人間を御魂の会内にのさばらせ、他の信者を危険に晒した。それで信者ファーストなんて、どの口が言うんですか」

篠原の気迫に、晴は何も言えず右目の下瞼を痙攣させた。

「私は、今回の事件の捜査を通して、親の歪んだ信仰心や信仰の強要によって子どもの人生が壊されてしまう可能性があるのだと、虐待に繋がることもあるのだと、初めて知りました。それは、あなたや愛甲家の子どもたちにも当て嵌まると思うんです」

そこまで言うと、篠原は口調を和らげる。

「実は――親が子どもに暴力を振るったり暴言を吐いたりすることが躾ではなく虐待だと世間に知れ渡ったことで、当事者の子ども自身が警察や自治体に助けを求めてくれるようになってきたんです。子どもたちは自分がされていることが虐待だと気づかないことが多く、それゆえに受け入れてしまっていた。でも、助けを求めていい状況なんだと知ったから、行動に移せたんです。知らなければ、気づかなければ、救いを求めることも救うことも難しいんですよ。だから、あなたには法律家として親の歪んだ信仰心や信仰の強要も虐待になり得るんだということを世の中に広く知らしめて、苦しんでいる子どもたちが救いを求められるきっかけを作ってほしかった。信者の子どもたちだけでなく、教祖の子どもたちのためにも」

篠原が鼻を啜る。

「ねぇ、遺書を書いた六人の方たちが親や御魂の会を訴える弁護をするんじゃダメだったんですか？　充分世間に注目されたと思いますよ。そうすれば行政から解散命令が出て、結果的に御魂の会を解散させられたんじゃないかなって……もう……」

堪えきれずに悔し涙が一筋だけ頬を伝い、慌てて手の甲で拭き取った。

「だから……そんな簡単じゃないんですよ」

そう言う晴の声は、今にも消え入りそうだった。

そのとき、車内に無線のセルコールが響いた。

東京都台東区の愛甲健康苑東京に刃物を持った女が侵入し、入所者一名を刺したという連絡が下谷《したや》警察署から入ったという知らせだった。

逮捕されたのは山口幸、刺されたのは木下律子。

『山口は被害者の娘が毒殺事件の犯人として自首したことを知り、娘が殺された復讐として犯行に及んだと言っているようです。被害者は心肺停止で救急搬送中とのこと』

篠原が息を呑む。ズズッという音がして隣を見ると、晴が上半身を前に屈め、顔を両腕に埋めてうなだれていた。

終章　芽吹《めぶき》

警察から晴《てる》の真の目的を知らされても信じようとしなかった美希と氷見だが、晴と自分たちしか知り得ないはずのことを晴の自供内容だとして聞かされ一転。晴が家族を裏切ったと憤怒し、洗いざらい証言した。

家族を裏切ることは万死に値する。

美希は恐ろしい形相でそう言い放ち、絶対に晴を死刑に追い込んでやると息巻いた。

美希は、晴の指示で生誕会の出席者を決める抽選の責任者となり、五組を当選させ、彼らが当日同じグループになるよう受付で座席の調整をしたのだという。そして、服毒した七人がコロナかもしれないと言いふらし、彼らが確実に死に至るまで他の信者を近づかせないよう計らった。更には、借りたアパートの風呂場で実験用の手袋を着用してゼラチンカプセル七個に等分したテトロドトキシンを入れ、それを一個ずつ極小のチャック付きクリアパックに入れたものを氷見に託したことも語った。等分にしたのは、誰がどれを飲むことになってもいいようにという晴の指示だった。

氷見は、晴からの伝言を亡くなった五組の信者たちに伝える伝書鳩の役目を果たしていた。清魂荘からの退寮の時期が差し迫っているので、住む場所や仕事を世話してくれる人を探すために外にいる信者たちに接触しているのだと言えば、誰も怪しむ者はいなかったという。

かといってリスクを避けるため、なるべく人目に触れないように、被害者たちと接触を図ったのは中間報告と最終報告の二回ずつのみ。万が一目撃者がいても印象に残らないように、接触時間は十五分以内に留めた。職場や学校の通学路で直接口頭で伝え、文書や音声で証拠を残すこともしなかった。澤田家の代表はシティーテレビミュージックに勤めている麻友で、最終報告のときにUSBを渡した。

そして、氷見は五月から美希が借りたアパートに移り住み、テトロドトキシンの見張り番となった。事件当日は、テトロドトキシン入りのカプセルが入ったチャック付きクリアパックを五組に渡し、甘茶で飲み込むように伝えた。

他殺と見せかけるために、カプセルには絶対に手を触れず、クリアパックから直接口に入れる。飲み終えたらそのクリアパックは座っている布クロスの下に置くように言い、事件発生の混乱に乗じて氷見が回収し、救急車が到着する前に防犯カメラのない農場に埋めた。農場を熟知していた氷見は、見つかりにくい場所を心得ていた。

鑑識は、氷見の証言通りの場所を掘り、極小のチャック付きクリアパック七個を回収した。氷見が神殿に入る前に嵌めていた白いナイロン手袋も一緒に埋まっていた。

晴に芽衣が釈放される日時を教えたのは、松本署内部にいた二人の御魂の会の信者だったことも判明した。二人は計画のことは何も知らされておらず、ただ晴に調べてほしいと言われたことを調べて教えただけだった。

一人は会計課の女性事務職員で、もう一人は篠原が松本署の生活安全課にいたときに組んでいた安藤だった。

安藤は、刑務官時代に死刑執行に立ち会う中で精神を病み入信し、総本部のある長野県の警察官に転職していた。今回の事件発生時も松本署の生活安全課に所属していて捜査にも加わっており、捜査情報を漏洩した容疑で逮捕となった。篠原が非番の日にハングマンズツリーに行くようになったことを唯一知っていた人物でもある。

回収済みだった山口亜実の手帳の何も書いていないページから、芽衣と筆談をしたときの筆圧跡も見つかった。

晴が提出した遺書は、９９・９％本人たちの筆跡と一致という鑑定結果が出されたが、脅されて書いたものである可能性も考えられ、捜査は続行されている。

篠原が抜けてからの捜査で、晴がハングマンズツリーに毎週通うようになった二年の間に、事件で亡くなった七人とは別にハングマンズツリーで首を吊って亡くなった御魂の会の信者が六人いたことが判明した。土屋にそのことを言及された晴は、六人のうち三人は死のうとしていたところに遭遇したことを認めたという。

『二世や三世信者ではなかったお二人は思い留まっていただけるように説得させていただきましたが、力及びませんでした。お一人は二世信者の方だったので計画に加わってくださるようお話しさせていただきましたが、どうしても今死にたいのだと仰って、結局お三方ともお看取りいたしました』

晴がそう証言したと聞き、篠原は膝から崩れ落ちた。お看取りということは、目の前で首を吊って息絶えていく様を見ていたということだ。晴は、説得しても聞き届けなかった三人を見殺しにした……一人に関しては計画を知った口封じも兼ねて確実に死ぬまで見届けた、とも捉えられる。

首を吊った人間が息絶えるまで見届けたことがある奴なんて、殺人犯かサイコパスか死刑の執行官くらいだと言っていた安藤の言葉が脳裏に浮かぶ。

篠原は、自分の過ぎた部分が晴を招き入れたことと、彼の深い闇に気がつかなかった刑事としての未熟さを思い知った。


松本市は長野県の中でも豊富な観光地を有しており、初夏の週末を迎えた松本駅前は、ようやくコロナ禍前の賑わいに戻りつつあった。

篠原は、タクシーやバス乗り場の人混みを抜け、数分歩いたところにある老舗の和菓子屋に入った。

　御魂の会の開祖生誕会でいなり寿司を奉納した店だ。事件直後は警察の捜査なども入り休業していたが、六月から営業を再開している。

　ただでさえコロナ禍で観光客や手土産を買う客が激減して苦労を強いられていたところに、あの事件で更なる逆境に置かれていた店に対し、心無い言葉を言い放ったことを反省していた篠原は、満席の店内を見て胸を撫でおろした。

「お一人様ですか？」

　割烹着を着てマスクをした女性店員が声をかけてきた。

　その店員のあどけない顔からまだ学生かなと思ったが、一見アンバランスなような割烹着姿が一周して洗練されて見えることに感心しつつ、待ち合わせだと答えた。

　既に席に着き篠原に気づいて右手を小さく挙げている芽衣を認めると、店員に軽く会釈してから席に向かい、芽衣の対面の椅子に座った。

「お待たせしました」

　篠原が言うと、

「こちらこそ、お忙しいところお呼び立てしてすみません」

と、恐縮する。

　盆に載せた緑茶を二人の前に置いた女性店員に、芽衣はクリーム餡蜜を、篠原は少し迷って餡蜜を注文した。篠原も店の看板メニューであるクリーム餡蜜を食べたいのはやまやまだったが、この店のクリームはバニラアイスクリームなのだ。冷たいものを食べると腹を壊しやすい篠原は、仕事でいつ呼び出しがかかるかわからないので諦めた。

「篠原さん、今は捜査一課にはいらっしゃらないんですね」

芽衣に言われ、頷く。

篠原は生活環境課に異動となり、もっぱら違法風俗店の取り締まりをしている。それを知らない芽衣から昨日刑事部に連絡があって、自分のところに電話が回されてきたのだ。

要件は、兄の遺骨を引き取りに御魂の会の総本部へ行くので、その前にお会いしたいというものだった。

御魂の会では、引退を宣言した成《あき》に代わり長女の君華が三代目明師に就任し、女性で初めて華《ふさ》という魂名を与えられたのだそうだ。圭太の遺骨の引き渡しは、その華が行うのだという。

警察署まで来ると言ったが、篠原が松本まで行くので外で会いましょうと提案し、それを受けた芽衣がこの店を指定した。

「圭太さんのご遺骨を引き取られて、東京のほうのお墓に移されるんですか？」

篠原が聞く。

「いえ、兄を狭いところにはもう入れたくないので、めちゃくちゃ広いところに散骨してあげたいと思っています」

「海洋散骨ですか？」

「それも考えましたけど、宇宙散骨が兄には合っている気がするんですよね」

「宇宙散骨？」

篠原が目をしばたたかせた。

「はい。東京でお墓を購入するより安くできるみたいですよ」

「へぇ」

すっかり感心している篠原に、そういえば、と芽衣が身を乗り出す。

「ハングマンズツリーが伐採されたのって、ご存じですか？」

篠原は頷き、

「腐敗がかなり進んでいて、幹には大きなうろができていたと聞いています」

と、答えた。

「うろ？」

「樹洞《じゅどう》ともいって、樹木が腐ってできる空洞のことです。実家のリンゴの木でも老木になるとできてしまうことがあるんですよ」

「そうなんですか」

そこに女性店員がクリーム餡蜜と餡蜜を運んできて、それぞれ注文者の前に置く。

「美味しそう」

マスクを外した芽衣は、少女のように目を輝かせた。

篠原が「いただきます」と言って手を合わせると、芽衣もスプーンを手に取る。コロナ禍になってから黙食が当たり前になっていて、二人とも黙って食べ進めた。

店で作っている硬めの寒天に、絶妙な茹で加減の赤えんどう豆と求肥、そこに濃厚な黒蜜をたっぷりと掛けた最高の組み合わせに思わず口元が綻ぶ。

母親を亡くした芽衣がどうしているかと心配していたが、むしろ自首してきたときよりも顔色が良く、元気そうでほっとした。

「ごちそうさまでした」

ほぼ同時に食べ終わり、緑茶を口に含んでからマスクをした。

何か話しかけようと言葉を探したが、ここはやはり芽衣が話を切り出すのを待つことにする。

時間を置かず、芽衣は自分の近況を話し始めた。

警察は飯尾の歯科クリニック兼自宅の地下室から絢のマウスピース十八個を押収し、その全てから飯尾の体液が検出されたため、監護者性交等罪で送検した。しかし、妻の美園が夫の容疑を否定し、飯尾もあくまで自己処理時にマウスピースを使っただけで絢自身には何もしていないと証言したため、絢の遺書だけでは証拠不十分として検察は起訴を見送った。

その後、逆上した飯尾は、シティーテレビを相手取り名誉毀損で訴えを起こすと言っていて、翠や絢への飯尾による性的虐待があったことを知る信者や元信者たちに、シティーテレビ側の証人となってくれるように打診している七歩を、芽衣も手伝っているのだという。

「翠さんへの恩返しですか?」

篠原が聞くと、芽衣はコクリと頷いた。そして、唐突に、

「すみませんでした」

と、頭を下げた。

篠原は、嘘で自首をしてきたことを言っているのかと思ったが、

「事情聴取のとき、清魂をしてしまって……本当にすみませんでした」

と、思いもよらぬことを言われ、返答に窮する。

それが、あたかも気にしていたかのように見えたのか、芽衣は一層神妙な顔をし、もう一度頭を下げた。

「七歩さんのお手伝いをさせていただいている中で、亜実さんのように清魂がトラウ

マになっている女性信者が多いことを改めて実感したんです。しかも、相手が男性信者だったからという方ばかりじゃなくって……。そうしたら、ただでさえ宗教に拒絶感のある篠原さんに、私、とんでもないことをしてしまったんじゃないかって思えてきたんです」

それでわざわざ謝りに来たのか、と面喰らう。

「全然大丈夫ですから」

篠原は小声で言いながら、芽衣に頭を上げてくれるよう頼んだ。

「篠原さん」

芽衣が俯いたまま篠原を呼ぶ。

「私、自分が嘘で自首したことで母を死なせてしまったのに、罪悪感も悲しみもなく、それどころかほっとしているんですよ。薄情ですよね」

その声色から、芽衣の苦悩を感じ取った。

「本当に薄情な人は、恩を返そうなんて思いませんよ」

篠原がそう言っても、芽衣は俯いたまま。篠原は、もう一度緑茶を飲み、

「誰かへの激しい憎しみが生きる糧になることもありますが、自分の中の憎しみによって身を滅ぼす人も、職業柄たくさん目にしてきました。私は、木下さんにこれからの人生を憎しみに囚われることなく生きていってほしいと願っています」

と、続けた。

芽衣は更に深々と頭を下げたが、今の言葉をどう受け取ったかはわからない。でも、篠原がそう願っているのは事実だった。

篠原は、そろそろ失礼しますと言って立ち上がると、テーブルの端に置かれた木筒の中に入っている伝票を取った。

「もし、愛甲晴氏に会うことがあれば、お兄さんの描いていた漫画のことを話してあげていただけませんか」

突然の篠原の頼みに、「えっ」と驚いたように芽衣が顔を上げた。

「きっと、彼には意味のあることだと思うので」

お願いします、と、今度は篠原が頭を下げ、レジに向かった。

店を出ると、視線の先に荘厳な常念岳が聳えていた。隣の槍ヶ岳の山頂に目が留まり、大学時代に登頂したときに見た神秘的な雲海を思い出す。同時に、登山好きの母親が槍の穂先に憧れを抱いていたことも思い出した。

篠原は、プライベート用のスマホの電源を入れ、ＬＩＮＥを開く。

――今度、槍の穂先に一緒に登ろうか。

そう書いて、

――無理そうだったら付け根までても。その道中で挽き立てのコーヒーを飲みながら、先月言っていたお墓の相談に乗ります。

と、付け足し、長らく放っておいた返事を送信した。

篠原が店を出たあと、芽衣は割烹着姿の女性店員に緑茶のお代わりを頼んだ。

「ふぅ」

口に含んだ緑茶を飲み込んで長い息をつく。

篠原の口から最後に晴の名前が出たときは、ひやっとした。

――ごめんなさい。私には無理です。

芽衣に計画を打ち明け、一緒に死なないかと誘った亜実への返事。

それは事実だ。でも、警察には話さなかった続きがあった。

――私は母に酷い死に方をしてほしい。あなたのお母さんには、死んだほうがマシだと思うくらい不幸になってほしい。そうでなければ、死んでも死にきれないんですよ。

恐らく、亜実の手帳に残された筆圧跡から、警察は芽衣が書いたその内容も把握している。でも、人間の記憶なんて当てにならないものだから、誤差の範疇で済まされると踏んでいた。実際警察から問い詰められることもなかった。

これを読んだ亜実が、警察に話した通りの言葉を手帳に書いて芽衣に見せてきたあと、破いたページに芽衣が犯人と偽って自首をするという提案を書いて渡してきたことも話していない。

――あなたが私を殺した犯人だと知れば、私の母はあなたを殺したいと思うでしょうが、あなたが警察にいて手出しできない状態であれば、きっとあなたのお母さんを殺します。母は、そういう人間です。そうなれば、母は私を失った上に、その先の人生を刑務所で送ることになる。母の心身が刑務所での生活を受け入れられるとは到底思えません。母にとっては生き地獄となるでしょう。それは私も願ってもないことです。ただ、七人を殺した犯人となれば、あなたも死刑になるでしょうから、決して最善策だとは言えません。それでも、私が死ぬことを利用できるのは今回だけです。どうか、よくよく考えて、悔いのないようにしてください。

それに対する返事は求められず、この紙を必ずネットカフェのトイレに流すようにという言葉で締め括られていた。

それだけは筆圧跡を残さないようにわざと紙を破いてから書いたのか、それとも、たまたま破いた紙に書いただけだったのかはわからない。でも、亜実のその提案は、芽衣の真っ暗だった心の中に突然現れた灯台の光のようだった。

そして、実際に生誕会で七人の信者が亡くなるのを目の当たりにしてから、芽衣はひたすら考えた。

母親が誰よりも慕っていた山口幸に殺され、山口幸は囚人となり生き地獄に陥る姿を想像した。それが現実となるのなら、死刑囚になるのも悪くはないと思った。

だから、殺人事件として捜査されることになったとニュースで見て、しかもテトロドトキシンが使われたと知り、これは運命なのだと腹を決め自首をした。

ところが、あっさり犯人ではないとバレて釈放までされた。

失敗したのだと気落ちしていたところに、晴がやって来たのだった。

亜実から晴の話を聞いていた芽衣は、促されるまま車に乗った。そして、なぜ嘘の自首をしたのかという晴の問いかけにも正直に答えた。

「そうでしたか。そんなことになっていたとは知らなかったとはいえ、亜実さんとあなたの計画を台無しにしてしまい、申し訳ありませんでした。でも、あなたを犯人にするという選択肢はこちらにはありません。あなたには是非とも果たしてほしい大切なお役目があるんです。ですから、また警察から事情を聞かれることがあれば、亜実さんから聞いた我々の計画を話し、あなたに疑いの目が向けられることがないようにしていただきたい。どうかお願いします」

芽衣に果たしてほしい大切なお役目――それは、兄圭太の遺骨を引き取って弔っていくことだと晴は言った。

明師様のご長男が自分に頭を下げている状況に激しく動揺し、どうしてそんなことをお願いされるのかを聞くのも忘れ、わかりましたと返事をしていた。

それでも、兄の亡くなった崖で篠原に筆談のことを問い詰められたとき、亜実との約束を破ることに躊躇いがあってなかなか言い出せなかったのだが、翠のことを言われ、口を滑らせたのをきっかけに話し始めたのだった。


篠原が出てから十五分ほどして芽衣も店を出た。

後悔はなかったが、御魂の会と無関係な人生を両親と兄と送りたかったという思いは今でも心の奥底にあり、篠原と話していたらその思いが込み上げてきて、自分は薄情だと言っていた。

目の前の北アルプスの山並みを見上げる。

御魂の会に入信してから、山を見ると必ず心を覆い尽くしていた不快なもやもやが、今は現れないことに気がついた。

これが篠原の言う、憎しみに囚われることなく生きるということなのかもしれない。

そう思いながら、芽衣は総本部へと向かった。

了

本作品は当文庫のための書き下ろしです。
本作品はフィクションであり、実在の個人・団体などとは一切関係がありません。

文芸社文庫

殺意の正典

二〇二五年二月十五日　初版第一刷発行

著　者　永山千紗
発行者　瓜谷綱延
発行所　株式会社　文芸社
〒一六〇－〇〇二二
東京都新宿区新宿一－一〇－一
電話　〇三－五三六九－三〇六〇（代表）
〇三－五三六九－二二九九（販売）
印刷所　TOPPANクロレ株式会社
装幀者　三村淳

ISBN978-4-286-25911-6

［文芸社文庫　既刊本］

永山千紗
マインドエラー
美容専門学校に通っている幼馴染の果瑠と久しぶりに再会した数日後、彼女が自宅の屋根裏部屋で遺体となって発見された。自殺なのか、他殺なのか…。機能不全家族を描いた渾身のサスペンス。

麻野涼
ハーフ・ブラッドの沸点
占領軍と日本人女性との間に生まれた子どもを養育してきたエリザベス・サンダース・ホーム出身の6人のハーフが60年ぶりに集結した。排外主義・民族主義を掲げる総理候補への復讐のために。

白蔵盈太
関ケ原よりも熱く
天下分け目の小牧・長久手
本能寺の変で急死した信長が遺した「天下統一」という概念に気づいた時、秀吉と家康はどんな行動に出るのか。腹心の部下に支えられ、知略を尽くす二人の武将の、関ケ原よりずっと熱い、真の大一番。

田畑農耕地
迷宮山荘は甘く香る
文芸部の合宿で訪れた山荘は、窓に鉄格子、正面玄関から脱出不可能という異様な施設だった。僕らを閉じ込めたのは誰だ？　第４回W出版賞金賞『壮途の青年と翼賛の少女』を加筆修正し、改題。